天定良緣 3

風文創 588

水暖 著

風 文創 588

目錄

第五十四章 005
第五十五章 017
第五十六章 031
第五十七章 043
第五十八章 055
第五十九章 067
第六十章 079
第六十一章 091
第六十二章 103
第六十三章 117
第六十四章 129
第六十五章 143
第六十六章 155
第六十七章 167
第六十八章 179
第六十九章 191
第七十章 203
第七十一章 215
第七十二章 229
第七十三章 239
第七十四章 253
第七十五章 265
第七十六章 277
第七十七章 289
第七十八章 301
第七十九章 313

第五十四章

一直到坐上馬車，洛婉兮都是不明所以的。

凌府突然來人，說她的事有了轉機，讓她親自過去一趟。於是她在洛大老爺和何氏不解的目光中上了馬車。

她也不明白，還能有什麼轉機，且不找洛大老爺商議而只找她，讓她連夜前來，還不給她拒絕的餘地。

搖搖晃晃了一路，馬車終於停了，洛婉兮的心卻沒能如馬車一般安穩下來。她深吸了一口氣，鑽出馬車，一抬頭，身體瞬間緊繃，雙眼因為不敢置信而睜大。

馬車停在閣老府的側門前，而不是她以為的隔壁。

她望著大開的側門，彷彿那是野獸張大的嘴，正等著獵物自投羅網。

她忍不住後退兩步，強自鎮定道：「是不是弄錯了？我要去的是隔壁……」

「沒錯，正是我家大人要見姑娘。」德坤提著一盞氣風燈從門後走了出來，眼裡是掩不住的好奇。

碧璽和凌淵在書房的對話，他聽到了一星半點，萬萬想不到大人竟然懷疑這位洛姑娘就是先夫人回魂。震驚之餘，德坤更狂喜。

他走到洛婉兮身前，抬手一引。「姑娘裡面請。」

洛婉兮站在車內不動，風雪順著掀起的車簾飄進來，落在她臉上，使她渾身發冷。德坤喟嘆了一聲。「該來的，躲不了。姑娘說，是不是這個理？」

洛婉兮身形一顫，握緊雙拳。是啊，事到如今，自己還能往哪兒躲？她深深吸了一口氣，提著裙襬下了馬車。

德坤親自領著她到了書房，輕敲三下後，恭聲道：「大人，洛四姑娘到了。」

話音剛落，房門被人從裡面打開，門後的凌淵眉眼含笑。

看見他，洛婉兮睫毛顫了幾下，便歸於平靜，既不驚慌也不失措，而是一種懸在頭上的劍終於落下的無奈與悲哀。

凌淵垂眸打量著眼前的少女，從他這個角度，只能看見她濃密鬈翹的睫毛、秀氣的鼻頭以及抿成一條薄線的雙唇。

凌淵不覺翹了翹嘴角，看來還不高興了？

「妳快走，妳快走！」角落裡的碧璽突然衝了過來，一邊推洛婉兮出屋，一邊朝凌淵大吼大叫。「我都跟你說了，我有病，你怎麼能把我的話當真？這世上哪有死而復生這回事！」

恐懼使得碧璽口不擇言。「你是不是見她長得好就見色起意？你想要什麼樣的女人沒有？你放過她吧，我求求你放過她吧！」

洛婉兮被推得踉蹌幾步，難以置信地看著狀若癲狂的碧璽，心頭劇震，顫著聲道：「妳怎麼了？」

碧璽似乎沒有聽見她的話，她目光渙散，神情恐慌，彷彿看見了極為恐怖的事情，緊緊拉著洛婉兮像無頭蒼蠅似地在院子裡亂闖！

洛婉兮心下一凜，碧璽這是犯病了！

她瞪著面容平靜的凌淵。「你對她做了什麼？」

迎著她憤憤的視線，凌淵突然低低笑了起來，逐漸笑出了聲，低沈的嗓音順著夜風飄散在漆黑的夜裡，令洛婉兮情不自禁的打了個冷戰。

他抬腳一步一步邁向她。「她告訴妳的父母，妳回來了。可對著我，又說那是騙人的。」

說罷，他臉上的笑容毫無預兆地一斂，取而代之的是鋪天蓋地的陰鷙，聲音彷彿從齒縫裡迸出來般。「這樣的奴才，妳說該不該亂棍打死？」

周圍的溫度似乎也隨著他的陰沈而驟然下降，洛婉兮對上他冷若寒冰的眼，知道他不是在說笑，他是真的對碧璽動了殺心。

她手腳冰涼，搖了搖頭，顫抖道：「不要！」

凌淵目不轉睛的盯著她，神情冷厲，語調卻輕柔。「妳以什麼身分要求我？」

須臾後，洛婉兮閉上眼，哀聲道：「凌淵，我求你，不要傷害碧璽。」

心頭巨石落地，令人窒息的惶恐終於消弭。這一刻，凌淵只覺得耳畔轟然作響，驚天動地，震得他三魂六魄都搖晃起來。

雙手握緊又鬆開，鬆開又握緊，如此反覆兩次，他才勉強讓雙手抖得不那麼厲害。「兮子？」

洛婉兮偏頭避開他的手。

望著她臉上掩不住的疏離，凌淵輕輕笑了，眼底沒有半點惱意，只有溫柔寵溺，就像是在看一個淘氣的孩子。

他收回手背在身後，柔聲對洛婉兮道：「外頭風大，進屋吧。我想我們需要談一談當年之事，它並非妳想像中那樣。」

當年之事！

思及當年，洛婉兮便覺心被什麼東西箍著、壓著，令她透不過氣來，臉色逐漸發白。

凌淵心頭恍恍惚惚的一刺，強忍下將她摟在懷裡安慰的衝動，放柔了聲音道：「進去再說。」

洛婉兮心頭發緊，抬眸看了看他，又側過臉看一眼邊上的碧璽。她不知何時被人弄暈了，半抱著她的人是凌風。

洛婉兮垂下眼，隨他入內。

書房內燈火通明，溫暖如春，髮梢和斗篷上的雪粒子一遇熱就化成了水珠。

洛婉兮抬手想擦去睫毛上的水霧，餘光瞥見靠近的凌淵，下意識後退了好幾步。

想為她拭去水氣的凌淵就這麼舉著手頓在原地，眸色漸深。

洛婉兮輕輕咬了下唇，若無其事般用錦帕擦了擦髮梢。

凌淵輕呵了一聲，對紅裳使了個眼色。

紅裳心中驚濤駭浪，強忍著驚愕上前，恭聲道：「姑娘，奴婢給您脫下斗篷。」

洛婉兮看了看她，微微一頷首。

紅裳便動作輕柔的伺候她脫下斗篷，引著她在玫瑰椅上坐下後，再為她擦乾雪水，末了還遞給她一個鎏金鏤空的花鳥手爐。

接著又有丫鬟殷勤地奉上熱氣騰騰的香茗和點心。

最後，所有人都退出書房，吱一聲，門被人從外面闔上，房內只剩下兩人。

洛婉兮坐著，凌淵站著，從頭到尾視線瞬也不瞬的看著她。

良久都無人開口，洛婉兮不安地抓了抓手爐，覺得寬敞的書房在這一刻突然變得逼仄沈悶。

「喝口熱茶祛祛寒，」凌淵終於動了，不再如泥塑木雕一般，他在洛婉兮旁邊的椅子上坐下，隔著一張案几望著她雪白的臉，微微恍惚。「是妳最喜歡的六安瓜片。」

洛婉兮睫羽顫了又顫，就像是她此刻的心情。

凌淵的心也跟著顫了顫，泛起一點點的酥、一點點的癢。見她依舊垂眼看著手爐不為所動，彷彿那是她的寶貝，怎麼看都看不夠。

他挑眉一笑，輕輕敲著案几，直接道出重點。

「嘉陽有個侍衛，」其實那是她的面首，不過凌淵想起那個人便覺如鯁在喉，遂換了個說法。「模樣身形與我有幾分相似，妳看見的那個人是他，不是我。」

景泰帝倒臺後，他去死牢裡見過嘉陽，因為嘉陽讓人傳話，問他想不想知道那一天在問天樓發生的事。

他去了，看見了落魄不堪的嘉陽。

她活不成了，就想讓別人生不如死。至今他都還記得那一天，雙眼充血的嘉陽歇斯底里的大笑。「凌淵啊凌淵，陸婉兮至死都在恨你，她以為是你把她引上問天樓，是你把她送給皇兄！哈哈哈哈，你猜猜陸婉兮跳下去那一瞬間，她有多恨你，是不是恨不能一口一口咬死你！」

洛婉兮如遭雷擊，霍然抬頭，雙眼因為震驚而睜大，顫聲道：「衣服……那套衣服是剛做好的，你第一次穿……」那衣服的料子難得，款式也是她找人專門改良過的。

凌淵心尖一疼，眼底溢滿憐惜，伸手捉住她輕顫的手。

洛婉兮剛要掙扎，就聽見一個名字從他嘴裡出現，驚得她什麼都忘了，只能呆呆的瞪著他。

「玳瑁，她被嘉陽收買了。妳若是不信可以問妳二哥，妳出事那段時間我一直和妳二哥在一起，我不可能出現在問天樓。」

他的話讓洛婉兮為之一顫，啞聲問：「為什麼？」

玳瑁和碧璽一樣都是她的心腹，玳瑁還是家生子，祖祖輩輩都在陸家。

「妳出事後她就被滅了口，我也審問不得，後來從嘉陽口中得知她承諾過玳瑁，會送她進宮。」凌淵解釋。

進宮？景泰帝？洛婉兮震驚不已，怎麼也想不到會是這樣一個理由，玳瑁是為了富貴榮華，還是景泰那個人？她搖了搖頭，現在想這些還有什麼意義，人都死了。

雖然都是凌淵的一面之詞，但洛婉兮並不覺得他有必要騙她。

鋪天蓋地的疲憊從心裡湧上。她怨過凌淵，也恨過他，在這十一年裡無數次為自己掏心掏肺的十四年不值、後悔。

可現在他卻告訴她，一切都是誤會！

這一刻，洛婉兮既有解開心結的釋然，更多的卻是茫然不知所措。

一直目不轉睛關注著她的凌淵見狀，心頭彷彿被刺了一下，他握緊洛婉兮的手，溫聲道：「對不起，當年沒有保護好妳，都是我的錯。」

這一句在他心底藏了十一年的道歉，終於有機會說出來。

「妳放心，我再也不會讓人傷害妳了。」他的話擲地有聲，眉宇間是毫不掩飾的堅決。

他的話恍若一道驚雷，驚得洛婉兮驀然回神，她抽了抽手，並沒有抽出來，遂抬眸看向凌淵。

凌淵也看著她，目光專注而深情。

洛婉兮像是被燙到一般，唰地扭過臉。

凌淵臉色倏地一沈，聽見洛婉兮輕嘶了一聲，回過神，立即鬆手，輕揉她微微泛紅的手，聲音飽含歉意與疼惜。「對不起，還疼嗎？」

洛婉兮顫了顫，不由自主地往後靠了靠。

這樣明顯的防備，讓凌淵的眼珠慢慢變黑，眼底的陰沈好似隨時都會傾瀉而出。

洛婉兮哆嗦了下，只覺一股寒意順著被他強握住的那隻手襲上心頭，忙道：「不疼了！」

她抽了抽手，可他的手如同鐵箝一般，反倒越握越緊。

凌淵眸色幽幽地注視著她，說起了另外一件事。「那道手諭妳別擔心，我會處理。」在他的注視下，洛婉兮的臉緩緩僵硬，舌尖也僵住了，那些話變成了秤砣，順著喉嚨又滑了回去，壓得她心頭沈甸甸的。

時間是一劑良藥，能撫平一切的愛恨情仇。一別經年，誤會也解開了，她不恨他了，可她也不想和他再續前緣。誠然她喜歡過他，喜歡得都把自己降到塵埃裡去了，情正濃時不覺，後來想想，她都覺得自己傻，愛他所愛，惡他所惡，整個世界彷彿就只剩下這個人。

她累了。

這樣的話說出來恐怕會觸怒他，可若是不說……洛婉兮輕輕動了下被他握著的那隻手，灼人的熱度一陣又一陣的從他手上傳來。

她輕輕一咬舌尖，下定決心。

「不必了。」對他而言這事不過是舉手之勞，可她還不起。

凌淵眉梢微微抬高，低笑一聲，笑聲悅耳。「兮子果然跟我生分了。妳是我的妻，這事妳不讓我處理，那麼妳想讓誰幫妳，江樅陽？」尾音上揚，藏著危險的鋒芒。

洛婉兮悚然一驚，強忍下心慌，矢口否認。「不是！」

見她別無其他情緒，凌淵心弦一鬆，壓下翻湧而起的殺意，問道：「那妳想怎麼辦，找妳爹娘幫忙？」

洛婉兮頓了頓，她的確考慮過，若是別無他法，那麼她只剩下這一條出路。

凌淵眼神陡然銳利，語氣恍若浸在寒冰裡。「妳是不是還會要求他們瞞著我！」

洛婉兮心口一涼，餘光瞥見他忽然動了，不由一驚，就見他霍然起身，大步跨到她面前。

洛婉兮驚疑不定地看著他，下意識就要站起來。「你想做什麼？」

凌淵輕輕一按就把她按了回去，大掌扣著她的雙手固定在扶手上，將她圈在胸膛和椅背這一方狹窄的空間內。洛婉兮不得不靠在椅背上，才能避開他的臉。

屬於男性的侵略氣息將她密密籠罩，她除了驚怒，更多的是害怕。「你走開！」

瞧她如臨大敵的模樣，凌淵好笑之餘更覺心酸，故意往前湊了湊，蹭了蹭她的臉，女兒家的臉嬌嫩如花，瑩白如玉，散發著隱隱幽香，讓人忍不住想一親芳澤。

他是這麼想的，也這麼做了。他親了親她的臉頰，然後就像賭徒拿到了骰子，再也捨不得放手，細密的吻接二連三落在她臉上。

洛婉兮避無可避，嚇得汗毛直立，終於想起來可以踢他，可凌淵像是能未卜先知，她還沒動就禁錮住她的雙腿，還懲罰性地咬了咬她的臉。

瞥見他眼底幽暗，氣息越來越灼熱，洛婉兮險些嚇得魂飛魄散，抖著聲道：「我們好好談一談，談一談！」

凌淵喉結一動，克制又隱忍地碰了碰她的唇瓣，才意猶未盡的抬頭，卻沒有離開，依舊以一種銅牆鐵壁般的姿勢圈著她。

嚐到了甜頭的男人，之前洶湧的怒氣已經不翼而飛，心情頗佳地看著她，眉眼含笑，聲音沙啞。「什麼事我都能依妳，前提是妳得留在我身邊。」

若是十一年前，凌淵和她說這話，她定然會心花怒放，可如今聽來，洛婉兮心頭卻籠上一層揮之不去的悲哀。

他終於知道她的好了，在失去她以後。

洛婉兮扯了扯嘴角，勾勒出一抹嘲諷的弧度，也不知是在嘲諷自己還是嘲諷他。

「可是我已經不喜歡你了……」

凌淵神情一滯，眼底的笑意倏爾消散，臉色一點一點沈下來。

他笑時尚好，一旦斂了笑，長年身居高位的氣勢瞬間釋放，凜冽肅殺，如刀似劍，壓得人喘不過氣來。

洛婉兮不由自主地瑟縮了下。

凌淵抬手摸了摸她的臉，洛婉兮下意識側過臉，試圖避開，不過顯然都是徒勞，他指腹上的薄繭在她臉上劃過，帶出一種陌生的感覺，讓她忍不住顫了顫。

「沒關係，」凌淵不以為然地笑了笑，語調溫柔至極。「我會讓妳再次喜歡上我。」

便是不喜歡也不要緊，只要她在他身邊就夠了。這已經是老天爺對他莫大的恩賜，他不貪心。

洛婉兮喉間一哽，想說什麼，一時又想不出話來。

這時，德坤的聲音傳進來。「大人，陸大人來了！」

陸大人？洛婉兮目光凝了凝，忍不住心跳加速。

凌淵笑了笑。「是妳二哥，原本請他過來是為我作證的，不過看來是我多此一舉了。」她相信他說的話，這個認知讓凌淵陰鬱的心情稍微好轉一些。

「既然人都來了，還是見一見吧！」詢問的目光投向洛婉兮。三位兄長中，她和她二哥關係最要好，且她與家人感情甚好，定然是想相認的。

洛婉兮緊張得臉都白了，似是情怯。

凌淵安撫地碰了碰她的臉，柔聲道：「別怕。」說完便揚聲吩咐：「請他過來。」

陸承澤進來時，身上還帶著淡淡的酒氣。他是被凌淵的人從蘭月坊拉過來的，看都沒看清裡面的情況就不滿的嚷起來。

「是什麼火燒眉毛的事，一定要我過來？」

說完才發現屋裡不只有凌淵，還有個十分標緻的小姑娘。陸承澤抹了一把臉，懷疑自己是不是喝多了？再一看，人還在，瞬間就酒醒了大半，朝凌淵抬了抬下巴。「這是什麼情況？」

望著他熟悉的眉眼，再觸及到他陌生的目光，洛婉兮不禁紅了眼眶。

陸承澤見洛婉兮眼底蒙上一層霧氣，凌淵還面露心疼的遞手帕，心情有一瞬間的複雜，既替他高興又有點不是滋味。最後他搖了搖頭，罷了，妹妹都離開十一年了。

不過他找自己過來幹麼？陸承澤腹謗，總不能是找自己參詳，他凌淵什麼時候需要別人給他建議了？

「你找我來有什麼事？」陸承澤開門見山。

凌淵也乾脆，不做任何鋪陳，直接道：「兮子回來了。」

陸承澤愣了下，脫口而出。「你喝多了吧！」這會兒他的酒是徹底醒了！

凌淵側臉看著洛婉兮，眼角眉梢都流轉著柔情。

見狀，陸承澤也拿眼打量洛婉兮，瞬間冷下臉瞪著凌淵，差點沒把「荒謬」兩個字吐出來。

他忍了又忍，沒好氣道：「你給我把話說清楚。」

第五十五章

凌淵便言簡意賅說了一回。

聽罷，陸承澤直勾勾的盯著陸婉兮打量，看得她忍不住拽緊了雙手。

須臾後，陸承澤臉色一整，咂了咂嘴。「其實類似的事我聽說過。」

洛婉兮大吃一驚，不敢置信的看著陸承澤。

陸承澤略一思索，開口道：「是一個朋友的朋友，西北那一塊的，病死的，死得透透的，一群人親眼看著他下葬了。不料幾年後一個老翁找上去，說自己就是那人，所有親戚朋友他都認得，就連一些秘密都如數家珍。」後來這傢伙差點沒被燒死，還好跑得快。

當時陸承澤當成個笑話聽了，可輪到自己身上，不覺牙疼了下，探究地看著洛婉兮，偏頭問凌淵。「你這是確定了？」

凌淵反問：「你覺得我會認錯？」

陸承澤呵呵兩聲，有一句話叫做「當局者迷」，誰知道他有沒有把自己折騰出毛病來。

陸承澤看一眼洛婉兮。「咱倆說說話？」他這是要親自確認。

洛婉兮按捺下激動，重重一點頭。陸承澤這反應已經比她想像中好了許多，出乎她的意料。

陸承澤又掃一眼凌淵，見他巋然不動，沒有避嫌的自覺，遂不客氣的開口。「你挪個地啊！」

既然要確認，少不得要問些私密之事，誰沒個年少輕狂的時候，陸二爺尤甚，年輕那會兒可是京城響噹噹的紈袴。

凌淵眉頭一挑。「見不得人？」

陸承澤斜他一眼。

凌淵失笑，起身對洛婉兮溫聲道：「我先離開。」

洛婉兮點了點頭。

陸承澤深深看一眼和顏悅色的凌淵，八百年沒在他臉上見過這樣的柔情了，看來他是深信不疑了。

凌淵迎著他的視線，微微一笑如春風，眉眼間沒了往日那縈繞不去的壓抑，看起來整個人都年輕了幾歲。

陸承澤心下一嘆。

凌淵離開書房，卻沒有走開，轉身就進了旁邊的屋子，打開牆上機關。他對陸承澤那些見不得人的秘密沒興趣，他只是莫名不放心，人不在他耳目範圍之內，他便有一種不踏實的惶恐，他怕一切都是黃粱一夢，如同之前無數次那樣。

一開始兩人說話時都頗為客氣，確認了幾樁舊事之後，陸承澤就不高興了。「妳怎麼就不能記得我幾件好呢！」

片刻後，陸婉兮鬱悶的聲音響起來。「你自己沒做好事，怪我？」

「我怎麼就沒做好事了？當年妳那好姊妹，衛、衛什麼來著？」

「衛蘭詞？」

「就是她，差點被她繼母嫁回娘家那個火坑，是不是我幫妳解決的？」

「你還好意思說，我讓你乾脆俐落點，你偏偏要故弄玄虛，最後要不是娘掃尾，差點就害了蘭詞！」

陸承澤悻悻一抹鼻子，果斷轉移話題，說著兩人又忍不住吵起來了。

這樣的熱鬧讓隔壁的凌淵有一種恍如昨日的錯覺，當年她和陸承澤就經常一言不合吵起來，她吵輸了便來找自己訴苦。

聽他分析完，她會拍著腦袋懊惱：「你說我怎麼那麼笨，當時就沒想到可以這樣駁回去！」

凌淵無聲笑起來，嘴角上揚的弧度越來越大，紊亂不安的心又稍稍定了幾分。

是她，絕不會錯，也不能錯！

過了好一會兒，陸承澤搖頭失笑，摸了摸唇上短鬚。「妳容我先壓壓驚！」

妹妹突然變了個模樣，還年輕得能給他當女兒，陸承澤著實受驚不小。要不是他三教九流都認識些，各種奇聞異事都見過，這會兒早懵了。

消化完之後，陸承澤無限感慨地望著洛婉兮。「妳變成這模樣，怪不習慣的。」又笑了笑。「也好，回來了就好！」不習慣總比沒了好，起碼還有個念想。

「你信我？」驚喜來得太突然，以至於洛婉兮雙手輕顫。

陸承澤看著她，玩笑道：「我老底都被妳掀了，要是不信妳還不得滿大街去宣揚開，讓我沒臉見人！」

他信了七、八分，然而到底過於匪夷所思，所以還有幾分保留。不過不管真假，先把人穩住準沒錯。回頭他肯定要再徹查一遍，再精明的人遇上感情都會一葉障目，凌淵也不會例外。溺水之人抓住浮木之後是不會放手的，而洛婉兮就是凌淵的那根浮木。

洛婉兮卻不知道陸承澤內裡的百轉千迴，她陷在巨大的驚喜之中，根本無暇細想。她對陸承澤的印象還停留在十幾年前，那個吊兒郎當、會跟她一起胡鬧的兄長。

熟悉的話語以及其中的熟稔讓洛婉兮忍不住笑了，笑著笑著毫無徵兆的哭起來，她趕緊抹了抹眼，可眼淚卻越擦越多。

陸承澤驚了。「哎哎，妳別哭啊！」

洛婉兮不好意思地扭過臉，用帕子捂住不想讓他看見，不一會兒帕子就濕了大半。

見她哭得一發不可收拾，陸承澤無奈。「妳這一哭就收不住的毛病，還真是……行了，哭吧哭吧，就是待會兒哭腫了眼，可不許向凌淵告狀。」

話音剛落，陸承澤就見洛婉兮身體僵了僵，他不由擰了擰眉。

這一打岔，洛婉兮的眼淚也止住了，按了按眼角平靜下來，眼睛鼻子都紅通通的，好不可憐。

陸承澤忍不住在心裡把她和以前的模樣比了比，從前是明麗嬌媚，豔光四射；如今是溫婉柔美，見之忘俗。都是一等一的絕色，便宜凌淵了！

陸承澤以拳抵唇，把脫韁的思緒拉回來，端正了神色。「妳這些年過得如何？」

「挺好的。」洛婉兮簡單把自己的情況說了一下。

陸承澤如何不知她報喜不報憂，倒也不追問，反正他會找人查。

他斟酌了下，開口道：「家裡那邊……娘那性子妳也清楚，我先回去敲敲邊鼓，再帶妳回去見她老人家。」

聞言，洛婉兮神情一緊，張了張嘴。

「別擔心，妳不信其他，還不信我這張嘴？」

洛婉兮勉強一笑。

話鋒一轉，陸承澤說起了凌淵。「當年的事，凌淵都和妳說了？」

洛婉兮垂了垂眼，輕輕嗯了一聲。

「那妳也該知道都是嘉陽和景泰作的妖，」陸承澤嘆息一聲。「一場誤會讓你們分開十一年，眼下真相大白，你們也能破鏡重圓了。」

說話時，陸承澤不動聲色的端詳洛婉兮，就見她睫毛顫了又顫，那表情絕不是即將要與情郎雙宿雙飛的歡喜。

差一點陸承澤都要以為她是假的，他那傻妹妹滿心滿眼的都是凌淵，全方位詮釋了什麼叫「女大不中留」，看得他真是又酸又恨！

「妳不想和他重新開始？」陸承澤儘量讓自己的聲音聽起來平靜。

洛婉兮輕輕一點頭。

什麼叫風水輪流轉，這就是！陸承澤默默地想。

這結果在他的意料之中，畢竟她一直誤會著凌淵，再深的感情在這一年又一年的消磨中也淡了。如今真相大白，誤會雖解除，可磨掉的感情也回不來了。再說了，保不准她已經變心，十一年什麼事情不可能發生？

想起凌淵，陸承澤心裡就蒙上一層陰影。他看起來正常得很，然在婉兮的事情上，陸承澤卻覺得他只是病得不像碧璽那麼明顯。

好不容易失而復得，凌淵是不可能放手的，最後吃虧的還是婉兮，畢竟她那小胳膊哪裡拗得過凌淵的大腿？

陸承澤頭疼了下，復又若無其事的笑起來。「妳還年輕，不用那麼早定下終身大事。話說，妳現在多大了？」

洛婉兮頭一次產生了濃濃的違和感。「十五。」

可真是嫩得能掐出水來的年紀，陸承澤如是想著。「還小呢，不急，凌淵那裡妳放心，我會勸他的。」

思及凌淵模樣，洛婉兮心頭沈甸甸的，可還是點了點頭。

略說了幾句閒話，陸承澤就道：「我讓人送妳回去，再不走就要宵禁了。」留在這兒過夜，陸承澤怕凌淵忍不住把人生吞活剝了。

洛婉兮當即點頭。

瞧她這迫不及待的模樣，陸承澤覺得肯定是被凌淵嚇到了。

恰在此時，房門被人緩緩推開。

凌淵高大挺拔的身影出現在兩人眼前，他背後的風雪爭先恐後地灌進來，吹得屋內兩人都覺得背脊發涼。

到底是陸承澤老練，從容不迫地看著笑意不達眼底的凌淵。「先送她回去吧，時辰不早了。」

凌淵跨過門檻入內，關上門，隔絕了外面的風雪，轉過身目光專注的看著洛婉兮，半晌才嗯了一聲。「我送妳。我給妳備了兩個人，妳帶回去，洛家那裡我會打招呼，妳不用操心。」

凌淵說送她，洛婉兮以為他說的是送到門口，萬萬想不到他是打算把她送到侍郎府的門口。

看著鑽進馬車裡的凌淵，洛婉兮瞠目結舌，一時不知道該說什麼才好，下意識往角落裡挪了挪道：「我自己回去。」

凌淵輕笑一聲，徑直在她對面坐下。

馬車當即就動起來。

洛婉兮氣結，卻又無可奈何，只能握了握拳頭。

凌淵笑吟吟地看著她，目光溫柔如水。

觸及他的目光，洛婉兮不由百感交集，她覺得他們這樣下去不是個事，遂她清了清嗓子。

凌淵眉梢一揚，好整以暇的看著她。

洛婉兮正襟危坐，神情也嚴肅起來。

凌淵眼底笑意微微淡去，截了她的話頭。「妳若是想和我劃清界限，那還是別費唇舌了，說出來只會傷和氣。」

洛婉兮被他噎得往後仰了仰，氣惱道：「你能不能講講道理？」

聞言，凌淵包容一笑。「那咱們就來講講道理。兮子，是妳先招惹我的，對嗎？」

洛婉兮神情一滯。

凌淵敲了敲面前的小几，淡淡道：「現在想和我一刀兩斷的也是妳，難道妳打算始亂終棄？」

洛婉兮一臉被雷劈的表情。「我沒有！」

「沒有就好。」凌淵點了點頭。

洛婉兮薄怒，不想跟他咬文嚼字，在這方面她絕對不是他的對手，她狠下心徑直道：「我們分開了十一年，中間還發生了這麼多事，我已經不是從前的我了，這段感情我已經放下了。」破鏡難圓，覆水難收。

凌淵臉色微變，定定看著她。

洛婉兮被看得心頭發慌，卻不肯示弱。這些話早晚都是要說的，畢竟十一年足夠改變很多東西。

「妳是放下了，可我還沒有。」凌淵的語氣分外幽涼，眼底漆黑一片。「兮子，妳知道這十一年我是怎麼過來的嗎？」

聞言，洛婉兮的心沒來由地緊縮了下。

凌淵悲涼一笑。「這十一年來，我都活在愧疚和後悔之中，我孑然一身，無兒無女，是在懲罰自己沒能護住妳。現在妳好不容易回來了，我以為這是老天爺對我的賞賜，可妳卻告訴我，妳不想回到我身邊。我知道因為那個誤會，這十一年來妳都在怨我，感情也消磨殆盡。可那只是個誤會，沒保護好妳是我的錯，妳可以懲罰我。但是兮子，妳不能這樣懲罰我，這對我並不公平，起碼妳要給我一個彌補的機會，不是嗎？妳連一個機會都不給我，讓我如何甘心！」

洛婉兮從來沒見過這樣的凌淵，當下一愣，半晌說不出話來。

凌淵語調陡然一變。「妳這樣迫不及待的撇開我，是另有心上人了？」

瞥見他眼底暗芒，洛婉兮一個激靈回過神來，斷然搖頭。「沒有！」

凌淵笑了笑。「既如此，妳為何不肯給我一個機會？莫不是妳嫌我老了？」

洛婉兮呆了呆。

「可是妳明明說過，就算我變成老樹皮了，小姑娘們都嫌棄我，妳也不會嫌棄我的，不是嗎？」凌淵聲音裡瀰漫著絲絲縷縷的黯然。

洛婉兮心頭劇震，眼底瞬間起了一層霧氣。

凌淵傾身，接住她眼角滑落的熱淚，那股灼熱順著指尖蔓延到四肢百骸，讓他那顆冰冷的心也滾燙起來。

「兮子，我們相伴十四年，整整十四年，妳真的捨得不要我了？」

洛婉兮心頭刺疼，眼淚不受控制地奪眶而出。

凌淵輕柔地替她抹去眼淚，低聲道：「我並非在妳離開之後才知道妳的好，」發覺她身體僵了僵，凌淵眸色一深，知道自己猜對了。「我待妳之心一直如同妳待我，只是沒妳表現的那般明顯。」

洛婉兮抬起淚眼，怔怔地看著他。

凌淵面上露出一抹與他身分形象極為不符的赧然。「我喜歡被妳圍著轉的感覺，彷彿我是妳的整個天地。當時年輕，又一心撲在公務上，忽略了妳的感受，是我的不是，我很抱歉，如今換我來取悅妳可好？」他輕輕一笑，摩了摩她的臉，緩緩道：「兮子，我會好好補償妳的。」

洛婉兮腦子裡一團亂麻，往事在她腦中如浮光掠影，讓她頭疼欲裂。

凌淵愛憐地親了親她的臉頰，在她反應過來之際便離開，克制地坐回原位，溫聲道：「今天發生的事情太多，一時之間妳恐怕接受不來，回去後妳可以好好想想。」

洛婉兮尚有些回不過神來，她心力交瘁的點了點頭，抱著膝蓋坐在角落裡出神。

凌淵就這麼默默地看了她一路，待馬車停下後，柔聲道：「我就不進去了，過幾日我再來看妳。」

拒絕的話在舌尖盤旋了一遍又嚥了回去，洛婉兮知道自己的拒絕並沒有用，他根本不是在跟她商量。

她垂首不語，直接下了馬車。

望著搖晃的車簾，凌淵嘴角揚起一抹輕笑。

他的兮子便是變了模樣，依然那麼心軟！

一回到西廂房，桃枝和柳葉就心急如焚地迎上來，忽見她身後跟了兩個面生的丫鬟，心下一驚。

心直口快的桃枝脫口而問：「姑娘，這兩位是？」

洛婉兮按了按額頭，覺得腦袋有些疼。凌淵給她兩個人，說是伺候，其實還不是為了監視她一舉一動，可她根本反抗不得。

他說會和洛大老爺打好招呼，卻不知他這招呼是如何打的，不過目前看來效果不錯，至今洛大老爺都沒派人傳她過去問話。

洛婉兮擺了擺手，不想解釋，只道：「妳先帶她們下去。」

桃枝覷著洛婉兮難看的臉色，壓下好奇，帶著人先告辭。

柳葉遞了一盞茶給洛婉兮，只問：「姑娘要不要沐浴一番解解乏？」她瞧洛婉兮疲憊得很。

「不用了。」洛婉兮只覺心力交瘁，只想趕緊上床休息。

柳葉便不多言，打了水讓她洗漱。

梳洗完，洛婉兮往架子床上一躺，明明筋疲力竭，卻一點睡意都沒有。今日之事在她腦海裡縈繞不散，越想心口越沈。

凌淵這人瞧著溫文爾雅，實則固執得很，認定的事絕不會更改，她與他從小一起長大，豈不清楚他脾性？方才在馬車裡的試探更是讓她確定，他肯定不會善罷甘休，哪怕自己一哭二鬧三上吊，他也有的是法子逼她妥協。

回到他身邊，與他破鏡重圓？

洛婉兮翻了個身拽緊被子。至今他還孤身一人，若說不動容那是騙人的，還有他說的那些話，她終是做不到無動於衷。

在知道是一場誤會之後，她已經不怪他了。

可隔了十一年，事過境遷，她找不回當年那種怦然心動感覺。如果十一年前聽到這番話該有多好？她眼底湧出淚意。

理智上，她知道回到凌淵身邊是她眼下最好的選擇，所有難題都能迎刃而解，甚至從此以後她都不用再擔驚受怕，不用再防著陰魂不散的洛婉如，不用再擔心祖母走後她和洛鄴會無依無靠，就連洛鄴的前程都不用操心了。

然而在情感上，她終究過不去心裡那道坎。

陸承澤正在花廳裡優哉游哉的小酌，聽得動靜抬了抬眼皮，觀凌淵滿面春風，嗤笑一聲，舉了舉酒杯。「心情這麼好，喝幾杯。」

凌淵笑著落坐，一旁伺候的丫鬟便上前斟酒。

「都下去！」陸承澤擺了擺手。

那丫鬟躬身告退，其他人也魚貫而出。

「瞧你模樣，她鬆口了？」陸承澤要笑不笑地斜睨他。

凌淵把玩著酒杯。「還沒。」

陸承澤點了點頭。「也是，哪有這麼快，到底隔了十一年啊，哪能不生疏！」

聽出他話裡有話，凌淵但笑不語。

陸承澤揀了顆花生扔嘴裡，也不跟他繞彎子。「你呢，也別太猴急，心急吃不了熱豆腐，到底這麼些年了，總得給她一個緩衝的時間。」

凌淵掃他一眼。「我知道。」

「你知道就好，我就怕你逼得太緊，到時候把人逼急了，小妹那脾氣你也知道，吃軟不吃硬。你也別擺你閣老的架子，裝裝可憐，她也就心軟了。」陸承澤授業布道。

在他的立場上，還是偏向於希望二人能重新開始。小姑娘總是要嫁人的，嫁個愣頭青還不如再嫁給凌淵，衣不如新，人不如故。凌淵除卻年齡大了點，其他哪一點是那些小夥子能比的？再說，凌淵也不可能讓她另嫁他人，鬧到最後就是個兩敗俱傷。

凌淵輕輕一笑，對陸承澤舉了舉杯。

陸承澤又想起了另一件事，問：「那道賜婚的手諭，你打算怎麼解決？弄死閻珏？」顯然這是最容易的法子。

「他一死，兮子便是望門寡。」凌淵眼神一利。

陸承澤輕嘖了一聲。「那倒也是，到底不好聽。看來只能讓這道手諭作廢了，這都好幾天了，有點棘手啊！」

「說難也難，說容易也容易。」

陸承澤擺出洗耳恭聽的姿勢。

「兮子的父親。」凌淵頓了頓，就是陸承澤都微微一怔，失笑。

「聽起來怪怪的，你繼續說。」

凌淵道：「她現在的父親洛聞禮是丙申年的狀元，八年前因指揮百姓抗洪而犧牲，在民間和士林中名聲頗佳，洛家也是書香望族，而閻玨是人盡皆知的癡傻不堪。今日陛下因為鄭貴妃的讒言將功臣之女賜給這樣之人，焉不知下一個會輪到誰？洛老夫人聽聞孫女被賜婚，氣急攻心，已是時日無多。你說諸位大臣會不會心寒？」

第五十六章

這一日，洛婉兮剛從正房出來，凌淵派來的兩個丫鬟中喚作「桃露」的丫鬟就迎了上來。「姑娘，今兒朝會上，大老爺跪求陛下收回手諭。」

洛婉兮腳步一頓，定了定神道：「回屋細說。」

到了屋裡不待坐下，洛婉兮就追問：「怎麼回事？妳仔細說。」

桃露福了福身，將事情緩緩道來。

今日早朝時，洛大老爺越眾而出，聲淚俱下的叩求皇帝收回手諭，道家中老母聽聞孫女被賜婚給心智不全的閻珏後立刻驚厥過去，已是危在旦夕，老太太唯有一個念頭，不能讓孫女跳入火坑。

洛大老爺說他知道君無戲言，可身為人子，實在不忍老母親抱憾而去，所以冒著大不韙懇求皇帝收回手諭，讓老人家能走得安寧。

說完老母親，洛大老爺又說起了去世的洛三老爺洛聞禮。洛聞禮因公殉職，膝下僅有一兒一女，他作為伯父，理應照顧這雙孤兒，實在不忍姪女所嫁非人。

洛大老爺說完之後，又有其他朝臣站出來七嘴八舌。有說孝道的，有提洛聞禮任上功績的。總而言之，皇帝擅自將功臣之女嫁給一個傻子，會寒了人心。

閻侍郎自然不能由著別人一句句說他兒子癡傻、不是良配而袖手旁觀，少不得站出來與他們辯論一二。

洛大老爺這邊拿著孝道、功臣和規矩做文章，閻侍郎一系則緊緊抓著「皇命不可違」這一條不放。

龍椅上的皇帝被他們吵得頭疼，疼得他火冒三丈，既有對洛大老爺不識時務的怒火，也有被欺騙的憤怒。他壓根兒就不知道閻玨是個傻子，更不知道洛婉兮還有個因公殉職的狀元爹。

當時他跟鄭貴妃胡天胡地，稀裡糊塗就應了，根本沒細問，要不是今兒洛大老爺提起，他都忘了自己寫過這麼一道手諭。

如果早知道這些事，他也不會下那道手諭，他還沒糊塗到為了個無足輕重的閻玨去苛待功臣之女，畢竟他也怕讀書人那張嘴。

可就此收回手諭，皇帝拉不下那張臉；若一意孤行，又堵不住士大夫的嘴。最後皇帝只能宣佈容後再議，匆匆退了朝。

聽罷，洛婉兮久久回不過神來。她以為凌淵會除去閻玨一了百了，這也是最簡單易行的辦法，不想他會如此大費周章。

兩者之間的區別，她當然懂，正是因為明白他的用心良苦，所以更加百感交集。

「大伯父回來了嗎？」洛婉兮問。

桃露搖頭。「大老爺還跪在殿上。」

洛婉兮靜默下來，雖然洛大老爺是因為凌淵的插手才為她出頭，可這份情她依舊記著。

直至申時半，洛大老爺才顫巍巍地被人扶著回府，一同來的還有乾清宮的太監。這趟前來是為了收回手諭，並賞賜藥材給洛老夫人，再安撫洛婉兮一番。

送走宮人，洛婉兮便對著臉色蒼白的洛大老爺深深一揖。「姪女之事，讓伯父操心了。」

洛大老爺淡淡一點頭，心下卻是五味雜陳。之前終究沒為她出頭，眼下也不全是為了她，情分到底傷了。

這時，下人急急進來稟報。「老爺，凌閣老前來探望老夫人！」

洛婉兮睫毛顫了顫。

洛大老爺看她一眼，沈聲道：「快請！」

緋色朝服，玄色大氅，襯得凌淵身材越發高大英挺，步履之間威風八面。

跟出來迎接的蕭氏呆了呆，回過神來後暗暗咋舌。從前遠遠瞧過幾眼，只知道這位閣老大人氣勢不凡，如今近看，猛然發現他不僅氣勢凌人，模樣也俊美出奇，面如冠玉，目若寒星，加上那通身因歲月沈澱而成的氣派，怪不得幾位閨中好友提起時，總忍不住眼含春水。

這般人物，即便沒有那滔天權勢，也多得是女兒家飛蛾撲火般的擁上去吧！

定了定神，蕭氏與家人一起請安行禮。

凌淵含笑的目光在洛婉兮臉上繞了繞，叫起眾人。

洛大老爺迎著他入了大廳，在上首坐下後，凌淵先是詢問了洛大老爺的膝蓋如何，又道：「我這兒有些活血化瘀的藥，和著熱水化了按摩，第二日便能好上許多。」說著德坤便把手裡的錦盒雙手遞上。

洛家缺藥嗎？自然是不缺的，只凌淵這份心，就讓人熨貼。

洛大老爺接過錦盒，又道謝了一回。

寒暄了幾句，餘光就瞄到了一旁的洛婉兮，洛大老爺道：「四姪女能躲過這一劫，多虧大人出手相助。」說著看向洛婉兮。「婉兮，還不謝過大人？」

這話聽在洛郅和蕭氏耳裡，俱是恍然大悟。洛大老爺當朝懇求皇帝收回手諭，肯定不是一時興起，必是之前就四處走動過。然今天那麼多朝臣仗義出言，完全超出洛家的能耐。他們還在疑惑，如今一聽還有什麼不明白的，原來是凌淵在背後推波助瀾，想來洛大老爺是藉著出嫁的洛婉妤走通了凌淵這條路。

洛婉兮眉心一顫，緩步上前，屈膝一福。「多謝大人出手相助。」

凌淵就見她濃密的睫毛一扇又一扇，勾得人忍不住想伸手觸碰。他抬手喝了一口茶，壓下蠢蠢欲動，輕笑道：「洛姑娘不必客氣。」

聞言，洛婉兮垂了垂眼，又退回了原位，悄然鬆了一口氣，她真怕凌淵做些不合時宜的舉動來。

餘光一直關注著她的凌淵心下一笑，對洛大老爺道：「令堂現下如何？」

提及洛老夫人，洛大老爺的眉頭不免緊蹙。「家母至今還昏迷不醒，御醫說已是無能為力。」

凌淵輕嘆一聲。「老夫人來京大半年，我還一直未來探望過，實在失禮，不知現下可方便？」

洛大老爺自然要說方便，當下就領著凌淵前往榮安院，一行人緊隨其後。

榮安院裡，洛老夫人依舊還陷在昏迷中，並沒有因為凌淵的大駕光臨而清醒。

端詳片刻，又問了幾句情況後，凌淵心裡有數，洛老夫人就是這幾日的工夫了。但見洛婉兮神情中化不開的悲傷，他不由心疼。

這一世，她父母早亡，帶著胞弟與老祖母相依為命，據他打探回來的消息，祖孫感情甚篤。眼下老人家時日無多，她不知該有多傷心。

又想幸好自己提前一步找到了她，否則等洛老夫人一走，孤女弱弟還不知要受多少折騰？

壓下翻湧的心緒，凌淵說了幾句寬慰之詞，便隨著洛大老爺離開，洛郅隨行。

他們一走，蕭氏吁出一口氣，見洛婉兮抬頭看著她，不好意思地用帕子按了按嘴角。「四妹不覺得凌閣老氣勢大？」弄得她大氣都不敢喘。

到底是這麼年輕就坐穩內閣首輔之位的人，若沒這氣勢也壓不住下面的人。內閣裡誰不比他年長，最年輕的那位次輔也四十出頭了，還有兩位都過了花甲。

洛婉兮扯了扯嘴角，她自然覺得。尤其是他冷下臉時，如泰山壓頂，壓得她話都不敢說。

十幾年身居高位的歷練，理所當然賦予他這一身磅礴氣勢。

看著這樣陌生的凌淵，洛婉兮切身體會到在歲月面前，男女果然是不對等的。女人如花，盛開時美不勝收，可就那麼短短幾年，怒放過後便快速凋零。男人卻如酒，越久越醇。若是她未出意外，到了這歲數，面對凌淵，怕是要自慚形穢了。

蕭氏見她出神，以為她是嚇到了，連忙安撫地拍了拍她的手背。「反正這樣的人，咱們等閒也見不著。」又整了整心情道：「父親要設宴款待凌大人，我得去廚房看著點，萬不能出了紕漏。」

走出兩步，蕭氏突然停下。「對了，妹妹廚藝好，父親都誇過的，要不今兒妳親自做幾道菜，一來孝敬父親，二來答謝凌大人，畢竟這回多虧了他！」

洛婉兮愣了下。

蕭氏卻覺得自己這主意甚好，不由分說拉了洛婉兮就走。

這一次到底不算小事，洛大老爺為洛婉兮在金鑾殿上跪了一天，跪得走路都一瘸一拐的，凌淵亦出了力。凌洛兩家有通家之誼，凌淵也算是長輩，洛婉兮作為晚輩，也不好正兒八經送禮感謝，正好藉這個機會略表謝意。

去廚房的路上，蕭氏突然想起一茬。「瞧我都忘了打聽一下凌大人的喜好，也不知他可有什麼忌諱的？」

被蕭氏拉來的洛婉兮還有些雲裡霧裡，一時沒反應過來，脫口而出。「清淡一些就好，別放蒜和……」說到一半她立刻閉嘴，差點咬到舌頭。

蕭氏一怔，納悶道：「四妹怎麼知道？」

洛婉兮心頭一跳，一本正經的胡說八道。「阿嬋告訴我的，她想跟我學幾道菜討好凌大人，說是瞧中了她六叔手裡幾樣寶貝，要去騙過來。」

蕭氏不疑有他，忍俊不禁。「她可真是個淘氣的，那最後成功了嗎？」

「菜都沒學會呢！」洛婉兮一臉無奈。

蕭氏搖頭失笑，繞回正題。「還有哪些忌諱？她可有說凌大人最喜歡哪幾道菜？」

「我記不大清了，」洛婉兮儘量讓自己的聲音聽起來正常。「派人去問問凌大人的隨從便是。」

蕭氏也覺正常，洛婉兮要是能如數家珍，她才要覺奇怪了，遂打發了一個小丫鬟去問。

另一廂，洛大老爺打發走了洛郅，沒了外人，凌淵也無須再遮掩，直奔主題。「明日我便請大嫂上門提親。」

洛大老爺一驚，前腳皇帝收回諭旨，後腳凌淵就來提親，這無異於挑釁皇帝。若是為了爭一口氣，他覺得這太不理智，那到底是一國之君。

洛大老爺斟酌了下，緩緩道：「陛下面上怕是過不去。」

當今皇帝並不是個心胸開闊的。就拿這次賜婚來說，皇帝雖然收回了手諭，但心裡肯定對自己憋了一肚子火。而他明知如此還敢抗旨，是因為他馬上就要守孝，而自己這一輩的守孝期是三年，他賭的是三年孝期之後的朝局。

「先不必對外公開，」凌淵轉了轉手中的茶盞，輕笑。「我這也是防著夜長夢多。」省得過一陣又來一道賜婚的聖旨。

其實這回皇帝肯痛快收回手諭，還得多謝陳忠賢，而陳忠賢會出手，其中一個原因就是他那姪子陳鉉。此子行事不按牌理出牌，指不定哪天就跑去請旨了，況且還有個離了京的江樅陽。

查到的事情越多，他便會忍不住想，若是他還被蒙在鼓裡，最後替她解決閻玨的，十有八九會是江樅陽。

人非草木，孰能無情。兮子會不會被他打動？

凌淵不覺掀了掀嘴角，笑意不達眼底。幸好他找到她了。

洛大老爺不知凌淵是擔心被人截了胡，只驚訝於他對洛婉兮的上心，不過這總歸是好事。

他想了想，斟字酌句道：「這到底是四姪女的終身大事，她父母不在了，下官畢竟只是她伯父，遂想著還是要與她先說一聲，大人意下如何？」

凌淵微微一笑。「自然要的，晚些時候還請洛侍郎安排一下，我想親自詢問四姑娘。」

洛大老爺猶豫了下，頷首應下。

略說了幾句就到了晚膳時分，洛大老爺迎著凌淵去花廳。

洛婉兮素日裡大方，用人時多打賞，遂下人也承她情，如這擺膳的婆子便笑吟吟道：「今兒好幾道菜都是四姑娘親手做的，道是讓凌閣老和老爺為她的事操心了，四姑娘說她無以為報，也就只能做幾道菜表表孝心。」

凌淵眉梢輕輕一抬，饒有興味地問：「哪幾樣是四姑娘做的？」

那婆子便一一指了出來。洛婉兮共做了三道菜，活血化瘀的「桃仁鱖魚湯」是為洛大老爺做的，再一道「豆豉排骨」是洛郅愛吃的，最後一道「清蒸石斑魚」則是凌淵喜歡的。

倒是比以前能幹了，那會兒只會做花裡胡哨的點心哄孩子。凌淵一邊想著，一邊伸筷子挾了一片魚放入口中，頓覺滋味滑嫩鮮美。

「四姑娘好廚藝！」他由衷稱讚，眉眼柔和。

推杯換盞間，心情愉悅的凌淵飲了不少酒，以至於洛婉兮一進門就聞到了從他身上傳來的酒氣，不由心跳快了幾拍，尤其是在身後的門被關上之後。

「兮子，過來。」神情醺醺然的凌淵朝她伸出了手，眉宇間流轉著淺淺情意。

洛婉兮緩緩往門口挪了挪，來人傳話說洛大老爺要見她，她猜到凌淵可能會在，可沒想到只有他在，還一副喝多了的模樣。

見狀，凌淵輕輕笑了，自己站了起來，走向洛婉兮。

見他一步步靠近，洛婉兮心頭發緊，下意識後退了幾步，本來就夠不講理的，喝醉了的他只會更不講理。

「你喝多了，有什麼事我們下次再說吧。」說著她轉身就要開門，可她的手剛摸到門閂，就被人從後面一把抱住，炙熱的體溫和灼人的呼吸燙得她全身繃緊。

「別怕，我就是抱抱妳……」察覺到懷裡人的緊張，凌淵克制住自己進一步的慾望，只輕輕蹭了蹭她的臉，溫涼柔軟，就像有磁力一般吸著他不想離開。

洛婉兮在他懷裡僵硬成木頭，凌淵輕笑一聲，放開她，轉而握住她的手，牽著她落坐。

直到這時，洛婉兮神情才緩過來幾分。

凌淵含笑看著她，傾身附在她耳邊啞聲道：「放心，我不會在這時候耍酒瘋。」

從前他喝了酒後興致總是格外高一些，惹來她不少埋怨，怪不得她要不安了。想起從前，凌淵便覺一股火苗竄了起來。

這樣意有所指的話加上他曖昧不清的語調，讓洛婉兮的臉轟一下紅了，耳垂更是像要滴下血來。

凌淵有些目眩神迷，情不自禁地低頭——

洛婉兮側身躲開，強自鎮定道：「你找我來有什麼事？」

落了空的凌淵也不生氣，低低笑了幾聲後抬起頭，目光柔柔地望著她。「明兒我就讓人來提親。」

洛婉兮如遭雷擊，半晌才回過神來，不敢置信。「你說什麼？」

「我知道這有些快，」凌淵放柔了聲音。「不過妳祖母的情況妳也有數，倘若不現在定下，便要等一年後。」

被打了個措手不及的洛婉兮腦子裡一團亂，他步步緊逼，連喘息的機會都不給她，她突然覺得無比委屈。「你說讓我好好想想的，可你根本就沒給我想的機會。」

「我本來也沒想這麼著急，可是我怕夜長夢多。」凌淵幽幽一嘆，感慨道：「我要是不手腳快點，兮子就要被人搶走了。」

洛婉兮心頭一跳。

凌淵微瞇了眼，語調發涼的吐出一個名字。「陳鉉。」

「不可能！」洛婉兮矢口否認。

凌淵失笑。「兮子可別小瞧了自己的魅力。此事千真萬確，我沒必要拿這事來逗妳玩。難道妳自己就沒覺得陳鉉有古怪之處？」

洛婉兮不禁回想起來，陳鉉的確態度驟變，但她以為是救命之恩的緣故。然眼下被凌淵這麼一提醒，不知怎麼的就覺得他之後的態度好得不對勁。

凌淵繼續道：「他這人為達目的不擇手段，妳覺得哪怕妳不想嫁，洛家護得住妳嗎？」

洛婉兮被他問得心下發寒，要不是凌淵橫空插手，連閭玨那一關她想過都不容易，換成陳鉉只會更難。

「他若想娶妳，其實簡單得很，以他們伯姪二人在皇帝跟前的臉面，求一道賜婚旨意輕而易舉，屆時可沒這次那般容易解決了。難道兮子寧肯嫁給陳鉉，也不願意再嫁給我？」凌淵問。

洛婉兮無名火起。「我不想嫁給陳鉉，也不想嫁給你，我誰都不想嫁，我就想一個人過不行嗎？你說他為達目的不擇手段，你又何嘗不是在仗勢欺人？」

凌淵靜默了一瞬，然後在她憤憤不平的目光下坦然頷首。

見此，洛婉兮又恨又怒，還有一種無能為力的悲涼。她便是不答應又如何？明天照樣有人來提親，凌淵照樣能得到她的庚帖。到了大婚那一日，他也有的是辦法把她塞進花轎，她在他面前根本不堪一擊。

見她這模樣，凌淵心頭亦不好受，可他什麼都能依她，唯獨這一樁不行。

他放軟了聲音。「兮子，我知道我們分開整整十一年，妳對我的感情已經不復當初，可我沒有變。如今我好不容易找到妳，妳讓我就此放手，繼續回去過那種冷冷清清的日子，我做不到。」

他直直地看著她的眼睛，神情悲傷。「妳真的對我一點感情都沒有了嗎？」

被這樣的目光籠罩著，洛婉兮心頭劇震，腦中一片空白。

凌淵握住她雙手，一點一點收緊。「兮子，重新接受我就這麼難嗎？妳連試都沒試過就拒絕了我，讓我如何死心？我求妳，給我一次機會好嗎？」

他哀求地看著洛婉兮，姿態低到了極致。

洛婉兮身體一顫，忽覺眼角發酸，眼淚就這麼流了下來。

凌淵起身半蹲在她身前，抬手替她擦淚，聲音平緩而鄭重。「兮子，妳信我，我不會讓妳後悔的。」

洛婉兮看著他，見他眼底灼然，流光溢彩，亮得驚人。

第五十七章

洛老夫人走的那一天是這一陣難得的好天氣，明媚的陽光暖洋洋的，照得人昏昏欲睡。

洛婉兮倚在正屋床前的暖炕上看書，手上的書不知不覺掉了。

桃枝見狀，小心翼翼地扶著她躺下，又給她掖了掖薄被。望著她眼底烏青，幽幽一嘆。

這一陣姑娘心事重重，一個囫圇覺都沒有。

可這一覺依舊不長，不過一刻鐘，洛婉兮就突然臉色蒼白的從夢中驚醒。

「姑娘，您怎麼了？」桃枝被她這模樣嚇了一跳。

洛婉兮不作聲，只一臉驚懼未褪地躺在炕上。

桃枝心頭一悸，又喚了一聲：「姑娘！」

洛婉兮突然一個激靈坐了起來，翻身下炕。

「姑娘，鞋子！」桃枝大急。

洛婉兮充耳不聞，她跑到洛老夫人的床頭，一把握住洛老夫人的手——還是熱的！

她心頭一鬆，脫力一般癱坐在床頭，如釋重負。

她夢見祖母走了……頭也不回地走了！

這會兒桃枝幾人也明白過來，她該是作了有關洛老夫人的噩夢，心頭不由發酸。桃枝低頭擦了擦眼淚，提了繡鞋上前為她穿上。

洛婉兮低頭看著昏迷不醒的洛老夫人，顴骨突出，臉頰凹陷，整個人透出不祥的青色。祖母昏迷至今已有七天了，起初幾天還能吞嚥些流食，這兩天連參湯都嚥不下了。

她知道，祖母大限已經到了。別人都是老來享福，可她老人家晚年糟心事一樁連著一樁，一刻都不得清靜，硬生生把身體熬垮了。

洛婉兮悲從中來，淚如決堤，哭著哭著，忽覺手被人拉了下。她一驚，猛地一抹眼，就見洛老夫人睜開了眼，憐惜地看著她。

洛婉兮驚喜交加，顫著聲喊：「祖母？」

洛老夫人握了握她的手，虛弱的應了一聲。

洛婉兮終於反應過來，喜極而泣。「祖母，您醒了！」

忽地她臉色驟變，猛然意識到洛老夫人的突然清醒意味著什麼，當下便覺心口一陣一陣疼起來，很快席捲全身，整個人都不由顫抖。

「乖，別哭……」洛老夫人聲音嘶啞，她也很清楚自己這是迴光返照了，這一刻是她這半年來身子最輕鬆的一刻。

洛婉兮用空出的那隻手捂住嘴，想堵住嗚咽之聲，可泣音還是穿過指縫逸了出來。

洛老夫人眼底也湧出淚意，她最不放心的就是三房姊弟倆。她走後，姊弟倆可怎麼辦啊！

見狀，洛婉兮胡亂抹了把臉，忍著悲意強顏歡笑。「祖母，您要不要吃點東西，這幾天您都沒怎麼進食，肯定餓了。」

洛老夫人微一點頭。

正好已經有機靈的丫鬟去外頭端來一直煨在爐子上的人參烏雞湯，洛婉兮和幾個丫鬟便扶著洛老夫人靠坐起來，接過雞湯餵著。

剛喝到一半，何氏等人也聞訊而來，見洛老夫人竟然能坐起身，還在進食，俱是心頭一跳。

饒是被人匆忙從學堂帶回來的洛鄴等幾個小的都噤若寒蟬。洛鄴一步一步蹭到洛婉兮身邊，淚眼汪汪地看著洛老夫人。

望著小孫兒濕潤的眼，洛老夫人心臟緊緊一縮，抬手摸著他的腦袋。

「祖母您好了嗎？」洛鄴小心翼翼的望著洛老夫人。

洛老夫人悲從中來，答非所問。「你以後要聽你阿姊的話，好好讀書，長大後保護你阿姊，知道嗎？」

洛鄴不由害怕起來，含著淚叫起來。「祖母會好的！」

洛老夫人心頭一刺，強忍住的眼淚終於落了下來。她一把抱住洛鄴，悲聲道：「鄴兒！鄴兒！」

洛鄴似乎嚇壞了，靠在洛老夫人懷裡嚎啕大哭。

祖孫倆抱頭痛哭起來，惹得旁人紛紛落淚。

「祖母，您保重身子！」洛婉兮哽咽道，又按了按洛鄴的肩膀。「鄴兒別哭了，你這樣豈不是讓祖母跟著傷心？」

何氏和蕭氏也上前勸慰，終於勸得洛老夫人收了淚。洛鄴也在洛婉兮的安撫下不再大哭，只緊緊抱著洛老夫人的腰不肯撒手。

洛老夫人擦了擦眼淚，環視一圈。「老大他們呢？」

何氏忙道：「老爺和阿郅都在衙門裡，已經派人去通知他們了。」

洛老夫人看了看眼前眾人。「你們幾個在也行，趁著我還有一口氣在，把我的體己分了。」她擺了擺手打斷小輩的話頭，沈聲道：「我說你們聽著便是，誰打岔誰就是不孝。」

當下，誰也不敢出聲。

就聽洛老夫人命秋嬤嬤把她的私房都搬了出來，她老人家條理清晰的分配，洛婉兮和洛鄴並沒有多得，與其他孫輩一般無二。她不想招了其他幾房的眼，分家那筆產業足夠姊弟倆花用，家財太多也不見得是好事。

此外，洛老夫人特意給白洛氏母子三人留了一份。她雖痛心於白洛氏的所作所為，可白洛氏已經瘋了，白奚妍被休，白暮霖到底還年輕，母子三人日後處境艱難，多些銀子傍身總是好的。

剛剛趕到的洛婉妤聽聞不只自己這個出嫁女有，便是陽哥兒以及肚裡這孩子，洛老夫人都分了一份，眼淚當場就流了下來，伏在床頭哀哀哭泣。

分完私產，洛大老爺和洛郅也前後趕到了，洛老夫人看一眼洛婉兮，又摸了摸洛鄴的頭頂。「老大，我走之後，婉兮姊弟倆按理該跟著你這個做大伯父的，可你們早早進了京，兩個孩子與你們不熟，遂我做主讓他們跟著老四過，你可有異議？」

這一番話說得洛大老爺羞慚滿面，老太太這是不信大房能照顧好三房遺孤，然他能怪老太太嗎？洛婉如做的那些事歷歷在目，怨不得洛老夫人不放心，就是他都不放心何氏和洛婉如，畢竟內宅的手段防不勝防。

何氏亦不好受，老太太防的就是她，想著知道內情的長子長女都在，何氏的臉不由火辣辣地燒起來，連忙低了低頭掩飾。

洛大老爺撲通一聲就跪下了，悲聲道：「兒子不敢！母親放心，兒子一定會照拂好兩個孩子！」

洛老夫人笑了笑，她相信長子會盡可能的照顧姊弟倆，可她不相信何氏。到了關鍵時刻，長子保的還是妻女，人心這玩意兒本來就是偏的，她自己何嘗不偏心？

「還有一條，老大你得應我，婉兮姊弟倆的婚事必須經過他們本人點頭才能定下。」男子尚好，女兒家若是嫁錯了人，這一輩子就毀了。

此言一出，下面跪著的兒孫俱是一驚。

洛大老爺心跳漏了一拍，在洛老夫人審視的目光下，面不改色的一點頭。洛婉兮和凌淵的婚事，他並不敢提，只怕一說，老太太就不能瞑目了。

凌淵再是位高權重，也不能掩蓋他比洛婉兮整整大了十八歲的事實。且兩人的身分地位太過懸殊，懸殊得讓人為洛婉兮捏一把冷汗，若她婚後不幸，娘家根本幫不了她。

洛老夫人疲憊地合了合眼，像是倦怠極了。

眾人大驚，疾呼：「母親！」、「祖母！」

能想到的都說了，洛老夫人便覺得身體突然沈重起來，她撐著最後一點力氣，看向洛婉兮。

洛婉兮立刻撲過去，抓住洛老夫人的手。

洛老夫人一手握著她，另一手拉著洛鄴，眼底的不捨和擔憂幾乎要滿溢。

「祖母……祖母……」洛婉兮泣不成聲，雙手緊緊拉著洛老夫人的手，只覺得有什麼東西在心口上下搗著。

洛鄴哭得上氣不接下氣，一迭聲叫著祖母。

洛老夫人眼裡的光一點一點黯淡下去，她吃力地抬手摸著洛鄴稚嫩的臉龐，須臾後，放在他臉上的手無力垂落。

「祖母！」洛婉兮大驚失色，抖著手探了探洛老夫人的鼻息，剎那間褪盡了血色。

洛大老爺搶步上前，伸手一探，接著發出一聲嘶啞的悲鳴。「母親！」

旁人見狀，哪裡還不明白，頓時放聲大悲！

屋裡的丫鬟和婆子盡數跪下痛哭。

洛婉如跪在人群中，聽著耳畔此起彼伏的悲哭聲，卻是想笑。祖母還是這麼偏心，到死都只惦記著洛婉兮，為了她甚至不惜下她爹娘的臉面。

悲不自勝的洛大老爺無意間一抬頭，正瞥見洛婉如嘴角的冷笑，氣得眼前發黑，雙眼直勾勾地盯著她。

何氏率先發現了他的異樣，循著他的視線一看，就見洛婉如臉色發僵，眼底充斥著恐懼。

還不等她反應過來，洛大老爺大步跨到洛婉如面前，抬起腳重重踢過去。「我打死妳個孽障！」

這一腳力道委實不輕，洛婉如又虛弱，竟被踢得摔飛一丈，直直撞在後面的丫鬟身上。

何氏目眥欲裂，衝過去抱住雷霆震怒還要追過去打女兒的洛大老爺，失聲尖叫：「老爺、老爺，你要做什麼！」

洛大老爺胸膛劇烈起伏，額上青筋暴跳。「我要打死這個不孝的畜生！她祖母走了，她居然還笑得出來?!我洛聞祈沒這樣狼心狗肺的女兒！」洛老夫人第一次中風還是因為她被江翎月欺負了，她怎麼笑得出來?!

洛郅正站起來要幫著何氏攔洛大老爺，聞言一愣，也就是這一停頓，洛大老爺甩開何氏，衝到了洛婉如跟前。

洛婉如瑟縮了下就想往後躲，突然腹裡一陣翻江倒海，哇一聲，一口鮮血灑在洛大老爺的鞋面上。

洛大老爺僵住了，如泥塑木雕一般看著暈過去的洛婉如。

何氏駭然失色，踉蹌著撲過去。

登時一陣雞飛狗跳，直到洛婉如被抬走，這場鬧劇才結束。

洛婉兮拉著洛鄴跪在洛老夫人床頭，心想幸好祖母走了，什麼都看不見，她老人家最是疼愛兒孫的，要看見這一幕，該有多傷心啊！

下午靈堂就設好了，這些都是之前就準備著的。

洛氏一行人披麻戴孝的跪在靈前，洛老夫人走得太急，其他幾房都還沒有趕到，還少了一個被洛大老爺踢去半條命下不了地的洛婉如，遂靈堂上不免有些冷清。

收到訃告的人家也陸陸續續前來祭奠。

凌淵是和洛婉妤的公公凌左都御史一塊兒過來的，一進門他的目光就不著痕跡地看向洛婉兮。只見她雙眼紅腫，布滿血絲，臉色憔悴不堪，彷彿一陣風就能吹倒，不由心疼。她這一世親緣淺，洛家三房夫妻走得早，最親的便是洛老夫人，可眼下這位老人家也走了。

凌淵為洛老夫人上香時十分恭敬，這位老人家一直都在竭盡自己所能的保護洛婉兮。上過香，他停在家屬面前，道了一聲節哀。

洛大老爺頷首謝過。

凌淵並沒有久留，上過香便告辭了。

直至夜幕緩緩低垂，來人才漸漸少了。

慘白的靈堂頓時變得空蕩蕩的，只剩下守靈的洛家人。時人認為，人死後三天內會回家探望家人，故至親要守靈三日。

洛大老爺沈沈道：「你們都下去休息吧。」

若是守上三天三夜，就是鐵打的人都熬不住，遂他早就分配好，每人只需守一夜靈，這也是時下的規矩。如今守靈早不像從前那般苛刻，需要居倚廬、寢苫枕塊。

他與何氏還有洛郅身為長子長媳長孫，自然是守第一夜。這都是早就商量好的，遂洛婉兮和蕭氏等人也不推託，行禮後蹣跚著離開。

回到西廂房，洛婉兮先將洛鄴哄睡了。因為洛老夫人的離開，這孩子變得特別黏她，好似怕一錯眼，她就會憑空消失。洛婉兮沒辦法，只得讓他在寢房的外間歇下。

替洛鄴掖了掖被角，洛婉兮站了起來，這時桃露進來悄聲對她道：「姑娘，大人來了！」

洛婉兮微微一驚，這會兒都宵禁了！想完又失笑，區區宵禁哪裡難得住他凌閣老？驟然失去至親，凌淵到底不放心，方才祭拜時又不便多問，這才有了入夜前來這一趟。

第一眼，凌淵便注意到洛婉兮走路的姿勢不對，數九寒天裡在靈堂跪了大半天，到底吃不消。他快走幾步，扶住了她的胳膊。

對於他的親近，洛婉兮略有些不自在。從前再親密，可到底分開了這麼多年，便是如今二人已經交換了庚帖，可十幾年的生疏總歸存在。

凌淵察覺到她身體的僵硬，卻沒有鬆開，但也沒有得寸進尺，只虛虛托著她的手臂，垂眼望著她，目光泛柔。

洛婉兮垂了垂眼簾，由他扶著落了坐。

凌淵唇畔的弧度微微上揚，柔聲詢問：「膝蓋有沒有讓人揉過？」

洛婉兮點頭，一回到屋裡，桃露和桃葉就端著熱水和藥上來，為她和洛鄴按摩了腿。不過畢竟跪的時間久了，加上天寒地凍，遂至今腿上還殘留著生鏽一般的艱澀感，想來睡上一覺會好許多。

「那便好，若是不舒服就說出來，不要硬撐，若是熬壞了身子，妳祖母泉下有知也會難過。」

思及洛老夫人，洛婉兮便覺心口鈍鈍一疼，眼底又起了水霧。

凌淵輕輕一嘆，安慰的話在心裡過了又過，終究沒有說出來。失去至親的痛他也嚐過，再多的安慰都是表面之詞，甚至越安慰越難過，遂他閉口不言，只靜靜看著她默默流淚。

半晌，洛婉兮才止住悲意，不好意思地擦了擦眼。

見她恢復平靜，凌淵另起話題。「我已經讓凌風帶著碧璽先去臨安，他們會在洛府附近住下，你們見面也方便。若是有事，妳盡可吩咐凌風。」

洛婉兮回鄉守孝，他無法陪同，遂只能退一步讓凌風帶人過去保護。凌風是他的心腹，又有碧璽這一層關係在，他十分放心。

洛婉兮目光微動，低聲道：「多謝。」既為他安排碧璽去江南調養，也為他讓凌風照顧碧璽。

對於碧璽，洛婉兮有說不盡的歉意和心疼，由衷希望她能好起來。如今碧璽心結已解，又有凌風陪伴，想來她的病情能好轉許多。

「妳我之間還需客氣嗎？」凌淵微微一笑。

洛婉兮一頓，垂首不語。她熟悉的是從前的凌淵，而不是眼前這個步步為營、讓她束手無策的男人。

望著她輕顫的睫毛，凌淵不由苦笑，離她全心全意信賴他還有很長一段路要走，不過只要人在他身邊，他相信會有那麼一天，他們會回到從前。

略說了幾句，凌淵便道：「我先走了，妳好好休息，莫要傷心太過。」

洛婉兮輕輕一點頭。

凌淵突然握住了她的手，她一驚，下意識縮了縮手，可自然是抽不回來的。

她抬起眼看向他，只見他目光如水，聲音輕緩又鄭重，帶著安定人心的力量。「兮子，妳還有我。」

洛婉兮心頭一顫，就像是打翻了調味料，心裡什麼滋味都有。

「有事只管告訴桃露，她會轉告我。」凌淵溫聲道：「妳並非無依無靠，明白嗎？」

片刻後，洛婉兮輕輕應了一聲。

「那我走了。」話是這般說，凌淵卻是看著她不動。

洛婉兮抿了抿唇。「你慢走。」

凌淵輕輕笑了起來，心滿意足地起身。

第五十八章

走到門口時他若有所覺的回頭，就見洛婉兮欲言又止，雙唇張了又張。

凌淵心裡一動。「妳想問陸家那邊的情況？」

洛婉兮呼吸一窒，忐忑不安的望著他，目光期待又帶著緊張。

洛老夫人的離開，讓她越發想念親人，二哥認她，那她能不能奢望爹娘也認她？這個念頭一冒出來，就再也壓不下去。

這模樣看得凌淵心頭不忍。「妳莫急，頭七過後，我就帶妳回公主府。」他用了「回」這個字。

洛婉兮也留意到了，瞬間心跳如擂鼓，不由自主地握緊了帕子，又驚又喜。

「我娘……她信了？」她像被從天而降的餡餅砸中，驚喜之餘更不敢置信。

凌淵靜默了一瞬。

他的沈默讓洛婉兮心頭發涼，像是被人塞了一把冰塊，眼裡的光彩瞬間黯淡。其實她心裡早有數，從碧璽告知二老她的真實身分迄今已過去好幾天，只要二老有一分相信，都該派人來傳她過去，可如今還沒動靜，想來是把她當成處心積慮攀高枝的女子，不屑一顧。

「妳莫要多想，妳娘的性子妳也瞭解，她老人家向來對神鬼之事嗤之以鼻，想要說服她須得花費一番力氣。這幾天我和妳二哥都在考慮如何能讓她更完整的接受妳，是以才耽擱了，不巧又遇上妳祖母過世，遂才延到七天後。這般也好，事出突然，總要給她老人家時間平復心情。」凌淵旋身走到洛婉兮跟前，抬手撫了撫她的長髮，柔聲道：「其實妳自身就是最好的證據不是嗎？等她親自見了妳，她就會明白的。妳就是妳，哪怕變了副模樣，依然還是妳。」

洛婉兮心間流淌過一股暖流，身上寒意稍稍褪去，感激地對凌淵道：「這事讓你費心了。」

凌淵笑著搖了搖頭。「兮子又跟我見外了。不過這事妳二哥可是出了最多的力，回頭咱們得好好感謝他。」

他倒是想幫忙，只是他的身分在這件事上極為尷尬，一個不好就會弄巧成拙。遂前前後後都是陸承澤在遊說長平大長公主，她能同意七日後見洛婉兮，那也是陸承澤費了九牛二虎之力得到的結果。

洛婉兮嗯了一聲。

「別胡思亂想，萬事有我。」凌淵含笑道。

洛婉兮目光一抖，一時說不清心裡滋味，只能垂下眼看著腳尖。

柔和的燭光映在她細膩光潤的臉上，透出一種別樣的柔美，凌淵抬了抬手，又背在身後，告訴自己稍安勿躁。十一年他都熬過來了，這一點時間又算得上什麼？

最絕望的從來都不是等待，而是永遠等不到。

這一夜洛婉兮睡得頗好，大抵是陸家那邊終於有了音訊的緣故。

到了第四天，前來祭拜的賓客漸漸少了，子孫也不必時時刻刻跪在靈堂前，可以輪著休息。這個下午剛好輪到洛婉兮，她正跪在火盆前燒著紙錢。

餘光見一雙腳站在她不遠處，同時也察覺到那一道不可忽略的視線，便緩緩抬起頭來，就對上江樅陽的眼。

江樅陽滿面風塵，眼底的血絲清晰可見，像是好幾日都沒有合過眼，看著洛婉兮的目光複雜難辨，似有千言萬語融在裡頭。

洛婉兮一時說不出話來。

聞訊趕來的洛大老爺見此一幕，心裡咯噔一響。江樅陽對洛婉兮的心思，他早就知道，生怕他會說出什麼不合時宜的話來引發誤會，立即上前道：「有失遠迎，還請南寧侯勿怪！」

江樅陽回過神，看向走近的洛大老爺，抬手一拱，沈聲道：「聽說老夫人走了，便來上一炷香。」

他來上一炷香並不為過，可洛大老爺一回想他方才看洛婉兮的神情以及後者的怔神，便覺眼皮亂跳。

他突然想起一個被自己忽略的可能——江樅陽愛慕洛婉兮，那麼洛婉兮對江樅陽呢？

洛大老爺不動聲色的打量江樅陽，英俊挺拔，眉峰剛毅，年紀輕輕就身居高位還有爵位在身。他還記得早些年，江樅陽救過洛婉兮。

洛大老爺越想心越沈，然面上分毫不顯，待他上過香，便引他離開靈堂。

他一走，洛婉兮就悄悄鬆了口氣，至於為什麼，她自己也說不上來。

一更的梆子敲過，桃枝和柳葉上前攙扶起洛婉兮回房休息。按照慣例，按摩膝蓋上了藥酒後，洛婉兮便上榻休息。

只是睡到一半，她突然驚醒過來，就見身前籠罩著一個黑影，她的嘴還被人摀著，不禁大驚失色，抬腳就要踹過去。

「是我，四姑娘！」黑影悄無聲息的化解了她的反抗，壓低了聲音道。

被制住的洛婉兮發現這聲音有些熟悉，也意識到對方並無惡意，忽而腦中閃過一個名字。

江樅陽察覺她的變化，以為她已經認出自己，心裡生出一股格格不入的竊喜。他輕聲道：「四姑娘，我並無惡意，妳莫要出聲。」說著趕緊放開手，又立刻退出床帳。

洛婉兮並沒有直接叫出那個名字，萬一錯了豈不徒惹事端？遂隔著床幔詢問：「你是？」

「……江樅陽。」

果然是他。洛婉兮心下稍定，小聲詢問：「你這是……」

半夜潛入閨房，莫不是他又被人追殺了，可他是怎麼一路順暢地到達這兒的？

「我……」黑暗中，江樅陽難得支吾起來。

洛婉兮等了一會兒都沒聽到下文，猛然想到今兒值夜的桃葉。

凌淵特意送來的人自然不是普通的丫鬟，可江樅陽就這麼悄無聲息地避開了外間的桃葉？

她心頭一跳。「你是怎麼進來的？」

也許是在黑暗中不用刻意掩飾的緣故，聞言江樅陽的臉便是一紅，忙道：「妳的丫鬟只是睡著了，並無大礙。」

洛婉兮心神一緊，與其說睡，該是昏迷吧！要知道夜裡稍有動靜，守夜的桃葉或桃露都能立時發現。

江樅陽費盡心機過來，到底想做什麼？理智上她覺得江樅陽絕不是那些宵小之徒，不可能居心不良，可他現在做的這事，實在讓她心裡沒底，忍不住胡思亂想。

然眼下情況，她並不敢把自己的戒備表現得太明顯，遂她平復了下心情，輕聲問：「你是有什麼要緊事嗎？」

「抱歉，」江樅陽先為自己夜闖香閨的荒誕行為致歉。「白日我沒機會見妳，可有些話又不得不與妳說，遂出此下策。唐突了四姑娘，請見諒。」

他看出洛大老爺對他的防備，想在正常情況下見洛婉兮一面又難如登天，這才深更半夜潛入。有些話若是現在不說，待她扶靈回鄉就來不及了。

「你想說什麼？」洛婉兮坐了起來。

江樅陽默了默，方道：「這些日子妳受驚了。」在她最困難的時候，他卻不在。

他飽含歉疚的聲音讓洛婉兮心下惻然，她並非他的責任，所以他並不需要覺得有愧於她，反倒是她欠他許多。

洛婉兮垂了垂眼，聲音疏離。「已經都過去了。」

江樅陽聞言握了握拳頭，似乎下定了決心，低聲道：「四姑娘，妳可願意嫁我？」

這一句話在他心裡盤旋了一年有餘，可他遲遲不敢開口。他大仇未報，又深陷錦衣衛這個泥沼，自身難保，何苦連累她？她該嫁一個門當戶對的少年兒郎，琴棋書畫詩酒花，舉案齊眉，白頭偕老，而不是跟著他擔驚受怕。

然而時移世易，她被皇帝賜婚給閻玨。聞訊後他便準備除掉閻玨，只是那個風口浪尖上不好動手，遂才沒有立即行動。

後來，洛大老爺出面懇求皇帝收回諭旨，為了平息流言蜚語，皇帝不得不收回成命，可到底因此事失了臉面。娶她便意味著要冒得罪皇帝的風險，加上之前的退婚，她怕是再難尋好人家。

接著洛老夫人西去，她失了倚靠，旁人終究不會像洛老夫人那般維護她。外人不知，可他對洛婉兮和洛婉如之間的恩怨一清二楚。據他瞭解，她堂姊是一個睚眥必報、囂張跋扈的，若是洛婉如要報復她，沒了洛老夫人做靠山，她寄人籬下的處境可想而知。

從前他不敢娶她是怕連累她，可眼下她處境艱難、如履薄冰，他便有些控制不住自己的心。

她若嫁了他，起碼自己會盡可能的保護她。

「我會好好待妳，會和妳一起照顧令弟，視他為親弟。」江樅陽穩了穩心神。「若是妳願意，貴府長輩那裡，我會設法說服他們，不需要妳出面。」

說罷，他目不轉睛的看著床幔，等待答案。

其實在伸手不見五指的黑暗裡，感覺格外敏銳，江樅陽聽見了自己劇烈的心跳聲，好像隨時會破膛而出。

「多謝江大人厚愛，不過我已經定了人家。」洛婉兮緩緩回答，這樣一個少年將心捧到她眼前，她無法做到無動於衷，可她終究要辜負他。

她的聲音極輕，可落在江樅陽耳裡不亞於九天玄雷，震得他耳朵轟一下，全身都麻木了，又像是被人在冬天按進了冰水裡，從頭涼到腳底。

好一會兒，他才啞聲問道：「什麼時候？」

「就在七日前，兩家已經交換了庚帖。」洛婉兮平靜道。

江樅陽一顆心直往下墜。「我能問是哪家嗎？」

洛婉兮踟躕不定，不知該不該據實以告。

江樅陽再少年老成，也依舊是個年輕人，否則不會衝動地深夜前來。她怕他年輕氣盛，遇上凌淵時露出一星半點。況且凌淵已經留意到他了，若是他再撞上去，難保凌淵不會出手。

與凌淵相比，江樅陽到底根基尚淺，絕不是他的對手。可若是不說出來，江樅陽怕是不會死心。

斟酌片刻，洛婉兮還是說出了他的名字。「凌淵。」

江樅陽愕然。「凌閣老？」

洛婉兮輕輕嗯了一聲。

江樅陽的雙眼因為震驚而陡然睜大，眼底布滿匪夷所思。不知想到了什麼，臉上突然浮現煞氣。

「他們逼妳?!」怪不得她和閻玨的賜婚能這麼快解決。

「沒有！」洛婉兮毫不猶豫的否認，認真道：「他沒有逼我，我是心甘情願嫁他的。」

可江樅陽一點都不信，情人眼裡出西施，對於深陷情網的人而言，自己心愛的姑娘自然是天上地下獨一份，人見人愛。他已經認定是凌淵看中了洛婉兮，仗勢欺人逼娶，而她一個無依無靠的弱女子面對隻手遮天的凌淵，又能如何？她說什麼心甘情願，不過是不想他以卵擊石罷了。

洛婉兮敏感地察覺到江樅陽氣勢變了，心頭一涼，急切道：「我真是自願的！」她還想再說什麼，卻聽見砰一聲，像是瓷器碎裂的聲音，同時還有驚呼聲響起。

洛婉兮大吃一驚。「你快走！」

江樅陽知道自己不能再逗留，深深看一眼床帳，立即從來時的後窗跳了出去。

洛婉兮出了一身冷汗，聽見桃露詢問的聲音，嚇得頭髮都快豎起來了。她心念如電轉，最後還是模模糊糊的應了一聲。

她睡眼向來淺，這麼大的動靜若是還不醒，反而奇怪。

桃露躡手躡腳地挑起簾子進了屋，就著手中的燭檯環視屋內，目光如炬。

「怎麼回事？」洛婉兮甕聲甕氣地詢問，聲音裡還帶著睡意。

桃露的視線在後窗上頓了一下，窗戶沒有從裡面扣住。她眸色深了深，語氣如常。「柳葉起夜時不小心打翻了花瓶，驚到姑娘了吧！」

「人沒事吧？」

「沒事。」

「那便好，妳們也去睡吧！」洛婉兮道。

桃露望著遮得嚴實的床幔，輕聲道：「姑娘要不要喝點熱水？」

「不用，我想睡了。」

桃露便不再多言，悄聲退下。

見視野之內又恢復了一片漆黑，聽動靜他應該沒有被發現，想他身手了得，外面又是月黑風高，洛婉兮不禁鬆了一口氣，可這一口氣剛吐出來，又忍不住倒抽一口涼氣。

今兒值夜的是桃葉，可進來詢問的卻是桃露！

另一頭，退出寢房的桃露在桃葉人中上狠狠一按。進屋之前，她就推過桃葉，可推不醒，當下便知情況不對，只是因為擔心洛婉兮，便顧不得弄醒她。

桃葉悠悠醒轉，迷糊間對上桃露凝重的目光，一個激靈徹底醒過來。

桃露對她使了個眼色，才鬆開捂著她嘴的手，在她耳邊低語了一番，聽得桃葉臉色變了又變。

桃露的聲音低不可聞。「其他的明兒再說，妳留個神，也莫在姑娘面前露出來。」

桃葉慎重地點頭。

這時候門外傳來輕微的敲門聲。

兩人收斂異色，輕手輕腳的開了門。

來人是桃枝，她也是被吵醒的，不放心便過來看看。「姑娘可醒了？」

桃露道：「醒了，問了幾句便又睡了。」

「姑娘睡眠向來淺。」桃枝說完，才有心問地上的碎花盆，奇怪道：「這是風吹倒的？」

蹲在地上收拾的柳葉憨憨一笑。「我起夜時迷迷糊糊走到這兒，碰倒了花盆。」

「敢情妳是夢遊了！」桃枝笑話她，才發現她褲腿和鞋子都髒了，該是被濺到的，遂道：「黑燈瞎火的，明兒一早再收拾便是，妳趕緊回去換身衣裳睡吧。」

桃枝又攏了攏衣服，受不住冷似地跺了跺腳。「大家都回去歇著吧！」

她在這院裡資歷最老，眾人聽她發了話，便都散了。

「妳們倆還不去睡？」桃枝納悶地看著桃露和桃葉。

桃露道：「我們餓了，打算做點宵夜，妳要嗎？」

桃枝打了個哈欠。「我不要了，妳們吃完早點睡吧。」

「好。」

待人都走了，桃露讓桃葉回屋裡守著，自己繞著屋子細細轉了一圈，尤其是後窗那一塊，她甚至跳到屋頂檢查了一番，卻是越查越心驚，幸好來人對洛婉兮沒有歹意，否則後果不堪設想。

思及此，桃露結結實實打了個哆嗦，可在她們眼皮子底下，讓人悄無聲息來去了一趟，她們依然難辭其咎。

桃露回到屋裡，深深看一眼已經躺下的柳葉。她半夜醒來發現柳葉不在，頓時心生警覺，她一直都覺得柳葉這丫頭有些古怪，出去一看就見她站在姑娘房前的花架下，好一會兒都不離開，她便走了出來，柳葉就撞倒了花盆，與其說是受了驚嚇，不如說是刻意要提醒什麼人。

她果然是別人派來的人，就是不知她的主子是誰？不過不管是誰，都留不得了。

這一夜，許多人輾轉難眠，例如洛婉兮。

翌日醒來，洛婉兮尋到桃枝，仔細把事情問了一遍。靜默半晌後，她開口：「妳去喚柳葉進來。」

她這西廂房雖不是銅牆鐵壁，可也不至於能讓江樅陽如入無人之地，尤其有桃露和桃葉這兩個丫頭，所以他肯定有內應。順著這個方向想下去，最可疑的便是柳葉，她是新來的，又行為反常。

桃枝狐疑，打破個花盆又不是什麼大事，可瞧洛婉兮神色凝重，她也不敢多嘴，只得去喚來柳葉。

柳葉依舊一張憨憨的臉，瞧洛婉兮只看著她不說話，不由心下打鼓。昨兒若是不出岔子還能瞞天過海，可出了那個意外，她自己也知道她暴露得差不多了。

洛婉兮淡淡地問：「是他派妳來的？」

柳葉沈默不語。

「這兒就我們兩個，其他人我都打發走了。」洛婉兮道。

柳葉輕輕一點頭，跪下道：「侯爺並無惡意，他只是擔心姑娘安危，遂派奴婢來保護您。奴婢來之前，侯爺便說了，不用奴婢向他回報任何消息，除非您遇上困難。」畢竟洛婉兮也算得上是多災多難了。

洛婉兮心下苦笑，轉而問：「柳家人知道妳的底細嗎？」

柳葉搖頭。「這是奴婢給自己安排的身分，他們毫不知情。」

洛婉兮心裡一鬆。如此便好，否則叫她情何以堪。「過幾天我會安排妳出府。」不讓柳葉馬上走是因為既然她能猜個八九不離十，桃露和桃葉怕是也猜到了，或許兩人已經懷疑昨晚的事了。

洛婉兮扶著腦袋靠在炕上，覺得腦袋隱隱作疼。她們一定會告訴凌淵的，若是不和他打個招呼，她怕他出手對付江樅陽和柳葉，這絕不是她想看到的。

只是要怎麼和他開口？光想洛婉兮便覺得頭更疼了。

聞言柳葉並不意外，沒人願意身邊放著別人的耳目，除非逼不得已。

遂她也不求情，只向洛婉兮磕了一個頭，全了幾個月的主僕之情。「姑娘保重！」

第五十九章

凌淵心情頗好的把玩著手上的信箋，這信是洛婉兮寫的，她在信裡將她和江樅陽的事情簡單道了一遍——十一年前的救命之恩、幾次三番的提點和幫忙，字裡行間都在強調她對江樅陽只有感激之情，並無私情。

凌淵知道她寫這信是希望他別和江樅陽計較，看在她坦誠相告及江樅陽幫過她的分上，他可以放過這小子。不過想起來仍不舒坦，若他晚一步，說不定她就真的嫁給江樅陽了。

敲了敲書案，沈吟片刻後，凌淵輕輕一笑。江樅陽這年紀也該娶妻了。

「大人，陸大人來了。」外頭有人稟報。

凌淵將透著淺淺蘭花香的信箋壓在書下，揚聲道：「請他進來。」

陸承澤推門而入，今天他穿了一件素色錦袍。

「你去過洛家了？」凌淵問。

陸承澤在他對面落坐。「去給洛家老太太上了一炷香，這些年到底多虧她照拂小妹。」父母雙亡，若是沒洛老夫人照看，不知要受多少委屈。此外，他還和洛家說了明天接洛婉兮去公主府的事。

「明天你要來嗎？」陸承澤挑眉問道。

「自然要去。」凌淵雙手交握。讓她一個人過去，他豈會放心？

「那你收斂點。」陸承澤道。至於收斂什麼，兩人心知肚明。在長平大長公主沒有相信之前，凌淵對洛婉兮越好，她對洛婉兮的反感就越重，雖然他娘不反對凌淵續弦，這些年見他後繼無人，還會勸一勸，卻不會樂見凌淵娶一個「假陸婉兮」。

洛老夫人頭七過後，洛婉兮便前往大長公主府。

越是靠近公主府，她的心跳越快，甚至有一種自己若是張著嘴，心臟便能順著嗓子眼蹦出來的錯覺。她趕緊拿起小几上的熱茶灌了一口，溫熱的茶水入喉，卻是半點效果都沒有，反倒攪得她胸悶不已，她想大抵是這茶太燙的緣故。

跪坐在一旁的桃露發現了她的緊張，想她大概是畏懼長平大長公主，遂道：「姑娘放心，今兒大人也在場。」

她並不知道洛婉兮的底細，想著大長公主要見她，該是想看看是什麼人能讓大人時隔十一年後再一次動心。

洛婉兮扯了扯嘴角，用力捏住手中的茶盞。

桃露見她手指因為用力過度而發白，心下喟嘆一聲。

不一會兒馬車就到了公主府，落了地後，洛婉兮忍不住看了看對面的國公府。

陸國公府和公主府就在對門，一開始他們這一房都住在公主府裡頭，後來長輩去世分家，其餘幾房搬了出去，大哥這一房就搬到國公府裡，畢竟偌大的宅邸總不能空置著。

看著看著，眼底便起了一層霧氣，她趕緊低了低頭。

裡頭的錦安堂裡，氣氛凝滯，陸承澤數次打算緩和氣氛，都在長平大長公主的冷眼下尷尬收場。

他無奈地看一眼陸國公，示意老爺子幫幫忙。

陸國公低頭喝茶，假裝什麼都沒看到。

陸承澤一撇嘴，夫綱不振啊！老爺子在他們和屬下面前可威風了，他們兄弟幾個打小就怵他，唯獨小妹不怕他，還敢去揪老爺子的鬍子。陸承澤神色一頓，心下泛起苦澀。

這幾日，二老也不好過，這般荒誕不經之事，不是誰都能坦然接受的。他雖是接受了，可有時候想起洛婉兮，還是會生出一絲微妙之感。

「殿下、公爺，洛姑娘到了。」門外傳來許嬤嬤的聲音。

陸承澤看一眼神色端凝的長平大長公主，再看一眼陸國公，陸國公便道：「進來。」

簾子外的洛婉兮聞聲，心頭劇烈一顫，定了定神才抬腳。

許嬤嬤放下簾子，一個眼風下去，屋內的丫鬟便隨著她出了門。

洛婉兮頭也不敢抬，怕一抬起來就讓人看見她眼中淚意。她緩步上前，覺得每一腳都像踩在棉花上似的。

「婉兮見過殿下、公爺。」她提起裙襬，跪在二老面前，「爹娘」二字在舌尖盤旋了一圈，終究被她嚥了回去。

陸國公側臉看向長平大長公主，見她目光灼灼卻一言不發，遂道：「起來吧！」

洛婉兮起身，肅手站在那兒，微垂著頭。

陸國公不動聲色地打量洛婉兮，眉目如畫、溫婉清麗，是個難得一見的美人。想到這兒，陸國公抬眼看了看下首神色淡然的凌淵。

若是個麻臉暴牙，凌淵還會這般深信不疑嗎？陸國公心下一哂，男人啊！

凌淵似有所覺，抬眸就對上老國公意味深長的目光，怔了一瞬，須臾間隱約明白過來，扯了扯嘴角。

陸國公收回目光，打破了沈悶的氣氛。「在場都是知情人，便不說客套話了。借屍還魂這種事實在是匪夷所思，今兒找妳來就是為了確認。」

陸國公語氣頗為柔和，只要一想到眼前這人可能是女兒還魂，他如何還硬得起心腸？他有三子一女，陸婉兮最小，打小就生得粉雕玉琢，嘴又甜，哄得人怎麼疼都不夠。

可惜女兒芳齡早逝，這是他們夫妻倆這輩子最大的遺憾和傷痛。

洛婉兮眼眶一紅，聲音裡不由帶上了幾分哽咽。「我知道，這種事若非親身經歷過，我自己也不會相信。」

陸國公點了點頭，看向長平大長公主。「我先問？」

長平大長公主淡淡地嗯了一聲，依舊目不轉睛的盯著洛婉兮，像是在她身上尋找著熟悉的痕跡。

陸國公便轉過頭，開始詢問，所問的無外乎是些早年舊事和家庭情況。

大部分洛婉兮都能答得上，僅有幾個不甚清楚，畢竟已經過去那麼多年了，總有一些事已經模糊，這般反倒讓陸國公越加心驚肉跳，說到後來他自己都有些控制不住情緒了。

他端起早就涼了的茶猛灌一口，才覺得翻騰的心緒穩了一些，接著神情複雜地望著早已淚流滿面的洛婉兮，半晌說不出話來。

陸承澤看了一圈，見父母這模樣著實擔心，生怕二老受不住這刺激。「父親？」

陸國公恍然回神，卻沒理會，而是看向長平大長公主，就見她眼底波濤洶湧，便問：「妳要不要問一問？」

長平大長公主臉色陰晴不定，似乎在天人交戰。洛婉兮看著她，心頭又酸又麻，眼淚越流越凶，險些站不穩。

迎著她孺慕又膽怯的視線，長平大長公主覺得有些透不過氣來，她直勾勾的看著她，片刻後緩緩開口。

待屋裡安靜下來，已經是好一會兒之後的事了，長平大長公主放在扶手的雙手已經在不知不覺間攥緊。那些母女間不為人知的事，她都能說得出來，聽得她心頭發顫。

她望著這張完全陌生的臉，目光變了又變。

「妳先退下，我想靜一靜。」長平大長公主沈聲道。

洛婉兮抹了一把淚，屈身告退。她娘向來反感這些東西，要她相信這種事，實在是為難她了。

一直默不作聲的凌淵看向上首，開口。「我離開一下。」

陸家人怕是要商量，自己在這兒他們說話也不方便，況且他擔心洛婉兮。想起她方才聲淚俱下的模樣，便覺心頭像是被什麼攥著。

陸國公對他略一頷首。

凌淵便起身對二老拱了拱手，闊步離開，很快就追上了洛婉兮。

洛婉兮擦了擦眼，啞著聲音問：「你怎麼出來了？」

「我在他們也不方便。」凌淵瞧著她紅彤彤的雙眼。「我帶妳去洗把臉，否則待會兒就見不了人了。」

洛婉兮微一點頭。

凌淵便喚來丫鬟，要了一間屋子。

被喚來的丫鬟見凌淵對洛婉兮溫聲細語，眼底的柔情更是毫不掩飾，大吃一驚。不過公主府規矩森嚴，所以哪怕她心裡翻江倒海，面上依舊恭恭敬敬。

丫鬟領著二人去了偏房，又端來熱水、棉帕和面脂過來。

凌淵自然而然的伸手從丫鬟手裡取過棉帕，在熱水裡打濕又絞乾，驚得捧著水盆的丫鬟手一抖，險些打翻水盆。

饒是洛婉兮也侷促了下。「我自己來。」說著就要拿棉帕。

凌淵手一抬躲開了她的手，默默看著她不說話。

洛婉兮滯了滯。

凌淵用帕子為她細細擦臉，不禁想起了當年，難得休沐日說好了陪她出門，可她早晨起不來，便嬌滴滴地央求：「再睡一會兒，再睡一會兒就起來。」

磨磨蹭蹭便是大半個時辰，最後他沒辦法，只好把她從被窩裡揪出來，硬是給她洗了臉，讓她徹底清醒過來。

洛婉兮神色也有一瞬間的恍惚，下意識低了低頭。

凌淵彎了彎嘴角，揮手讓人退下，捏了捏她的手心安撫。「看情形，妳爹娘已經信了大半。」

洛婉兮心頭一蕩，可還有些不敢相信。「真的嗎？」

「妳放心，他們會認妳的。」凌淵將她耳旁的碎髮別到耳後，語氣篤定。

屋子裡靜得落針可聞，良久都不見父母出聲，陸承澤忍不住開了口。

「父親？母親？」

長平大長公主眼波一動，看向陸承澤。

「您二老是個什麼想法？」陸承澤問得小心翼翼，一副唯恐刺激兩人的模樣。

長平大長公主垂下眼。「若我認了她，那你說西山那座墳墓算什麼？逢年過節、生死忌日，你說我要不要去看她？」

凌家祖墳在西山腳下，陸婉兮就葬在那兒。

不防她有此一問，饒是能言善道的陸承澤都一時詞窮。若是祭拜，可陸婉兮分明活著；若是不祭拜，那裡面安眠的卻是陸婉兮的屍骨，如何忍心？

長平大長公主一扯嘴角。

「妳就別鑽牛角尖了。」陸國公見母子倆相顧無言，揚聲打破這份尷尬。「西山安葬的是咱們女兒的遺體，自然要祭拜，豈能讓她冷冷清清？眼前這個也是我們的女兒，雖然她的骨肉不是咱們給的，可她的魂是咱們生的，這點妳總認吧！那些事除了女兒外誰能知道？還有她剛才的神態舉止，妳就真不覺熟悉？

「借屍還魂這種事誰也想不到，她也不想，妳就當是老天垂憐，不忍心咱們的女兒早早離開這人世，便將她送了回去，只是不小心塞錯了身子。難道就因為這樣，妳便不認她了，由著她自生自滅？」

長平大長公主定定看著陸國公，嘴唇抿成了一條薄線。

「我知道妳心裡有芥蒂，到底變了模樣，我也不習慣。可總不能為了這點彆扭，連女兒都不認了。這孩子也可憐，上頭連個正兒八經的長輩都沒了，咱們要是不管她，誰給她做主，妳就忍心她被人欺負？」

長平大長公主呼吸一滯。她捧在手心裡嬌養的女兒，自然容不得人欺負。「那你想怎麼樣？」

「認個乾親吧！」陸國公十分乾脆。

陸承澤覺得這個主意不錯，便拿眼去看母親。

長平大長公主靜默了一瞬，在父子倆的目光下點了點頭。

得知陸國公和長平大長公主願意認她，洛婉兮幾乎要喜極而泣，可觸到母親複雜視線那一瞬，就像是被一盆冷水從頭澆了下來。

理智上，她知道母親需要時間接受，也許永遠都不能待她如初，可感情卻由不得她控制。她眨了眨眼，竭力掩飾自己的難過。

見狀，長平大長公主五味雜陳，張了張嘴，最終還是一言不發。

洛婉兮垂下眼遮住眼底的酸澀，一邊告訴自己來日方長，稍安勿躁。

陸承澤開口緩和氣氛。「這乾親是現在認，還是等小妹出了孝再認？」

陸國公沈吟了下。「現在就認了吧！」

「不過陛下那邊會不會有什麼想法？」陸承澤怕有人向皇帝進讒言，皇帝剛因為洛婉兮丟了臉，他們就認了乾親，皇帝心眼本來就不大，再加上小人煽風點火，保不准就覺得他們故意下他臉呢！

陸國公道：「讓你娘進宮一趟便是。」

陸承澤狐疑地看著父親。

陸國公看向洛婉兮。「妳是功臣之後，卻差點被皇帝亂點鴛鴦譜推進火坑，雖然最後皇帝收回了手諭，也推出了替罪羊，可影響已經造成。況且洛家老太太去世了，到底寒了部分人心。」替罪羊就是閻夫人，皇帝下旨申飭她求賜婚時故意隱瞞了兒子癡傻的事實，並褫奪了她的誥命。要不是夫家和娘家使力，怕是還要挨杖刑。

洛婉兮心念一動，隱約明白了他的意思。

就聽陸國公扭頭對長平大長公主道：「妳進宮一趟，讓皇帝想辦法挽回人心。」

長平大長公主瞬間就懂了丈夫的意思，想了想道：「也好。」

凌淵嘴角微不可見地彎了彎。

又說了會兒話，想好了對外的說辭，洛婉兮便告辭，戀戀不捨的離開了公主府。

次日，長平大長公主便進宮面聖，下午便傳出了皇帝知道洛婉兮與大長公主投緣，又聽聞她品行端莊賢淑，還救過陸家長孫，便牽線搭橋讓大長公主認她做了義女，以解思女之苦。

不少人聽說過賜婚一事，都覺得這是皇帝在補償洛婉兮，畢竟洛家老夫人到底因為這件事去了。

皇帝派人去打聽坊間流言，聞訊之後也頗為滿意。他得了名聲，大長公主得了女兒，兩全其美。因此他對洛婉兮那點厭惡也淡了，畢竟從此以後她也算得上是他「表妹」，怎麼著也得給大長公主幾分面子。

想到這兒，皇帝不由想起了陸婉兮。大長公主和陸國公助他復辟，起因就是景泰害死了陸婉兮。當年為了這個女兒，大長公主不惜冒著誅九族的風險和景泰鬥，如今只因為洛婉兮與陸婉兮有幾分相似，便為她奔前忙後。他姑姑對那女兒倒是疼愛入骨了，可惜死得太早，可她要是不死，自己說不定還在南宮裡待著。

胡思亂想過一回，皇帝就把這事放下了。

卻不知這消息在外頭引起了不少騷亂，多少人希望能攀上大長公主這根高枝，也不是沒人從陸婉兮這點上下功夫，可惜都適得其反，反倒引得大長公主厭惡，以至於近幾年沒人敢去自取其辱，萬萬想不到竟然有人成功了，還一步登天。

由於洛老夫人剛走，遂認乾親的儀式並不隆重，卻很鄭重。陸國公親自向洛府寫了「承繼帖」，並在衙門裡備了案。

收到帖子的洛大老爺有些回不過神來，這姪女讓他越來越看不透了，一會兒是凌淵提親，一會兒搖身一變就成了長平大長公主和陸國公的乾女兒，還是皇帝提議的。

洛大老爺心裡有著說不上來的古怪，不過他並不想去深究，很多事知道比不知道好，反正這對洛家而言並非壞事。

認完親，洛家人扶靈返鄉的日子也到了。出發前一晚，凌淵再一次踏著夜色前來洛府與洛婉兮道別。

她穿了一件杏白色的錦裙，烏髮如雲、肌膚勝雪，被燭輝一映，顯得分外柔和。

凌淵眼底染上淺淺笑意。「行李都收拾好了？」

洛婉兮回道：「都收拾好了。」

「到了那邊缺什麼只管跟桃露說，她們會替妳準備好。」說著輕輕搖了搖頭，她肯定不會主動要求，還是直接交代桃露為好。

從小到大，她穿的、用的都是最好的，等閒的東西根本到不了她跟前。可如今……凌淵心裡不大舒服，他放在心尖疼的姑娘，合該享受最好的。

洛婉兮應了一聲，欲言又止地看著他。

凌淵也看著她，等著她開口。

「我……爹那裡……你是不是私下與他談過什麼？」洛婉兮緊緊地看著凌淵的眼睛。父親接受得太快，這親也認得太順利了，一點波折都沒有，讓她有些不敢置信，好幾次半夜驚醒，都以為是自己在作夢。

凌淵沒有否認。相較於女人，男人總是更理性。況且認了洛婉兮，對誰都好。

原他也沒想告訴她，只是她都猜到了，否認也沒必要，讓她知道他對她的好也挺不錯，不是嗎？

「謝謝！」洛婉兮真心實意道。

凌淵眉目含笑。「妳打算怎麼謝我？」

洛婉兮愣了愣。

凌淵漸漸靠近，將她完完全全籠罩在他的身影裡。在同齡人中，洛婉兮偏高䠷，只是與高大挺拔的凌淵一比，登時顯得嬌小。

撲面而來的壓迫感令洛婉兮心頭一慌。

凌淵眸色一深，抬手撫了撫她的長髮。「聽說妳現在女紅極好，那就給我做些衣裳或荷包當作謝禮吧。」

這個倒不難，反正守孝也清閒得很。洛婉兮輕輕一點頭。

凌淵摸了摸她的臉，含笑道：「我等妳回來。」

他相信，一年很快就會過去的。

第六十章

冬天的早晨亮得比較晚，卯時時分，天色尚且灰濛濛的，將亮未亮。萬籟俱寂之中，僕役自侍郎府的側門魚貫而出，手上抬著各式各樣的行李。

門口登時熱鬧起來，一派熱火朝天的景象。大半個時辰後，天色放亮，侍郎府的大門徐徐打開。片刻後，披麻戴孝的洛氏一行人扶著洛老夫人的靈柩從正門出來，緩緩前往碼頭。

江風凜冽，洛婉兮緊了緊手上的斗篷，踏上甲板那一刻，她不由自主的回頭。

在京城不過停留了半年，可就像過了半輩子似的，一波未平一波又起，連個喘息的空檔都沒有。眼下離開也好，她可以用一年的時間好好沈澱一下。

她正想轉過頭，忽然目光一凝，動作滯了滯，復又若無其事的轉過身，緩緩上了船。

江樅陽就這麼一直看著她頭也不回的消失在眼簾之中，生出一股難以言喻的失落，就像被人生生剜掉了什麼似的。

寒風迎面而來，直直打在臉上，又冷又疼。

走了整整一個月，一行人才抵達臨安，連除夕都是在船上度過的。

到達祖宅後，又是一番擾嚷，須得再辦一場葬禮，以便當地親朋好友祭拜。

在葬禮上，洛婉兮終於見到了白奚妍。

白家人十月就離開了京城，半路收到洛老夫人病危的消息後調轉船頭趕回來，萬不想渾渾噩噩的白洛氏不慎墜入江中。

冬天的江水又冰又寒，穿的衣服既多且吸水，人入了水就跟秤砣似的直往下墜，白洛氏被救上來時已經沒氣了。如此，白暮霖和白奚妍再不好返京，只能繼續南下，總不能在船上辦喪事。

白奚妍的憔悴肉眼可見，整個人都瘦脫了形，透出一陣風就能吹倒的羸弱。洛婉兮對她輕輕一點頭，白奚妍回以頷首，為洛老夫人上了香，便隨著白暮霖離開。

姊妹相見，相顧無言，那些事終究在兩人之間留下不可磨滅的隔閡。

白暮霖似乎比去年高了一些，脊背挺直，像是有什麼人在背後拉著他的肩膀讓他不能垮下。

挑了黃道吉日，送洛老夫人的棺木入了土，喪事便就此結束，洛家人也開始了守孝生活。由於已經分家，故幾房人不需要都聚在祖宅內守孝。

洛婉兮帶著洛鄴隨著四房住在梨花巷的宅子裡，不用與何氏和洛婉如抬頭不見低頭見，這般對誰都好。

守孝的日子乏善可陳，卻是難得的清靜自在。督促弟弟學業之餘，洛婉兮會養養花、看看書，偶爾下廚做些吃食，不然就是做些女紅。

唯一的不平靜便是淩淵三不五時送來的書信和禮物。古玩字畫、珠寶首飾、綾羅綢緞……應有盡有，唯恐她受了委屈似的。

信上字裡行間是滿滿的相思，一些回憶不受控制地回籠，讓洛婉兮的心有些亂。

冬去春又來，金桂凋零，菊花又開始爭相鬥豔。

一年過去了，洛婉兮除了孝。

凌淵的聘禮隨之而來，消息一出，驚掉一地下巴。都知道洛婉兮被陸國公和長平大長公主收為義女，可誰能想到凌淵竟然會娶她，據說還是大長公主保媒的。

不過細想之下也在理，凌淵先夫人到底走了十幾年，又沒留下一兒半女，若是凌淵娶了旁人，凌、陸兩家難免疏遠。眼下凌淵續娶的是陸家義女，兩家關係便斷不了，皆大歡喜。

洛婉兮這樁婚事轟動全城，以至於另一樁婚事便鮮為人知了。

清芷院裡，何氏坐在床沿望著女兒蒼白瘦削的臉，覺得眼底有什麼東西在湧動。

這一年，好幾次她都以為女兒就要這麼去了，幸好老天保佑，讓她挺了過來。府醫說若精心保養，三年五載可以熬下來，若是調養得好，再多幾年也是有希望的。

何氏掩在袖子裡的手不由握緊。她的女兒才十七歲，還未成親，還未生兒育女，卻是時日無多了，若是可以，她願意用自己的命為她續命。

洛婉如躺在床上，掩嘴輕咳了兩聲，淡漠道：「婚禮讓母親看著辦吧，我沒什麼要求，反正成親也只是為了讓我不做孤魂野鬼罷了。」她哼笑一聲，轉頭朝向內側。

何氏心頭一刺，劇烈地疼起來。

未出嫁的女兒身後不得供奉，為了不讓女兒死後無人祭拜，她為洛婉如擇了一門親事，男方便是她庶妹的嫡次子米庭環。

米家是皇商，依附洛家和何家，他們萬不敢薄待了洛婉如，且她這外甥也算得上一表人才。至於這麼急著定下，是因為米家老爺子情況不大好，若是拖下去，也許米庭環就要守孝，她怕夜長夢多。

「妳莫要說這些喪氣話，放寬心好好調養，定然能夠好起來！」何氏強顏歡笑道。

聞言，洛婉如扯了扯嘴角。放寬心？說得倒是輕巧，半死不活的人是她，每天拿藥當飯吃的也是她，朝不保夕的還是她。

反倒她洛婉兮，認了公主府和國公府的乾親，下人的嘴臉瞬間就變了，哈巴狗似地迎上去，就差沒舔她的鞋底。便是她爹娘，看犯人一樣的看著她，不就是怕她報復洛婉兮，得罪了陸家嗎？

眼下更不得了，竟然還攀上了凌淵。爹娘怕是恨不能洛婉兮才是他們的親生女兒吧！

洛婉如咬緊牙關，嚐到嘴裡淡淡的鐵鏽味。

良久都不見她有反應，何氏望著她裹在被子裡一動不動的身體，鼻子一酸，視線便模糊起來。

她擦了擦眼，輕聲道：「妳好好休息。」

說罷，也不見她有反應，何氏再是忍不住眼底酸澀，一行淚就這麼落了下來。

十一月初八，宜嫁娶，洛婉如出閣，洛郅送嫁揚州。

從始至終，洛婉兮都沒有和她碰上面，長房不想她們遇上，洛婉兮也不想看見她。從長房的舉動，洛婉兮知道洛婉如還在怨恨她，有時候她委實不明白洛婉如，她有什麼資格恨她，從頭至尾難道不是她咎由自取？

洛婉兮輕輕搖了搖頭，不再想這些糟心事，馬上就是她出嫁的日子了，她還有一堆事要忙。

忙忙碌碌間，就到了洛婉兮啟程的日子，送嫁的是剛剛趕回來的洛郅和洛鄂。洛郅已經收到了吏部的文書要回京赴任，而洛鄂要去國子監入學，二人此去京城便不回來了。

那是一個難得的豔陽天，洛婉兮上了花轎，在鑼鼓喧天聲中被送上凌府派來的婚船。

進了船艙之後，洛婉兮鬆了一口氣，隨手就掀掉了蓋頭。

望著她如花似玉的臉蛋，蕭氏心想這樣的絕色佳人，怪不得向來不近女色的凌閣老會點頭續弦。她打從進門就知道這個小姑子美貌無雙，可那會兒洛婉兮到底還年幼，尚且有些青澀，如今又長了一歲，身量抽高，體態也越發婀娜，隱隱有了女子的嫵媚，若是再等兩年長開些，不知該是何等風情？

洛婉兮讓人給她摘下鳳冠，頓覺整個人都輕鬆了，透過鏡子見蕭氏出神，不由喚了一聲。「大嫂？」

蕭氏回神，揶揄道：「新娘子太美，我都看呆了。」

洛婉兮臉色微微一紅。

「四妹餓嗎？要不要吃點什麼？」一大早就起來了，為了以防萬一，只吃了一個玉米包。

洛婉兮點了點頭，她的確餓了，遂道：「讓人煮點羊湯水餃，大夥兒忙了一個上午，都吃些暖暖身子。」

蕭氏笑道：「還是妹妹細心。」

船上的日子枯燥且乏味，讓人覺得時間似乎都被拉長，變得格外磨人。不過洛婉兮倒覺得越靠近京城，這時間就過得越快。

明明已經嫁過一次，嫁的還是同一個人，可她依舊有著說不出的緊張，比初嫁那回更甚。

蕭氏自己也是過來人，少不得拿自己當例子寬解。「……四妹要是一直這麼繃著，等大婚那一日可就打不起精神來。一輩子就這麼一次，若是留下缺憾，豈不是抱憾終身？」

洛婉兮沒頭沒腦地想，她可是經歷了兩次。不過這話當然不敢說。

「我讓廚房做了三味安神湯，妹妹喝一點，睡個好覺，把精神養回來。」

洛婉兮對她感激一笑。「讓大嫂為我擔心了！」

話音剛落，外面就傳來一陣嘈雜之聲。

桃露立刻出去查探，片刻後回來稟報。「錦衣衛陳僉事說一逃犯上了我們的船，要上船搜查！」

洛婉兮動作一頓，陳鉉怎麼會在這兒？

「姑娘放心，他們上不了船。」桃露沈聲道。陳鉉一句話就想搜婚船，未免太猖狂，將大人顏面置於何地！

淡淡月華下，碼頭上的氣氛劍拔弩張，一觸即發。

凌風目光不善地盯著陳鉉。

陳鉉一身飛魚服，手執繡春刀，刀槽內殷紅的鮮血一滴一滴往下淌，滴答滴答落在地上，在這寂靜無聲的夜裡清晰可聞。

凌風皺眉，冷著聲音道：「船上並沒有陳大人要的逃犯，陳大人與其在這兒與我等浪費時間，還不如趕緊去追拿逃犯。」

婚船上五步一崗，被守得密不透風，護衛的還是府上百裡挑一的好手，能以一擋十，怎麼可能讓逃犯上了船？陳鉉這分明是無事生非，蓄意挑事。

這一年來，天順帝身體每況愈下，九月裡一場風寒，整整一個月都沒上早朝。天順帝的身體，有心人都看在眼裡。福王一系心急如焚，這一陣無所不用其極的構陷太子擁躉，而太子這邊自然不會坐以待斃，兩派爭鬥已近白熱化。

在朝堂上占不到便宜，就來這兒尋晦氣，簡直下作。

「可我親眼看見人上去了。」陳鉉晃了晃另一隻手上的權杖，陰沈沈地看著凌風。「若是耽擱了公務，你擔得起嗎？」

說著他往前踏了一步，凌風亦是針鋒相對的大跨一步，手按在劍柄上。

「陳大人上下嘴皮子一碰就想搜婚船，天下哪有這樣輕巧的事？照陳大人這樣說，明天是不是要去搜凌府了？」凌風瞥一眼他手上的權杖。「太祖有令，廠衛搜檢須有刑部簽發駕帖，陳大人憑著一塊權杖就想搜船，視國法為何物?!」

當年太祖定下駕帖制度就是為了制約錦衣衛，雖至今早就名存實亡，但這條法律依舊存在。

陳鉉笑了，笑意卻不達眼底。「這麼說來，你是一定要阻擾公務了？」

「公務？沒有駕帖，何來公務之說！」凌風冷笑一聲。

陳鉉轉了轉手腕，眼底閃爍著興奮的光芒，他早就聽聞凌淵的親衛長是劍道高手。

噠噠噠——

突然，整齊劃一的馬蹄聲由遠及近地傳來。

碼頭上的眾人不約而同循聲望去，就著隱約的燈光，便見遠處一片烏壓壓的人頭。

陳鉉眼神一利，當地駐軍來了！

「貴客蒞臨，有失遠迎，見諒見諒！」人未到，聲先至。

聞聲，凌風神情一緩。

薛總兵翻身下馬，大步走到凌風面前，重重一拍他的肩膀。「你來了都不跟我提早打個招呼，我也好盡盡地主之誼啊！咱哥兒倆也有好幾年沒見了。」

薛總兵是寒門出身，早年在凌淵手下做過親衛，後被凌淵看中放出去歷練，時至今日已是正二品總兵，轄一方軍務。

凌風笑道：「趕吉日遂不想耽擱，反正你要去喝大人的喜酒，到時候還怕見不著？」

薛總兵豪邁一點頭，大笑。「那說好了，到時候不醉不歸！大人這杯喜酒老薛我等了十幾年，可要喝個夠本。」說完，他像是才注意到一旁的陳鉉，笑咪咪道：「這位是？」

「錦衣衛陳僉事。」凌風道。

薛總兵一臉恍然。「久仰大名。」

接著上下打量一番。「果然是英雄出少年。」又問：「你們這是在？」

凌風道：「陳大人說有一個逃犯上了我們的船，想搜船。」

「有嗎？」薛總兵問。

「自然是沒有，若是隨便一個人就能上船驚擾了夫人，我哪裡還有臉回去見大人？」凌風一語雙關。

「說的也是。」薛總兵哈哈一笑，扭頭看向陳鉉。「我看這就是一個誤會，他最是小心，怎麼可能讓人上了船而不自知。陳僉事趕緊去別的地方搜搜，興許還能找到人。」

對著一唱一和的二人，陳鉉微微笑了，眼神卻是冷冰冰。勢均力敵變成了寡不敵眾，他自然不會自討沒趣。

「後會有期！」他抬手一拱，旋身離開。

薛總兵嘖了一聲。「閹黨越發囂張了，區區一個僉事就妄想搜大人的婚船，根本欺人太甚！」

凌風皺了皺眉，現如今兩派幾乎撕破臉，在朝堂上互相攻訐，可陳鉉搜船的行為依舊讓他摸不著頭腦，除了找麻煩之外有何意義？

「怎麼了？」薛總兵見凌風擰眉，不由問道。

「沒什麼。今天幸虧你來得及時。」他倒不怕和陳鉉打起來，只是大喜的日子見了血，難免不吉利。

「說什麼見外話，在我這一畝三分地上還能讓人落了大人的臉不成！」薛總兵虎目一瞪，一臉的不高興。

凌風便笑了。

兩人敘了會兒舊便分開，臨走前，薛總兵命親信帶著一隊人馬守在碼頭上以防萬一。

凌風上了船後，尋來桃露將事情與她說了。

桃露便去稟報洛婉兮。

聽罷，蕭氏鬆了一口氣，不免抱怨道：「這人做事也忒不講究，哪有這麼觸楣頭的。」男人間怎麼爭怎麼鬥都是前朝的事，拿女人作筏子可就無恥了。又想起陳鉉新婚不到兩個月就休了白奚妍，更覺此人肆無忌憚。

看來離了陳鉉，對白奚妍而言未必全是壞事。雖然遠在臨安，但是對於京城的風起雲湧，蕭氏也非一無所知。覆巢之下無完卵，一旦陳忠賢倒了，若是白奚妍還在陳家，也難保周全。

洛婉兮笑了笑。「與他計較做什麼，為他生氣，說不定反倒稱了他的意。」

「也是！」蕭氏甩了甩帕子。反正事情了了，他也沒占到便宜，的確沒什麼可生氣的。

「時辰不早了，那我就先回去歇著了，妳也趕緊睡。」

洛婉兮起身送她出了門，洗漱一番便上床歇下。大抵是三味安神湯起了作用，她很快便睡著了。

同一片星空下，卻有人睡不著了。

陳鉉捏著酒杯，眼神晦暗不清。

這模樣看得他對面的副手如坐針氈，上司喜怒不定，行事肆意，苦的還是他們這些做下屬的。就拿今兒的事來說，別說逃犯不在凌家婚船裡，就是逃犯真在船上，無憑無據他們也搜查不得。要真讓他們隨隨便便上了船，凌閣老也不用出去見人了。

可陳鉉壓根兒不聽，一意孤行，副手百思不得其解他到底圖什麼。

圖什麼，自然是圖個痛快！他不高興，誰也別想高興！

一年不見，陳鉉對洛婉兮那點心思反而隨著時間加深。男人都犯賤，越是得不到就越想要，尤其是有人爭，還爭輸了。

若是他沒有被白家母女誤導，早早發現洛婉兮就是當年救他的那個小姑娘，也許她早就是他的妻子了，哪裡輪得到凌淵抱得美人歸？

有了這個念頭之後，陳鉉的心越發不甘。因為勢不如人，所以他輸了他認，等到有朝一日他強過凌淵，自然也能把人搶過來。

弱肉強食，就是這麼簡單！

陳鉉仰頭灌下杯中酒，雙眼散發著野心勃勃的光芒。

第六十一章

一覺睡到天明，梳洗過後，洛婉兮用了早飯，吃罷就歪在榻上看書，過了會兒讓桃露去廚房端一盤點心，接著又打發了桃葉。

待屋裡沒了旁人，洛婉兮才徐徐開口。「桃枝，妳有心事？」主僕相伴十年，桃枝又是個藏不住心思的，洛婉兮一早就發現她有些魂不守舍。

桃枝神情一緊，下意識左右看了看。

洛婉兮坐正身子。「這兒就我們兩個，妳有什麼就說吧！」

桃枝趨前幾步，從懷裡掏出一封信。「今兒早上奴婢出去採買時被人塞了這封信，」她是個坐不住的，便隨著人上了岸採買，其實就是為了透口氣，哪想就這麼被人盯上了。「那人說若是不想李家滅九族，就把信悄悄遞給您。」

洛婉兮神色一凝，拆開信一目十行的看下來，越看臉色越沈——

她四舅竟與人合作倒賣私鹽！

桃枝看見她的臉色，駭了一大跳。「姑娘，出什麼事了？」

洛婉兮拿起桌上的信封倒過來，裡面就滑出一個小紙包。

「這是什麼？」桃枝聲音發顫，她已經被自己的猜測嚇住了。

「毒藥。」洛婉兮冷著聲道，據說能讓人在七天後無疾而終。

桃枝的臉剎那間褪盡了血色，抖著聲音道：「他、他們要您害凌大人？」除了這個，她想不出其他可能了。

「姑娘您不能聽他們的！」桃枝大急，一旦被發現，姑娘也活不了。

洛婉兮不傻，自然不會聽他們擺布，只是四舅這事……

她定了定神對桃枝道：「讓桃露和凌風來一趟。」

桃枝趕緊領命而去。

洛婉兮目光沈沈地看著桌上的信和那個小藥包，心念如電轉，懷疑會不會是陳鉉作的妖，實在是這時機太巧了，且這也是他做得出來的事。

若說陳鉉真以為憑著這麼一包藥就能弄死凌淵，她是不信的，真要這麼容易，凌淵哪能活到今天？這一招坑的是她，對方怕是算準了自己會據實以告，畢竟相信一個隱在幕後的人高抬貴手放過李家，還不如求凌淵出手相助來得更可靠，還不用冒謀殺親夫的風險。

可一旦她實話實說，這還沒進門就帶著麻煩來且被人盯上，凌淵會怎麼想她，會不會防著她哪天就真的給他下毒了？

依正常情況，自己這新婚妻子還沒進門就惹了丈夫的厭惡，看來對方還真是不想讓她太太平平過日子！

凌風和桃露到後，洛婉兮便將東西都交給了他們。

凌風與桃露對視一眼。

桃露道：「舅老爺的事姑娘無須太擔心，一切有大人在，奴婢這就派人給大人送信。」

此地到京城行船要七、八天，若是快馬加鞭三天足矣。

洛婉兮笑了笑，就是因為知道李家這事最終還是得由他代為轉圜，所以她才覺不好意思。自己到底給他添麻煩了。

餘下的路程一帆風順，婚船按時抵達京城，盛裝打扮過的洛婉兮被送入了尚雲坊內。京城有下婿的風俗，男方若想接走新娘，得應付女方親朋好友的各種刁難，過五關斬六將才能抱得美人歸。

不過今兒的新郎官是凌淵，本朝四品以上文官朝服為緋色，顏色與喜服相近，以至於眾人面對一身喜袍的凌淵，莫名有一種對面之人穿的是緋色仙鶴補官袍的錯覺，當下各個安靜如雞。

因此凌淵十分輕易的就將新娘子接上了花轎，一路遊街至容華坊。

跨過馬鞍傳過席，眉眼含笑的凌淵牽著洛婉兮進了喜堂。

在門口看熱鬧的還有些回不過神來，多少人想登堂入室，奈何十幾年沒一個成功的，最後卻被一個地方上來的名不見經傳的小姑娘截了胡，多少人迎風落淚。洛婉兮不在京城這一年，打聽她的人可不少。

眾人恨不能自己生一雙透視眼，好看看喜帕之下是怎樣一副花容月貌，竟令凌淵動了心。

自然這只是想一想，新娘子被遮得嚴嚴實實，就連一根頭髮她們都沒瞧見，唯一能看見的也只有新娘子抓著紅綢的手，十指纖纖如白玉，看得人忍不住想把玩欣賞一番。

愣神間，裡面已經傳來拜天地的聲音。

夫妻對拜完畢，親友簇擁著新人進入新房。礙於凌淵威嚴，眾人都不敢胡鬧，讓洛婉兮著實鬆了一口氣。鬧洞房這一塊向來就是專門折騰新人的，想當年她可被折騰得夠嗆。

當年……她似乎越來越常想起當年了。

六歲相識，十三歲訂親，十七歲嫁給他。十四年的相伴，三年的耳鬢廝磨，他們之間有著太多太多的回憶。

曾經越美好，背叛的痛苦越深入骨髓，洛婉兮自己都不知道她是如何熬過那一段歲月。

當知道所謂的背叛是一場誤會時，可笑、悲哀、悵然種種情緒紛遝而至，最後她不由慶幸——慶幸只是一場誤會，她十四年的感情沒有付錯人。

洛婉兮正在分神，忽覺眼前一亮。

她看見了凌淵，恍惚間與那一年的他重疊，那一天他也是穿著這麼一身大紅喜袍，喜形於色，眼底的驚豔大大的取悅了她。

凌淵挑起蓋頭，華麗莊重的鳳冠下，人兒比三月桃花還要昳麗，冰肌雪膚，仙姿玉容當如是，饒是凌淵都有一瞬間的失神。

飲過合巹酒，凌淵去外面敬酒，他一走，留在屋內的女眷頓覺鬆了一口氣。有這麼個人在，真是讓人想說句玩笑話都開不了口。

「新娘子好生貌美！」觀禮的女眷含笑道，知道凌淵為何終於肯續弦了，這樣的姝色確實難得一見。

洛婉兮垂了垂頭，似是害羞。

瞧她害羞了，旁人越發來勁，鬧洞房的可不就是圖這個，於是洛婉兮少不得被打趣了幾句。不過顧忌著凌淵，這些人倒也不敢放肆，日後少不得要求這位小夫人的。

「折騰一天了，也該讓新娘子休息休息，咱們出去吧！」說話的是洛婉妤。

她一開口就有人想起了兩人的關係，擊掌而笑。「妳說妳日後該喚妹妹呢還是嬸子呢？」

洛婉妤抿嘴一樂。「這有什麼好問的，出嫁從夫，自然是喚嬸子的。」細想想還真有些古怪，不過洛婉兮嫁進來，對她顯然是樁好事。

「就怕妳到時候開不了口！」

洛婉妤玩笑道：「明兒敬茶時，只要六嬸給了賞，我自然會改口。」

一句話說得眾人都笑起來，與洛婉妤相熟的笑罵：「這是鑽進錢眼子裡去了！」

恰在此時，外頭傳來一聲通報。「太子妃駕到！」

說笑的諸人霎時一靜，不由去看淡笑的洛婉兮。

洛婉兮垂了垂眼簾，像是沒有察覺到目光中的深意。

一身華服的陸靜怡緩步踏入房內，髮髻上的紅寶石步搖隨著她的步子輕輕搖晃，折射出璀璨的光輝。

「參見太子妃！」屋內眾人紛紛下拜行禮，便是洛婉兮也沒有例外。

陸靜怡略一抬手。「不必多禮。」

聞言，眾人方起了身。

陸靜怡抬眸看著洛婉兮，第一次見她是在白馬寺，她救了甯哥兒。那一次見面她對洛婉兮印象頗好，畢竟不是誰都能在那樣的情況下出手救人的，一個不好就要惹一身騷。且她又生得貌美如花，愛美之心人皆有之。

萬不想會有今天，她竟然嫁給了姑父。至今陸靜怡都不明白，為什麼祖父祖母會認她做乾女兒，甚至將她說給了姑父，姑父竟然還答應了。

但凡不是眼瞎的都能看出姑父今天的春風得意，顯然他很高興，她都忘了有多少年沒在姑父身上看見這樣外露的喜悅了。

陸靜怡微微瞇起眼打量洛婉兮，生得委實不錯，可哪裡像小姑姑了？

「一直都沒來得及向洛姑姑道一聲恭喜。」陸靜怡輕笑道。陸家認了洛婉兮做乾女兒，她自然要喚一聲姑姑。

「多謝娘娘！」洛婉兮略略一福，總覺得陸靜怡看她的目光有著說不出的怪異。

陸靜怡笑了笑。「那本宮就不打擾了。」說罷旋身而去。

就這麼走了？本以為會有熱鬧看的人頓覺失望，據說太子妃與她姑姑，也就是凌淵原配感情極好，她們還以為她是來找茬的呢！

她們和洛婉兮沒仇，就是有那麼點不平衡。一介孤女就這樣飛上了枝頭，從此以後壓她們一頭，心裡難免有些不是滋味，可她們也沒缺心眼，凌淵對這位新夫人的重視她們都看在眼裡，遂誰也沒那個膽子當出頭的椽子。

好不容易來了個身分地位都夠的太子妃，她們還盼著藉此試探這位新夫人的底細，日後打交道時心裡也有數，哪想太子妃來說了三句話就走了。

洛婉好心下撇了撇嘴，世上就是有這種見不得別人好的，跟這種人計較簡直跌分。只要活得比她們好，對她們而言就是最大的報復。

「好了，咱們也走吧！」洛婉好揚聲道。

當下觀禮的女眷便紛紛離開，還給洛婉兮一分清靜。

三個女人一台戲，一群女人就是一場災難。洛婉兮著實鬆了一口氣，這才有空打量這間屋子，入目就是一片大紅。

看了一圈，洛婉兮便問桃露。「這院子叫什麼名兒？」

桃露愣了下，不防她有此一問，復又趕緊道：「夫人，這兒是漪瀾院。」

果然是漪瀾院，當年凌淵問她要哪座院子做主院，她便是在瑤華院和漪瀾院中間徘徊不定，最後還是抓鬮選了瑤華院。

洛婉兮繞了繞衣襬上的流蘇，說來她還真有些擔心凌淵會把她安排到瑤華院，雖然那是自己曾經住過的地方，可這麼住進去，還是覺得怪怪的。

「姑娘若是不喜這個名兒，可以換一個。」桃露見洛婉兮微微出神，以為她不喜歡。畢竟這是她要住一輩子的地方，改個自己喜歡的名天經地義，想來大人定然不會介意的。

這一年她在洛婉兮身邊，親眼目睹了大人是如何噓寒問暖、關懷備至，每個月都要送一堆東西過來，生怕姑娘委屈了似的，看得出大人是真把姑娘放在了心尖上疼。

「這名挺好的，不必換。」洛婉兮搖了搖頭，聽見了金玉相撞的清脆聲，皺起了眉頭，抬腳走向梳妝檯。「把鳳冠摘了吧！」沈死她了。

「哎！」桃枝脆脆應了一聲。

廳堂之內，觥籌交錯，熱鬧非凡，尤其是凌淵手下一干武將，好不容易逮到了機會，個個都想以下犯上一回，過了這村兒可就沒這店兒。

凌淵難得好脾氣，隨著他們鬧了一陣，被灌了不少酒才得以脫身。

「新郎官過來喝兩杯！」喝多了的祁王開始吆喝。

凌淵腳步一拐便走了過去。祁王這一桌都是宗室，不是親王就是郡王，唯一例外的便是江樅陽，他是被祁王強拉過來的。

半年前，皇帝賜婚江樅陽和福慧郡主，這位郡主是祁王唯一的嫡女。祁王拉江樅陽過來不外乎是想為他拓展些人脈，畢竟如今龍體違和，人心思動。

凌淵淡笑著看一眼江樅陽，與在座的諸位王爺打招呼。

江樅陽面不改色，桌下的手卻微微握緊。

凌淵輕笑一聲，倒了一杯酒敬了一圈。「我敬各位一杯，感謝諸位撥冗前來。」

他正兒八經的敬酒，眾人自然要給這個面子，紛紛端起酒盅一飲而盡。再看他喝了一杯酒就要走，頓時不依了。

「你們這群老傢伙也太不解風情了，要是把咱們閣老大人灌醉了，小心他明兒醒來給你穿小鞋！」祁王一本正經的講葷話。

眾人聞言，心照不宣地一笑。頤郡王促狹，還給凌淵盛了一碗甲魚湯。「喝碗湯補一補，明年生個大胖小子！剛好，我大媳婦剛給我生了個嫡孫女，咱倆還能做親家！」

「那你不是平白長輩分了？」

頤郡王擠眉弄眼。「他動作慢，怪我?!」

凌淵笑吟吟地看著他們鬧，眼角眉梢俱是淺淺笑意，心情極好的模樣。

月上枝頭，一些賓客便要告辭。

陳忠賢便和陳鉉道：「咱們去辭個行。」

官場之上哪怕心裡恨不能把對方打入十八層地獄，可面上還得和和氣氣，如凌淵大婚會向陳府投請帖，他們也會應邀上門。

陳鉉抬頭望著被人群簇擁的男人，春風得意！可不是，任誰娶了那麼個年輕貌美的小妻子都要得意！

陳忠賢淡淡掃他一眼。

陳鉉無所謂地聳了聳肩，隨著伯父過去。

到了凌淵跟前，陳忠賢笑容滿面地抬手。「恭喜凌閣老大婚！」

「祝凌閣老早生貴子。」陳鉉勾唇一笑，笑容有些古怪。

凌淵掀了掀嘴角，看著陳鉉的目光涼颼颼的。

霎時，陳鉉就覺脊背一涼。

凌淵淡淡笑道：「承你吉言。」

卸了妝後，洛婉兮頓覺一身輕，連帶著胃口都好了，吃了一大碗米飯。吃罷便倚在榻上，桃枝給她遞了一本書打發時間，她卻是一個字都看不進去。

新婚之夜誰看得下書！雖然她已經走過一遭，可那都是十幾年前的事了。

「夫人！」

洛婉兮回神就見桃露站在她面前，眼含歉疚。

她心神一動，遂問：「怎麼了？」

「太子與太子妃回宮的路上遇刺。」

洛婉兮駭了一跳。「可要緊？」

桃露搖頭。「太子受了些輕傷，太子妃安然無恙。陛下急召大人進宮，大人傳了話，讓您先休息，不必等他。」說著小心覷著洛婉兮的眼，今兒可是他們的新婚之夜，然新郎卻不在。

卻見洛婉兮一臉的如釋重負，桃露忍不住多想了。這到底是為了兩位殿下沒出事，還是大人進宮了？

瞥見她的目光，洛婉兮理了理鬢角，將手上的書放到一旁，一臉的善解人意。「兩位殿下無事便好。」

桃露笑了笑。「那夫人先歇息了吧！」

洛婉兮下了榻，道了一聲好。

另一廂的東宮內，額頭上包著紗布的太子卻是一臉的喜氣洋洋，蓋因太子妃被診出了身孕。

他們大婚也有一年了，可一直都無音訊。不只太子盼這個孩子，饒是對太子不假辭色的皇帝聞言也是喜形於色，他這一脈委實人丁單薄了些。

望著喜笑顏開的太子，凌淵突然生出一股微妙的羨慕來，便覺一刻都待不住了。他神色如常的對太子道：「夜深了，殿下早些歇息。」

「這般晚了，太傅不如……」說著太子忽然留意到凌淵身上的喜服，今兒可是太傅大婚之日，不由赧然。「您大喜的日子，卻要您奔波，實在是對不住，幸好還未過子時。」子時未過，那新婚之夜便還沒過去。

凌淵笑了笑。「殿下無礙便可。臣先告退。」

太子親自送凌淵出了東宮，待凌淵上了轎子，才折回去看望陸靜怡。

「太傅走了？」陸靜怡問。

太子拉起行禮的陸靜怡，忽然意識到她稱呼的變化。「之前妳不是一直稱呼太傅為姑父的嗎？」便是嫁了他後也沒隨著他改口。

說來按關係，自己也能稱凌淵一聲姑父，陸婉兮可是他表姑姑，不過他還是覺得太傅更親近一些。

陸靜怡垂了垂眼。「可現在太傅的妻子已經不是臣妾的姑姑了。」

望著她淡漠的臉龐，太子心裡一驚，他萬不想陸靜怡遷怒洛婉兮，忙道：「姑祖母不是認她做了乾女兒？」

陸靜怡眉頭輕蹙，固執道：「臣妾這輩子只有一個姑姑。」

太子心裡發急，不想知書達禮的妻子會在這事上犯了擰。「逝者已矣，活著的人還要繼續，總不能讓太傅孤獨終老吧！」他都有後了，可太傅還膝下荒涼。

陸靜怡垂下目光，盯著指尖笑起來。「臣妾明白。殿下放心，這些話臣妾也就和殿下說說，人前萬不會為難洛氏。」

太子握了握她的手，既然她都這般說了，他也就能放心了。太傅助他良多，若是他二人妻子不和，不免傷情分。

第六十二章

凌淵回到漪瀾院時，洛婉兮已經睡著了。她窩在大紅的鴛鴦戲水喜被裡，只露出一張巴掌大的瑩潤小臉，三千青絲凌亂地鋪在枕上。

他沒回來，她倒也睡得挺好！

凌淵眉梢輕輕一挑，不疾不徐地寬衣解帶。

迷迷瞪瞪間，洛婉兮便覺喘不過氣來，胡亂掙扎了兩下，摸到一具灼熱滾燙的身體，一個激靈徹底醒了過來，瞪大了眼睛看著覆在她身上的凌淵。

凌淵放過她的唇舌，吻了吻她的嘴角後抬起頭來，輕輕一笑。慵懶而又低沈的嗓音劃過耳膜，讓洛婉兮不由自主地顫了下。

「冷？」凌淵居高臨下的看著她，大掌在她軟滑如絲綢的身體上肆無忌憚地遊走，所經之處帶起一陣又一陣的顫慄。

洛婉兮登時臉紅得能滴出血來，下意識往邊上躲了躲，試圖逃離他的魔掌。

自然是徒勞的。凌淵挑唇一笑，透出幾分邪氣，故意壓了壓她，嚴實無縫地貼著她。這樣的親密無間，以及他身體的變化，洛婉兮自然也感覺到了，不禁繃緊了身體，雙手也因為緊張而握成拳。

凌淵愛憐地親著她的臉蛋，聲音因為慾望而格外沙啞。「兮子，別怕。」

洛婉兮眨了眨眼，抬眸望著他，片刻後輕輕垂下眼，覆在眼瞼上的睫羽烏壓壓如同蝶翼。

凌淵心神一蕩，低頭吻住她，唇舌嬉戲，逐漸往下。

不一會兒，錦帳中便傳出嬌吟低泣，忽高忽低，羞煞人也！

雲收雨歇已是不知多久過後，洛婉兮望著帳外影影綽綽的龍鳳燭，連一根手指頭都抬不起來了。

凌淵從背後擁著她，與她十指交握，細細吻著她雪白的脊背。大抵是壓抑得太久了，怎麼要都不夠，恨不能將人嵌進骨血裡才甘休。

溫香軟玉在懷，剛褪去的火苗便又燃了起來，他握著她的腰將人往懷裡壓了壓。

察覺到危險的洛婉兮心頭怦怦亂跳，側過臉央求地看著他，眼底水盈盈一片。

卻不知道她面頰酡紅、軟軟糯糯的模樣只會叫人食指大動，凌淵眸底一深，翻身又覆了上去。

鶯聲嚦嚦，燕語喃喃，直至東邊的天將亮未亮。

洛婉兮已經昏睡了過去，面頰上紅暈未褪，眼角凝著被欺負出來的水光。擁著她的凌淵卻是精神得很，目不轉睛地看著她，修長的手指描摹她精緻的五官，眼底漾著融融的笑意。

戀戀不捨地看了她好一會兒，直到時辰差不多了，他方輕手輕腳的下了床。

他原有三日婚假，奈何出了太子遇刺一事，遂他不得不去上朝。

倒是對不起她了！凌淵俯身憐惜的吻了吻她的眉心，為她掖好被角後，披著外袍去隔間洗漱。

洛婉兮實在太累了，故而這些動靜一點都沒吵醒她，兀自睡得香甜。就連穿戴好官服的凌淵在她唇上咬了下都沒弄醒她。

摩著她粉色的唇瓣，凌淵低低一笑，十分愉悅的模樣。

洛婉兮睡到了日上三竿，因凌淵不在，故不必忙著敬茶，遂磨磨蹭蹭的起床，慢悠悠的洗漱，末了吃了一碗小米粥和兩個灌湯包。吃罷便開始收拾起自己的東西來，嫁妝都還擺在箱子裡呢！

桃露一開始還怕她心裡不痛快，畢竟新婚之夜狀況連連，一大早大人還沒了影，頗有點吃乾抹淨不負責任的意思。但見她怡然自得地指揮人收拾家什，頓時把自己那顆杞人憂天的心塞了回去。又覺比起昨天，洛婉兮有了說不出來的變化。

下朝回來的凌淵見漪瀾院裡忙得熱火朝天，這樣的熱鬧讓他不覺翹了翹嘴角，這家冷清得太久了。

「大人回來了！」眼尖的丫鬟發現了凌淵的身影，趕緊稟報。

洛婉兮怔了下，才起身走到門口。她今兒穿了一件銀紅色的刻絲泥金如意雲紋緞裳，下面是流彩暗花雲錦裙，耳畔的紅寶石耳墜隨著她的步履輕輕搖晃，晃得人目眩神迷。

凌淵忽然覺得自己那顆飄蕩了十幾年的心終於落了地，他想要的不外乎家裡有一個她在等他。

他輕輕的嗯了一聲，握了她的手擁著她入內。

洛婉兮有一瞬間的侷促，不過馬上又放軟身子，跟上他的步調。

凌淵垂眸看著她，眼底的笑意漸漸加深，他溫聲道：「今兒對不起了。」

洛婉兮搖了搖頭。「公事要緊。」

想起陸靜怡，不由問：「昨兒那事查出來是誰做的了嗎？」說完又覺自己僭越了，立時道：「若是不方便……」

「兮子，」凌淵仔細地看著她。「我們是夫妻，妳對我不用這般小心，妳想說什麼便說什麼。」他不喜歡她小心翼翼的模樣。

洛婉兮頓了下，復又笑著道了一聲好。他們是要過一輩子的，雖然還不大習慣，不過她會努力，重新適應為人妻的角色。

凌淵看了看她，忽然俯身親了親她的臉。

洛婉兮的臉薄薄的紅了一層，卻沒再躲避。

凌淵輕輕一笑，男女之間一旦有了肌膚之親，態度自然而然就不同了。他圈著她靠在暖炕上，又拉來一條絨毯蓋在她腿上，才回答她之前的問題。

「那些刺客是鄭家安排的。」鄭家底蘊淺薄，哪裡訓練得出像樣的死士，那些人一受刑就什麼都招了。也正是他們底蘊淺，無知者無畏，所以敢在毫無把握的情況下動手。

對此，洛婉兮並不意外，太子和福王早已勢同水火，太子遇刺，十個裡有八個會猜是福王一系做的。

「那陛下打算怎麼做？」洛婉兮問。皇帝偏心也不是一天、兩天了，他想廢太子從來都不是秘密。

凌淵把玩著她柔若無骨的手指。「陛下說那些刺客是景泰餘孽，栽贓鄭家，意欲挑撥離間。」

洛婉兮身體一僵。

凌淵收緊了手臂，一下又一下地撫著她的長髮。「景泰已經死了。」

洛婉兮合了合眼，緊繃的身體逐漸放鬆下來。

「大臣們肯信嗎？」大家都不是傻子，面上不反駁，心裡指不定怎麼想。威望這東西，看不見摸不著，卻至關重要。

凌淵輕笑一聲。「自欺欺人罷了！」

洛婉兮默了默，覺得自己似乎從他話裡聽出一股風雨欲來之勢。忽然間就想到了四舅的事，這事一直橫亙在她心裡，原本想昨兒問的，可昨晚那情況根本沒有開口的機會。

洛婉兮猶豫了下，緩聲道：「我四舅那樁事，會不會很麻煩？」販賣私鹽罪名不小，又是在這個風口浪尖上。

凌淵沈吟了下。

洛婉兮的心便這麼提了起來，側過臉看著他。

羊脂白玉般的臉上一雙眼霧濛濛的，瀲灩生輝，凌淵喉結滾動了下，低聲道：「妳放心，至多散些家財、吃點苦頭，性命無憂。」

性命無憂便夠了，犯了錯總是要受懲罰的。洛婉兮鬆了一口氣，對凌淵道：「謝謝，給你添麻煩了。」

凌淵低了低頭，灼熱的呼吸吐在她耳後頸周，低沈一笑。「那妳打算怎麼謝我？」說話間若有似無地啄著她的耳垂。

洛婉兮下意識往毯子裡鑽了鑽，不論是直覺還是久遠之前的經驗都在提醒她，這個時候的凌淵非常危險。

凌淵失笑，握著她的腰緊緊箍在懷裡，親暱地蹭了蹭她的臉頰。「倒有一樁喜事要告訴妳，太子妃診出了一個月的身孕。」陸靜怡養在大長公主跟前，算得上是她看著長大，遂她也最疼陸靜怡。

洛婉兮果然顧不上緊張了，既驚且喜，眼角眉梢都是笑意，接著又突然變了色。「那昨兒那事沒嚇到她吧！」

凌淵安撫地摸著她的背。「沒有，她好得很。」說著含住她的耳珠含含糊糊道：「妳看，當年的小姑娘都要做娘了，我們做長輩的是不是更要加把勁？」

做娘了……

洛婉兮身體輕輕一顫，當年她想孩子想得都要走火入魔了，可就是懷不上，明明他們身體都好得很。如今洛婉兮有些怕了，希望越大，失望越大。

察覺到懷中人兒的輕顫，凌淵心下鈍鈍一疼，伸手繞過她的膝窩，將她抱坐在懷裡，如同抱著個孩子，動作輕柔又充滿憐惜，低頭吻了吻她的額頭。「兮子，我們會有孩子的。」

他的話語擲地有聲，卻沒能安撫住洛婉兮，當年他也這麼說過的，可最終他們還是沒有一兒半女。兒女緣分，便是強大如凌淵也莫可奈何。

見她鬱鬱寡歡，凌淵立時另起話題。「妳打算將鄴兒安排在哪裡？」

論理洛鄴是該留在洛家的，只是洛婉兮只剩下這麼一個胞弟，幾乎當作兒子養大，遂他早前就提議三朝回門後將洛鄴接進凌府。

此舉正中洛婉兮下懷，她哪裡放心把弟弟交給別人帶？哪怕是施氏她也不放心。果不其然，她聞言就恢復了精神，與他商量。「外院的墨竹苑還空著嗎？」

她雖然想把弟弟放在眼皮子底下，可也清楚男孩子不能這麼養，因為跟著她和洛老夫人長大的緣故，洛鄴性子裡已經帶了幾分溫軟。男孩在成長的過程中，終究需要一個男性長輩引導。

洛婉兮看了看凌淵，若是弟弟能學了他幾分，自己也就能放心了。

凌淵彎了彎嘴角。「空著，那兒離內院近，和我的書房也不遠，得空我也能去看看。」他還真擔心她會把洛鄴養在內宅，她寵起孩子來向來毫無原則。

之後，兩人又說起了洛鄴的學業，凌淵安排他進凌家家學，凌家的學堂在京城久負盛名。

望著她眉宇間毫不掩飾的寵溺，凌淵想，若是老天不開眼，不肯給他們一個孩子，就把洛鄴當兒子養便是，只要她有個寄託便好！

大半天的時間就在認親中流逝，其間洛婉兮沒有見到凌嬋，八月她的未婚夫鄒亮和寡嫂攪和在一塊兒，兩家就此退了婚，凌嬋去了涼州姨母家，也是避開京城的流言蜚語。

在她和凌淵的婚訊公布之後，洛婉兮一度擔心失去凌嬋這個朋友，她打從心裡喜歡凌嬋，然也知道姊妹變成嬸姪，不是每個人都能坦然接受的。萬幸，凌嬋並不介懷，還來信打趣她，讓她心中大石落地。

洛婉兮尋了個空檔向凌大夫人詢問凌嬋的情況，因為出嫁，她也有近兩個月沒收到凌嬋的信。

凌大夫人笑道：「她啊，好得很，都樂不思蜀了！」

洛婉兮不禁莞爾。

入族譜儀式過後，洛婉兮便回到隔壁，一頭扎進了廚房，起因是凌淵想嚐嚐她的手藝。他既然開了口，洛婉兮自然不會拒絕，又因著舅家的事對他心存感激，便想好好做幾道菜謝謝他，為此還特地向桃露打聽他愛吃什麼。

雖然她記得他以前的喜好，但不確定他現在是否依然喜歡，或是有沒有多了其他愛好。

桃露一問三不知，她對主子可沒有非分之想，哪會留神主子的口味？

「夫人做什麼，大人都會喜歡！」碧璽見不得洛婉兮為凌淵勞心勞力，她覺得凌淵就該把姑娘捧在手心裡好好補償她，哪能讓姑娘下廚伺候他。

洛婉兮看出碧璽的不高興，也猜到了幾分緣由，倒不覺什麼，笑了笑道：「那就做一道清蒸鱸魚，燉一盅菌菇牛骨湯，再做道小炒肉，這幾道菜比較簡單。」

一聽簡單，碧璽方露了笑影。

見狀，洛婉兮忍俊不禁，問道：「妳和凌風近來如何？」

在臨安那一年，碧璽和凌風已經成了親，心結解了又有凌風細心的照顧，碧璽精神好了許多。

碧璽有一瞬間的窘迫，侷促地握了握手。「夫人放心，他對我挺好的！」

望著她眼底的神采，洛婉兮輕輕笑了。對於碧璽，她有說不盡的歉疚與心疼，如果她過得不好，自己這輩子都會良心不安。

「大人！」廚房門口的丫鬟見凌淵來了，驚了驚。

洛婉兮回頭，便見凌淵站在門口，身姿高大挺拔，眉眼溫柔含情，不覺也笑了笑。

「大人！」碧璽隨著屋內丫鬟一起行禮，神態與旁人無異。關於姑娘的婚事，雖然她堅信凌淵「仗勢欺人」，可木已成舟，若是再和他作對，為難的還是她家姑娘。只怪她當時病得糊裡糊塗，落下了一大堆馬腳。

凌淵很自然地擁住洛婉兮，柔聲問：「打算做什麼？」

洛婉兮問他。「你想吃什麼？」

凌淵一笑。「妳做的我都愛吃。」

洛婉兮便報了幾個菜名，問道：「還有什麼想吃的嗎？」

「這些菜就夠了。」凌淵望了望小廚房，這是按瑤華院那間小廚房佈置的，當年她便常常在裡面做各種點心，還會拉著自己給她打下手，不過兩次後便嫌棄他只會幫倒忙了。

想到此，他不禁起了興致。「有什麼我能幫忙的？」

洛婉兮一愣，狐疑地看著他，顯然想起了當年慘痛的教訓，片刻後委婉道：「讓她們給我打下手就行了。」

凌淵靜靜的看著她。

在他的目光下，洛婉兮敗退下來，沈吟了下道：「那你待會兒幫我遞一下東西？」別的也不敢指望他。

凌淵這才滿意的嗯了一聲。

碧璽望著說話的兩人，突然覺得姑娘再嫁給凌淵也未必不好！

事實證明，哪怕過了十幾年，凌淵依舊指望不上，差點把醋當醬油用的洛婉兮憤憤地瞪了他一眼。「你家醬油是酸的？」

被瞪了的凌淵反而笑起來，十分高興的模樣。

洛婉兮怔了下，心緒翻騰，轉過頭盯著眼前的鍋子，見差不多了，便用筷子挾了一點試味道。「好像有點淡了！」

「是嗎？」凌淵笑看著她。

洛婉兮頓了下，挾了一片肉遞過去。

凌淵俯身吃下，哪裡吃得出鹹淡，可洛婉兮還等著他評價呢。他便道：「是有點淡了。」

洛婉兮便又加了一點鹽。

看她動作熟練，淩淵笑問：「妳是跟誰學的手藝，這般好！」
「柳嬤嬤教的。」洛婉兮垂了垂眼。
淩淵目光輕輕一動，伸手環住了她的腰，從後面虛虛抱住她。
「我沒事。」洛婉兮輕聲道，畢竟已經過去一年多了。
聽她聲音平靜，淩淵便放了心，反問：「兮子不想問，我那天為何會途經嘉耳湖？」
去年調查柳嬤嬤那事時，洛婉兮便知道嘉耳湖後邊是蘭月坊，京城出了名的溫柔鄉。一大早淩淵途經那兒，昨夜宿在哪兒完全不作他想。時下風氣靡亂，文臣武將宿在秦樓楚館是再正常不過的事了。
她生前要求淩淵潔身自好，可她身後哪管得了他。
不想有朝一日還會再嫁給他，再想起那樁事，洛婉兮便有那麼點不舒服了。她垂了垂眼，看見他放在自己腰上骨節分明的手，不期然就想起上次在他手背上看到的抓痕。
她蹙了蹙眉，這麼多年了，總不能要求他守身如玉，不是嗎？
淩淵側過臉，見她濃密的睫毛顫了又顫，心情更好了幾分。
「那天我和同僚約了喝酒，喝得有些多，便宿在那兒了，一個人。」淩淵吻了吻她的臉頰。「只有妳沒有其他人，從來都沒有。」
此時此刻他無比慶幸，自己這些年沒隨便找個人將就，否則就真的無法挽回了，她最是小心眼不過的。
洛婉兮臉上飛起一層薄紅，也不知是因為他大庭廣眾之下的親暱還是他說的話。

望著她緋紅的臉，凌淵輕輕笑道：「以後有什麼事直接問我可好？」

洛婉兮點了點頭，點到一半頓住了。

「怎麼了？」凌淵詢問。

見她猶豫不決，他便耐心地等著，眉目溫和。

洛婉兮咬了咬唇，既然沒有其他女人，那幾道抓痕又是怎麼來的？

她百思不得其解，乾脆也不自尋煩惱了，直接問：「我之前在你手上見過一些抓痕，像是人抓的？」他自己說了自己想問便問的。

凌淵微微一怔。

洛婉兮心弦一動，狐疑地看著他。

「什麼時候的事？」凌淵問，一臉不明所以。

「去年七月裡的事。」說完洛婉兮才驚覺自己居然記得這般清楚，不由心跳快了兩拍。

凌淵嘴角的弧度更深，意味深長地哦了一聲，熱氣呵在了她耳後。

洛婉兮耳朵發燙，有說不出的窘迫。

凌淵低低笑起來，胸腔輕輕震動，連帶洛婉兮也輕顫起來。

他擺了擺手示意眾人退下，才道：「那是陸婉清弄的。」

「她？」洛婉兮驚了驚。

「她在我面前故意落了水，我將她救了起來，」他一寸寸收緊雙臂，將她緊緊摟在懷裡。「我以為是妳，可她不是。」

那種憤怒和失望，至今想來仍讓他心頭發涼，幸好她回來了。

他的聲音平靜無波，卻讓洛婉兮為之一顫，寥寥數語，足夠讓她聽出其中的百轉千迴。

那些年因為誤解，她怨他，可他同樣過得不好，其實他也沒做錯什麼。

「說來還要謝謝她，要不然我也不能發現那盞蓮花燈。」

洛婉兮立刻就明白過來。「你從那會兒就懷疑了？」

「那倒沒有。」這天下同名同姓的人多了去。「它讓我更加確定是妳。」

洛婉兮忍不住道：「那要是沒發現這盞蓮花燈，你是不是就不能確定了？」

凌淵瞇起眼，輕輕咬了下她的耳垂。「妳很遺憾？」語氣十分危險。

洛婉兮被他咬得顫了下，立即道：「沒有！」她又不傻。

第六十三章

凌淵儘量抽出時間陪洛婉兮，不過他終究太忙了，整日總有半天不得不忙公務，於是他便給她尋了幾本書讓她窩在書房的暖炕上打發時間，隔一會兒還會過來與她說兩句閒話。

這讓洛婉兮頗有些不習慣，以前他處理公務時，自己是從不過來打擾他的。都是他在書房忙他的，她忙自己的。

洛婉兮抬起眼打量不遠處的凌淵，眉目英俊、氣質卓然，還有那一身氣勢，不像面對她時刻意收斂，處理公務時格外懾人些。

被她這麼盯著，凌淵豈能毫無所覺？抬眸含笑望著她。「無聊了？」

洛婉兮猛地收回目光，像是作賊心虛，又懊惱自己又沒做什麼，這般想著她便又抬起頭，立刻撞進溫柔得能讓人沈溺在其中的眸。

洛婉兮愣了下才道：「沒有！」抓緊了手上的書。「這書挺好看的！」

凌淵看了看她，溫聲道：「再過幾日就要封印，妳可以想想要去哪兒玩。」

他一說，洛婉兮才想起來快要過年了。朝廷有二十日的年假，不過放假他也不會多輕鬆，各種交際應酬應接不暇，如今他成了百官之首，不是該更忙了嗎？雖是這麼想，洛婉兮還是點頭應了一聲。

轉眼就到了三朝回門的日子，一早凌淵便和洛婉兮出了門前往洛府。眼下洛家長輩都還在孝期，府裡只有洛郅夫妻倆、洛鄂以及洛鄴，幾人都親自等候在門口。

這是洛鄴有生以來第一次和姊姊分開這麼久，一見到洛婉兮立刻就撲上去。「阿姊！」

洛婉兮也想他想得緊，攬著他不放。

最後還是蕭氏打趣道：「這可真是一日不見，如隔三秋，姊弟倆倒像幾年沒見似的。」

洛婉兮摸了摸他的腦袋。「鄴兒從沒離開我這麼久。」

洛鄴仰頭看著洛婉兮，眼神孺慕，餘光瞄到了她身旁的凌淵，頓時擰了眉。

蕭氏笑道：「九弟還不快喚人。」早前可是教過他的，日後他要住在凌府，小孩子嘴甜一些總是格外討人歡喜。

洛鄴抿了抿唇，一副很糾結的模樣。

蕭氏有些急了，輕輕推了推他的肩膀。

凌淵笑吟吟地看著眉頭打結的小傢伙，不急也不惱。

「鄴兒。」洛婉兮揉了揉他的頭。

洛鄴這才小小聲道：「姊夫！」

凌淵笑了笑。

洛郅等人鬆了一口氣，他們還真怕洛鄴不懂事說出殺風景的話來，無知者向來無畏。

洛郅抬手一引，迎著凌淵和洛婉兮入了內，雖然他是大舅子，但是在凌淵面前他哪裡敢擺款？便是日後父親回來了，也擺不出伯父的譜啊！

相比丈夫的戰戰兢兢，蕭氏就好多了，她自從進門就和洛婉兮相處融洽，比洛婉如這個親小姑都合得來。

沒了凌淵在跟前，蕭氏便放鬆下來，不住打量洛婉兮，見她氣色紅潤，身上穿戴無一不精緻，就知道她得凌淵寵愛，心想如此便好，可還是要問問：「凌大人待妳可好？」妹夫兩個字終究說不出口。

洛婉兮點了點頭。「大嫂放心，他對我很好。」

望著她嬌妍嫵媚的臉，蕭氏看出了一絲痕跡，想想兩人往日交情，又想她生母早逝，長嫂如母，遂壓低了聲音含蓄道：「有些事妳不能由著他，要不虧的是兩個人的身子。」

洛婉兮這樣的好顏色，是個男人都把持不住，可長久下去傷身體，這種事還是得講究張弛有度。

洛婉兮面上燙了下，倒也知道蕭氏的好意，可她沒法跟一個忍了十幾年的男人講道理。

見狀，蕭氏也意識到這種事哪裡有女兒家做主的餘地，遂清了清嗓子。「我這裡有幾個補身子的方子，是我娘給我的，回頭妳試試。」

洛婉兮道：「多謝嫂子！」

蕭氏笑了笑，又道：「過幾日我想去白馬寺祈福，四妹要不要一塊兒去？」

白馬寺裡有一口送子泉，不管是對她還是對洛婉兮，懷孕生子便是當下最要緊的事，有了兒子她們才能在夫家挺直腰桿。尤其是洛婉兮，娘家借不上什麼力，只能靠她自個兒，凌淵這般年紀還膝下荒涼，若她生了兒子，凌淵還不把她寵上天去？

洛婉兮便道：「好啊！」

在洛府用了午膳，兩人便告辭，轉道去公主府，回頭再來接洛鄴。

失而復得，總是一件令人歡喜的事。

可冷不丁的讓長平大長公主接受此婉兮就是彼婉兮，委實不容易。在洛婉兮守孝這一年裡，她派了不少人去調查洛婉兮的情況，幾乎將她從小到大的事情都查了一遍。

越是清楚就越確定，洛婉兮不可能是別有用心之人派來的。排除了這個可能，那麼只剩下最後的可能了，哪怕它再匪夷所思。

讓一個對鬼神之道嗤之以鼻的人相信這世上真有借屍還魂這種事，著實艱難。然長平大長公主再不敢置信，也逼自己信了。

這一年，洛婉兮定期會往公主府送一些自己親手做的女紅和耐儲藏的小吃食，大長公主也會給她捎東西。

女兒比以前更能幹了，可這份能幹背後的辛酸讓大長公主不禁心疼。

在沒見到洛婉兮之前，長平大長公主一直在想自己要好好補償她，這些年她著實受了些委屈，過得不容易。

然望著娉娉嫋嫋行禮的洛婉兮，長平大長公主彷彿被人兜頭潑了一瓢冷水。這一年以來透過信件培養出來的熟悉感，在面對這張陌生的臉龐時忽然變得支離破碎。

長平大長公主的心狠狠揪了下，不過她神色依舊平靜，甚至還略略彎了下嘴角，透出難得的和顏悅色，叫起了行禮的二人。

洛婉兮起身，心頭微微發澀，知母莫若女，她發現大長公主終究沒有完全接受她。十月懷胎生下來養了二十年的女兒突然變了模樣，需要時間適應，畢竟說到底，她們真真正正相處的時間連一天都沒有。

洛婉兮輕輕吸了一口氣，她願意等，等待沒什麼可怕的，可怕的是沒有希望。以她對娘的瞭解，娘能做到這一步就是已經接受了她，只是程度還不夠。

洛婉兮定下心神，在長平大長公主的右下首第一席落坐，出嫁的女兒從來都是貴客。

餘光瞥見她捏著自己的左手食指，大長公主的神情有一瞬間發怔。她以前心情不好又不能發洩時便會捏手指，藉以平復心情。

大長公主登時覺得心頭一陣酸又一陣麻，刻意放柔了聲音。「以前妳在臨安不方便，眼下進了京，有空便常回來看看，這兒就是妳的娘家。」

聞言，洛婉兮的眼睛立時璀璨生輝，連忙點頭。「好，只要您不嫌棄我打擾您清靜就好。」一聲音裡有掩不住的激動。

大長公主自然也聽出來了，再看她熠熠生輝的眸子，這麼看著倒是有些像兮兮了，這孩子高興時便是這模樣，整張臉都亮了，照得別人心情也好起來。大長公主的眉眼更溫和了一些。

旁人瞧著這母女倆的互動，有些說不出的古怪，無論是洛婉兮的反應還是長平大長公主的反應。

說來對於長平大長公主認洛婉兮做乾女兒這樁事，至今她們還存著疑慮。實在是大長公主絕不是那種會為了緩解思女之苦，便認一個人做女兒移情的人。

雖然無數人巴不得她這樣，還希望自己就是那個幸運兒，可身為她的家人，再清楚不過大長公主絕不可能如此。

可萬萬想不到有朝一日長平大長公主會因為洛婉兮像陸婉兮而認她做了乾女兒，並且還將她許配給了凌淵。她們左看右看、上看下看都沒看出洛婉兮哪裡像，總不會是因為閨名像吧？

所以她們壓根兒就不信這種說法，她們更願意相信，因為凌淵看中了洛婉兮想娶她。可他續弦之後，勢必和前岳家陸家要疏遠一些，尤其是待洛婉兮為他生兒育女之後，哪個女人願意丈夫和前妻家族走得近，枕頭風的威力從來都不可小覷。

遂長平大長公主和陸國公便成人之美，認了洛婉兮做乾女兒抬她身分。如此一來，洛婉兮就承了陸家的恩情，兩家又結了一層姻親關係，皆大歡喜。

這般一想，所有不合理之處就都合情合理了。

於是不少人望著洛婉兮的目光深處都帶著一絲打量和好奇，能讓為陸婉兮守了十年的凌淵移情別戀，她到底有何特殊之處？

美貌自然是不必說的，一年不見，小姑娘長開了一些，出落得更標緻了，又嫁了人，平添幾分撫媚，越發美不勝收。

可只單憑美貌，就能讓凌淵心動嗎？這樣的絕色的確難得一見，可凌淵這樣的男人還會缺美人？

旁人百思不得其解，坐在下頭、同樣心緒複雜的陸釗卻覺得已經窺到了真相。他可是比姑父更早認識洛婉兮的，一開始他就覺得洛婉兮有些像姑姑。如今姑父娶了她，是不是也因為她像姑姑所以移情？陸釗心亂如麻，這般對洛婉兮委實不公平，她要是知道自己被人當成了替代品，情何以堪？

望著洛婉兮，陸釗糾結的眉頭皺成了一團。

他看的時間有些長了，洛婉兮都察覺到了，這孩子在做什麼？她的眉頭不知不覺也蹙了起來。

旁人自然也察覺到了，段氏的眉頭也微不可見地緊了緊，抬眸看一眼對面的兒媳邱氏，那是陸釗新進門的妻子，與陸釗青梅竹馬一塊兒長大。

果見邱氏神色略微有些僵硬，到底年輕，又與陸釗蜜裡調油，哪能忍得了丈夫對著其他年輕貌美的女子出神？

段氏按了按嘴角，正要說話，便聽凌淵對陸國公道：「我有些事要向您請教。」

陸國公放下茶盞。「行，那咱們去前頭說。」一說完順便把子孫都帶走了，屋子裡只剩下女眷。

段氏心神一緊，在心裡狠狠罵了陸釗一聲，也不知凌淵會不會往心裡去，這孩子今兒到底是怎麼了？

穩了穩心神後，段氏若無其事地開口緩和氣氛。

略說了一會兒，長平大長公主抬了抬手。「妳們都下去吧，我和她說說話。」這個她自然是指洛婉兮。

出嫁的女兒回門，母親自然要問些私房話，然落在長平大長公主和洛婉兮身上，不由讓人覺得違和。

然眾人也就心裡琢磨，面上滴水不漏，笑吟吟地告退。很快的，屋裡就只剩下母女倆。

洛婉兮侷促地坐正了身子，手裡的帕子緊了又鬆，鬆了又緊。

長平大長公主看著她小動作不斷的雙手，溫聲問：「他待妳可好？」

話音剛落，便覺自己多此一問了，這些年凌淵對女兒的心思她也看在眼裡，好不容易失而復得，怎麼可能待她不好？

就見洛婉兮毫不猶豫的點了點頭，輕聲道：「您放心，他待我很好。」

忽然間，長平大長公主想起了當年，陸婉兮回門，自己也這麼問過她。記得她羞紅了臉，眼神亮晶晶的，撲在她懷裡嬌聲道：「娘妳就放心吧，他怎麼會對我不好？他要是對我不好，我就不要他了！」

終究是不一樣了，長平大長公主暗自唏噓了一聲，點頭道：「那便好，不過牙齒也有咬到舌頭的時候，他若是惹妳不高興了，妳也別忍著，妳背後有……」頓了一下才道：「我和妳爹！」

笑意就像是煮開的沸水氣泡，咕咚咕咚往上冒，怎麼壓都壓不住，洛婉兮的嘴角不知不覺彎起一個十分明顯的弧度。

看她這笑眉笑眼的樣子，長平大長公主心頭泛柔，聲音更溫和。「府上就你們夫妻倆倒清靜，不過隔壁人多，是非也少不了。她們瞧著妳臉嫩，未必不想占妳便宜。」後宅女人被拘在四方天裡，無事可做便只剩下與人鬥了。

「妳也別顧忌什麼面子，妳背後有淩淵，也有咱們家。」若是從前她自然不擔心女兒被欺負，她不欺負別人就好了。可如今她性子到底不比以前張揚肆意，思及此，大長公主心頭發鈍，稜角都是被現實磨平的。

「您放心，我會照顧好自己的。」洛婉兮鼻子發酸，聲音有些哽咽。

長平大長公主笑了笑，又說了會兒話，母女倆之間漸漸少了點生疏，雖然離親密無間還有一段路要走，不過眼下洛婉兮已經很滿足了，飯總是要一口一口吃的。

淩淵和洛婉兮在公主府用過晚膳才離開，其間還發生了一樁小插曲，甯哥兒抱著洛婉兮就喊姊姊，任藍氏怎麼教都不改口。

藍氏尷尬得不行，滿臉歉意地看著洛婉兮。

洛婉兮倒不覺什麼，姑祖母哪有姊姊好聽，她笑盈盈地揉了揉甯哥兒的腦袋，喜得小傢伙眉開眼笑。

她的孩子緣還是一如往常的好，長平大長公主不著痕跡地看了看她平坦的小腹。兩個人這些年都不容易，下半輩子合該圓滿一些了。

「回頭再和他細說便是。」大長公主對不好意思的藍氏道。

她發了話，藍氏便也不糾結了，由著自己的胖兒子窩在洛婉兮身邊一口一個姊姊的喚，要多甜有多甜，屏風那邊時不時還能響起幾聲揶揄的笑聲。

坐在前往洛府的馬車上，凌淵將洛婉兮摟在懷裡，指尖在她臉上摩挲。「他們都笑我！」聽語氣還有點委屈。

洛婉兮訝異地看他一眼，一本正經的忍笑。「他們和你鬧著玩呢！」哪有他們，也就陸承澤和陸國公罷了。

「妳都聽見了？」

隔著一張屏風能聽不見？何況喝了酒的陸承澤嗓門還不小。

「甯哥兒喚妳姊姊，喚我姑祖父，那妳該怎麼喚我？」凌淵低下頭，洛婉兮聞到他呼息間濃郁的酒氣，熏得臉都紅了。

她伸手推著凌淵的胸膛。「甯哥兒才五歲，你也五歲不成？」

懷裡的人臉蛋紅彤彤、雙眼水盈盈，按在他胸口的力道對他而言也軟綿綿的，就跟撓癢似的撓得他心頭發癢。

凌淵眸色轉深，一手捉住她的兩隻手舉過頭頂按在車壁上，高大的身軀欺近，將她禁錮在車壁與胸膛這片小小的方圓內。

洛婉兮大吃一驚。「你……」

凌淵啄了啄她的唇，啞聲低笑。「妳該叫我什麼？」

「……凌淵！」

凌淵眉梢一挑，薄懲般咬了下她的粉唇，那模樣有說不出的邪氣。「裝糊塗？」

洛婉兮脹紅了臉，這人竟是越大越不要臉，她以前怎麼就沒發現他這麼無賴？

她瞪了瞪眼，憋出一句。「不要臉！」

凌淵笑了一聲，決定身體力行，讓她知道什麼叫不要臉。

他低頭噙住她的雙唇，長驅直入。

正當馬車內溫度逐漸升高時，車身突然晃了一下，凌淵動作一頓，便聽見外面傳來一道嬌俏的女聲——

「凌叔叔好！」

下屬的稟報接著傳來。「大人、夫人，是南寧侯和祁王府的小郡主。」

凌淵起身將洛婉兮拉起來，慢條斯理地給她理了理鬢角和衣襟，其間被擰了好幾把，腰間、大腿和胳膊上都有，嘴上一邊問：「有事？」

車外不遠處的福慧郡主滿臉的好奇，大大方方道：「我還沒見過凌嬸嬸呢，我想給她見個禮。」

其實她就是慕名聽說凌淵新媳婦國色天香，就想知道有多國色天香，正好遇見了，便順道過來請個安。

凌淵低頭看了看面色緋紅的洛婉兮，可不想她這模樣叫人看了去，外面還有個江樅陽呢，遂道：「她喝了酒睡著了。」

福慧郡主一臉的失望，不過馬上又打起精神，兩家都是要互相拜年的，還怕見不著？

「那我就不打擾凌叔叔和凌嬸嬸了。」說著她俏皮的眨了眨眼，高聲道：「祝您二位百年好合、早生貴子！」

馬車內的凌淵聞聲，輕輕一笑。

停下的馬車又重新出發，凌淵笑吟吟地看著洛婉兮。「福慧是個好姑娘。」無論家世、性情還是樣貌。

洛婉兮也坦蕩蕩地回視他。「那就好，江大人助我良多，我衷心希望他能苦盡甘來。」她和江樅陽之間又沒有不可與人言的秘密，何況她早就和他說明白了。

凌淵笑了笑，若非如此，為江樅陽安排的就不會是福慧了。江樅陽終究幫過她，他承這份恩，所以不會眼睜睜看著他被皇帝用廢了。祁王是個明白人，只要他不是蠢得無可救藥，就該借著祁王跳出那個火坑。

「妳想好到底該怎麼稱呼我了嗎？」凌淵言歸正傳。

洛婉兮登時一怒，隨手抄起案几上的蘋果砸過去。「混蛋！」

第六十四章

留在原地的福慧郡主煞有介事地摩著下巴，忽然三步併作兩步跑到江樅陽跟前，背著手興味盎然地問：「嗯，你們都是來自臨安，你見過凌嬸嬸嗎？她是不是特別特別好看？」她用了兩個特別做強調。

這一陣子有關洛婉兮的傳聞甚囂塵上，誰叫她截了大家的胡呢！礙著凌淵倒也不敢說得太難聽，可是評價也不怎麼正面，頗有些吃不到葡萄說葡萄酸的微妙心態，好像說洛婉兮是以色上位，她們心裡就能好受些，大抵是想著有朝一日色衰便愛弛吧！

江樅陽緊了緊拳頭，將手背在身後。他自幼習武，耳力非比尋常，在外人聽來凌淵聲音如常，他卻聽出了一絲壓抑的情動。

見他不說話，福慧郡主見怪不怪，反正她已經習慣了他這木頭疙瘩似的性子，比起油嘴滑舌討好她的那些所謂青年才俊，她覺得這樣的他有著說不出的可靠，就是太冷了一點。

她不無哀怨地想，他要是能夠對自己再熱情一點就好了。

想到這裡，福慧郡主摸了摸自己的臉，倘若她長得再好看一些，他是不是對自己會更好一點呢？畢竟男人總是喜歡好看的女人。

思及此，她鼓了鼓腮幫子，頓時不高興了，她生了一張圓臉，從小到大她聽得最多的就是稱讚她可愛。

「你覺得我好看嗎？」福慧郡主捏著裙襬，小心翼翼地看著江縱陽，眼神含著期待。都說情人眼裡出西施，她就覺江縱陽最英俊不過了。

江縱陽被她這莫名其妙的問題問得一愣，不過馬上就反應過來點了點頭。她的確生得玉雪可愛，何況自己若是不點頭，他想她可能會當場哭出來，就像今天他便是被她硬拉出來的，他不來她就哭，他有什麼辦法？

福慧郡主嘴角一翹，一張笑臉如花綻開。

江縱陽望著她，心裡生出絲絲縷縷的愧疚，她是他的未婚妻，她對他的好是全心全意的。

他動了動嘴角，似乎想笑。「天色晚了，我送妳回府。」

聞言，福慧郡主瞬間晴轉多雲，狠狠一跺腳。「笨蛋！」

江縱陽怔了怔。

看他還一臉狀況外，福慧郡主更生氣了，抬腳踢了他一下。「要回去你回去，我才不回去！」

臨近年關，宵禁取消，街上都是人潮，她好不容易讓父王母妃同意她晚上出門，這才多久，他就想送她回去了，他根本就不在乎她嘛！

江縱陽望了望跑出去一段路的福慧郡主，又低頭看了看衣袍上的腳印。

長庚見他站在原地不動，著急地上前推他。「少爺，您快去追啊！」

少爺和洛四姑娘終究有緣無分，如今洛四姑娘都嫁給凌閣老了，少爺也被賜婚了。福慧郡主是好姑娘，長庚由衷希望他家少爺能忘掉洛四姑娘重新開始。
江樅陽這才抬腳追了上去。

同一片夜空下，也有一對小夫妻在鬧彆扭。
邱氏一回到屋裡，就掐住陸釗胳膊上的嫩肉，杏眼一瞪。「今兒你是怎麼回事，看著誰發呆呢！」
陸釗倒抽了一口涼氣。「疼疼疼！」
奈何邱氏一點都沒有疼惜的心思，反而更加用勁了。「你說不說啊！」
「這樣子妳讓我怎麼說啊？」疼得臉都白了的陸釗委屈得不行，一句話倒抽了三口冷氣。
瞧他那可憐樣，邱氏終於鬆了手，可還是虎著一張俏臉。「掐你都是輕的，你也不看看今兒你幹了什麼，那是咱們乾姑姑，你就這麼看呆了去，你讓別人怎麼想啊！」
說著邱氏火氣又旺起來，恨鐵不成鋼地瞪著陸釗。「你想想姑父是怎麼對你的，拿你當親兒子似的，你怎麼能這樣呢！」
「我怎麼了？」瞧她越說越不像樣，陸釗比竇娥還冤，他是多看了洛婉兮幾眼，可又沒目露淫邪，至於如此嗎？
邱氏瞪了瞪眼。
見狀，陸釗洩了氣，趕緊討饒。「我說妳好歹問一問再動手吧！」又嘀咕了一句。「怎麼就不知道心疼心疼我！」

邱氏聽見了，懶得理他，雙手插腰，哪有人前端莊嫻雅的名門淑女模樣，不耐煩道：「那你說啊！」

陸釗揉了揉胳膊。「早兩年我就認識她了。」見邱氏沈下臉，又趕緊道：「聽我說完！」

邱氏橫他一眼。

陸釗接著道：「當時我就覺得她有些像姑姑。」

「姑姑？」邱氏愣了下。「你說的是……」

陸釗點了點頭，臉上浮現一絲黯然。邱氏不由也跟著難受了，她自然知道陸釗和他嫡親姑姑感情極好……慢著，不對啊！

「可他們都說這位洛姑姑和姑姑一點都不像！」

「模樣不像，但她有一些神態舉止十分像姑姑。」

「你倒是清楚得很！」神態舉止，這得多仔細啊！

陸釗頭大，能不能講點理？

「我對她真沒非分之想，就是偶然間發現她像姑姑。她是我姑父的新婚妻子，我要是對她有心思，那我還是人嗎？還是在妳看來，我就是這麼個色令智昏的人！」

聽他信誓旦旦，再看他臉色，邱氏意識到是自己反應過度了。論理，她和陸釗相識近十年，不該這般懷疑他，可洛婉兮實在是美得太過，讓女人都有危機感了。再說連凌淵都臣服在她的石榴裙下，陸釗不能免俗也挺正常的不是？

邱氏不禁訕訕地拉了拉他的胳膊。「自然不是。」

「其實說到底還是我不對，不該在人前失態。」陸釗嘆了一聲。「我當時忍不住想，姑父娶洛姑姑，是不是也因為她像我姑姑，若是如此，這對洛姑姑也太不公平了。」不說清楚，邱氏肯定不會善罷甘休。

邱氏默了默。不公平嗎？加上閻玨那次，洛婉兮退過兩次婚，哪怕責任不在她身上，可好人家哪裡願意娶她？凌淵卻明媒正娶了她，這樁婚事驚呆了多少人，都覺她是走了狗屎運。

外頭多少人想被這麼不公平的對待呢！然而這些話，邱氏自然不會和陸釗說。

陸釗搖了搖頭。「也許是我多想了，姑父那麼精明的一個人，不至於做這種事。」說著扭頭對邱氏道：「這事妳千萬別和人說，尤其不能讓我大姊知道。」

太子妃陸靜怡對洛婉兮頗有微詞，他們自家人自己清楚。

邱氏忙點頭。「你放心，我省的！」

夫妻倆至此便重歸於好。

洛婉兮和凌淵接了洛鄴回到凌府後，又帶著他在墨竹苑裡稍微逛了逛，讓他熟悉環境。其間洛鄴一直拉著洛婉兮的手，避著凌淵，像是不大喜歡他。

洛婉兮隱約有些擔心，抱歉地看了看凌淵。

凌淵不以為然的朝她一笑。與姊姊相依為命的小男孩，對搶走他姊姊的男人抱有敵意天經地義。

洛婉兮看洛鄴睡著了，又留下桃枝伺候，這才出了院子。一出寢房見凌淵居然還坐在那兒，大吃一驚，壓低了聲音道：「不是讓你先回去嗎？」

凌淵在，洛鄴有些緊張，遂她讓凌淵先走。

凌淵起身攬住她的腰，帶著她往外走。「一個人回去了也沒意思。」他不喜歡空落落的院子，這會讓他想起那些不堪回首的記憶。

明明很平淡的語氣，卻讓洛婉兮的心輕輕揪了一下，她定了定神後道：「鄴兒有些怕生，過一陣子和你熟了就好了。」

凌淵握了握她的手，輕笑道：「這樣的敵意我並不陌生，妳還怕我處理不好？」

想當年他娶了她，陸家的男人，上自陸國公下至她豆丁大的姪兒，那一陣都看他不順眼。

顯然洛婉兮也想到了，不由會心一笑，她還記得自己回門那天，陸釗指著凌淵大叫壞人。

凌淵側過臉看她，霧濛濛的月色為那張賽雪欺霜的面龐添了幾分魅惑，看得他心蕩神搖，放在她腰上的手緊了兩分。

他腳步邁得更大了，不一會兒就到了漪瀾院。這一夜，自然又是春色無邊，只恨春宵短。

隔天天色濛濛亮時，需要上朝的凌淵便起了，見一旁的洛婉兮還陷在熟睡中，他輕手輕腳地將被她壓住的頭髮抽出來。

洛婉兮皺了皺眉，動了動又繼續睡。

凌淵輕輕一笑，在她眉心落了一個吻才起身下床。

洛婉兮醒來時已是日頭高照，幸好這府裡也無長輩需要她去請安，隔壁凌老夫人是嬸娘，兩府又分家了，遂她無須行晨昏定省這一套規矩。

由儉入奢易，這才幾天，她這麼多年早起的習慣就改了，洛婉兮感慨了一回，坐了起來。

被桃枝哄了一個早上的洛鄴終於見到姊姊了。因為馬上就要過年，遂他也沒了功課，學堂那裡開了年再過去就好。

「阿姊，妳哪裡不舒服嗎？」洛鄴憂心忡忡，要不然姊姊怎麼會起得這麼晚？

洛婉兮尷尬得臉都紅了，強自鎮定道：「現在已經沒事了。昨晚睡得怎麼樣？」

洛鄴點頭。「睡得很好！」

洛婉兮拉起他的手。「若是有哪兒不習慣，一定要說出來。」

洛鄴點了點頭。

洛婉兮沈吟了下道：「你姊夫也很疼你，你院子裡那間書房和小練武場都是他讓人佈置的。」

洛鄴抿了抿唇，一副小大人的模樣。「只要他對姊姊好我就喜歡他！」

洛婉兮笑起來，摸了摸他的臉蛋。「好孩子，他對姊姊很好。」洛鄴看了看，不說話，他還得再觀察一陣子。

八歲的小男孩已經有自己的小心思了，洛婉兮也不追問，拉著洛鄴又用了一次早膳。用罷，姊弟倆便去西府。洛鄴搬進來了，總要讓凌家人見一見。

凌老夫人十分喜歡洛鄴的乖巧，自家幾個孫兒簡直就是潑猴兒，沒一刻消停的，然而男孩子太文靜也不是好事，遂待他見完了人就讓最穩重的九孫兒帶著洛鄴下去玩耍。

待他走了，凌老夫人對洛婉兮道：「這兒同齡男孩多，妳讓鄴兒常常過來玩，小孩子還是得有玩伴。」

洛婉兮正有此意，她也覺得弟弟性子太文弱。「那就打擾您了。」

「打擾什麼？一隻羊也是放，一群羊還是放！」

這話說得眾人都笑起來，之後兩天不用洛鄴自己過去，凌九少爺便會帶著弟弟們來找洛鄴玩，不用上學堂的小男孩就像是脫了韁的野馬，盡情在兩府內撒野。

為了讓弟弟能更加融入，洛婉兮每天下午都會為他們親手做些精巧的點心送過去。

如此過了幾日，洛婉兮發現弟弟臉上的笑容燦爛了一些，連帶著胃口都好了許多，不由心情大好。

這個年，天順帝注定過得不舒坦。將將要封印的當口，有御史參鄭貴妃父兄暗中與瓦剌進行鹽鐵生意。一波未平一波又起，又有人參朝廷官員與江南鹽商勾結販賣私鹽，涉案官員達上百人，李四舅就在其中。

鄭家父子與瓦剌暗中進行鹽鐵交易罪證確鑿，父子三人以及涉案黨羽皆被下了大牢，為了避嫌，進的不是錦衣衛詔獄，而是刑部大牢，只等來年處斬，而鄭貴妃也因父兄之過被降為鄭嬪。

這一樁案件所釋放出來的訊息使得京城人心攢動，皇帝這是要放棄福王了？

其實細想也有道理，福王年幼，日後若是登基，少不得要依賴外家，可鄭家現下為了一己私利能與瓦剌勾結，有朝一日未必不會為了利益賣國。這是任何一個帝王都無法容忍的，哪怕天順帝再昏聵也容忍不了，尤其鄭家勾結的還是曾經俘虜過他、令他遭受奇恥大辱的瓦剌。

如此鄭家父子鋃鐺入獄，也就沒什麼可奇怪的，誰叫他們蠢呢！

只不過鹽鐵案一直拖到皇帝封了印都沒結案，實在是涉案人員太多，不少人還遠在江南，調查取證需要時間。而李四舅在鐵證下啞口無言，當場就被收押入獄，等待著前去江南的欽差調查回來後來年再審。

直至臘月二十三，皇帝封印。

京城上上下下都沈浸在過年的喜氣中，街頭巷尾的紅影越來越多。

這幾天凌府也開始張燈結綵，身為大管家的德坤忙得腳跟打後腦勺，卻是樂在其中。

時隔十幾年，這府邸終於又熱鬧起來了。這家啊，果然得有個女人才像樣！

「小心些！」洛婉兮目不轉睛地看著踩在梯子上貼對聯的洛鄴，小傢伙自己寫了一副對聯，還要親自貼在她的院門口，她自然由著他。

只是雖然前後左右都站了一圈丫鬟和婆子，她還是擔心他摔下來。

「阿姊妳看貼得正不正？」洛鄴扭頭問洛婉兮，突然小臉上燦爛的笑容垮了。

洛婉兮心裡一動，回頭一看果然是凌淵，他正沿著青石大路走來。

凌淵停在洛婉兮身側，抬手攏了攏她的披風，才看了一眼站在梯子上的洛鄴。「往左下角移一移。」

洛鄴狐疑地看著他。

洛婉兮失笑。「是往右邊偏了點。」

洛鄴這才往左邊挪了挪。

凌淵失笑。

「鄴兒的字長進了許多，是不是？」洛婉兮瞅一眼凌淵，含笑問他。

凌淵自然明白她的意思，便笑道：「是長進了，要不鄴兒也給我寫一副對聯掛在我書房門口？」

小孩子總是喜歡被誇獎的。洛鄴嘴角不受控制地上揚，大抵是覺得不好意思，連忙扭過頭去，耳尖有些發紅。

貼好對聯又掛上新燈籠，凌淵擁著洛婉兮進了屋，見暖炕上攤著一堆大紅色窗紙，問道：「這是你們剪的？」

洛婉兮應了一聲，看了看他問：「書房裡要不要貼一些？」他書房的窗戶上乾乾淨淨，似乎去年也沒貼。

聞言，凌淵笑道：「那妳幫我挑幾張。」

洛婉兮便挑了一個最中規中矩的「福」字，然後又挑了一朵牡丹花。「這是鄴兒剪的牡丹花。」

她不說，還以為是張廢紙。凌淵由衷道：「剪得不錯。」

洛鄴看了看他，再看一眼自己剪的窗花，猶豫了下，把自己剪的那個少了筆劃的「喜」字推過去。「這個好不好？」

凌淵溫聲道：「挺好。」

洛婉兮笑了起來，十分開心的模樣。

挑完窗紙，洛婉兮想起差點忘記的事，對凌淵道：「大門上的春聯由你來寫吧？」之前都是他寫的，他的字一貫好。

凌淵近十年都沒寫過春聯了，笑了笑。「好。」

「還有側門、大堂……」洛婉兮開始想哪些地方需要他親自寫對聯，這些地方都是親朋好友或下屬來拜年會看見的，事關顏面，可馬虎不得。

凌淵笑盈盈地看著她說出了六處地方後又問他。「你現在有空嗎？」

「無事。」

「那趁現在去寫吧，今兒都二十八了。」洛婉兮站了起來。再過兩天就是除夕了。

凌淵溫聲道了聲好，便攬著她去了位於西廂房的書房。裡面寫對聯的用具都是現成的，是剛剛洛鄴用過的。

洛婉兮十分自動地過去替他研墨，露出一截纖細的皓腕，在烏黑的墨水襯托下顯得說不出的美好。

洛鄴站在書桌對面，眼睛瞪得大大的，頗有些好奇的模樣。

凌淵提著筆看著兩人，心頭一軟，就像是被什麼撞了一下，眼底笑意更深。

「寫什麼？」

洛婉兮問洛鄴。「鄴兒想寫什麼？」

洛鄴皺了眉，有些為難。餘光瞄到了邊上的書，這是他剛剛翻出來找對聯的，頓時眼前一亮，拿了過來翻了幾頁後，唸道：「五湖四海皆春色，萬水千山盡得輝。橫批：萬象更新。」

唸完之後，他巴巴地看著洛婉兮。「好不好？」餘光偷偷留意凌淵的神情。

他這些小動作哪裡逃得過兩人的眼？洛婉兮捧場道：「鄴兒眼光不錯，就這句吧！」

凌淵笑了笑，揮筆下書一氣呵成。轉眼間一副對聯就完成了，鐵畫銀鈎，雍容大度。

洛鄴眼神立時變了，小男孩總是崇拜有本事的人。

凌淵彎了彎嘴角，對小傢伙崇拜的眼神頗為受用，這孩子可比陸釗難收服多了。

「還差一副呢！」洛婉兮看他沒動筆，以為他忘了，提醒道。

凌淵擱下筆。「書房那副讓鄴兒寫，不是說好的？」

洛婉兮一驚，還真讓他寫？他那書房人來人往的。只她還小的時候，她爹書房門口的對聯就是他們兄妹幾個寫的，來往賓客見到了還要打趣幾句，說白了這是長輩對晚輩的疼愛，也是炫耀。

凌淵讓洛鄴寫，日後別人見到了，少不得問一問，到時候外人也就知道凌淵對這小舅子的態度了。

「鄴兒。」洛婉兮便對洛鄴招了招手，示意他過來。

洛鄴站著不動，傷促道：「我字寫得不好……」

「我像你這般大時，寫得還不如你。」凌淵笑道。

騙人！洛婉兮睨一眼面不改色的凌淵，嘴角的笑意卻是掩不住。

聞言，洛鄴期期艾艾地看向洛婉兮。

洛婉兮鼓勵的看他一眼，洛鄴便抬了腳繞過來，抓起筆，有點緊張，發揮不如之前。

凌淵輕輕摸了摸他的頭頂。「寫字時，手一定要穩。」

洛婉兮重新遞去一副空白的對聯。「再寫一遍就好了。」

他放在自己頭上的手掌和阿姊的不一樣，阿姊的手軟軟的、香香的，可他的手又大又暖，似乎帶著不可描述的力量，讓人覺得無比可靠。洛鄴抬頭，目光落在凌淵身上，見他神情溫和，突然間覺得其實他也沒那麼可怕了，雖然堂哥他們似乎都很怕他的樣子。

洛鄴吸了一口氣，小臉嚴肅，從容落筆，比之前寫得都要好。

洛婉兮毫不吝嗇溢美之詞，洛鄴顯然習慣了姊姊的誇讚，不由自主去看凌淵，眼神裡帶著不自知的期待。

凌淵笑著點了點頭。「不錯！」

只有兩個字，還只是不錯，而不是很好，但是洛鄴的眼睛一下子就亮了起來。

寫完了對聯，接下來便是貼對聯了，都是洛鄴親自貼的，小孩子對這種事總是格外熱情一些，凌淵和洛婉兮便陪著他慢慢把對聯貼完，而這已經是一個時辰以後的事了。

洛鄴因為爬上爬下，鼻尖冒出了熱汗，一張小臉興奮得紅撲撲的。

第六十五章

轉眼便到了除夕夜，隔壁西府早在幾天前就邀請凌淵和洛婉兮帶著洛鄴過去守歲，凌淵便問洛婉兮要不要過去。早前她在這幾年，他們都是過去過除夕的，他這一房人丁太少，而她是個愛熱鬧的。

「這幾年你都是怎麼過的？」洛婉兮先問他。

凌淵握了握她的手，淡淡道：「在府裡過的。」

這幾年若是老九回京，便和老九一家子一起過。然而老九幾年才難得回來一次，這次他大婚，老九也沒能抽空回來，所以這些年他大多是一個人過的，每年隔壁都請他過去，可都被他拒絕了。過去了也不過是看著別人闔家團圓。

一個人？這話在洛婉兮舌尖轉了一圈後被她嚥了回去，突然喉間有些發堵。穩了穩心緒後，她反握住他的手。「那咱們今年也還是在府裡頭過吧！」

凌淵微微一笑，俯身親了親她的臉頰，就見她白玉般的臉上染了一層薄紅。「聽妳的！」

於是凌淵回絕了西府的邀請，這一回那邊倒是沒再派人來請他，畢竟他已有家室，雖然人少，可也是一個家了。

不過三個人，洛婉兮也覺得人太少了，但想熱鬧也容易。凌淵應酬多，故他府上養了一班伶人，十八般武藝樣樣精通。洛婉兮便令管事嬤嬤排了幾個熱鬧的節目，她又請了凌風和碧璽夫妻倆一塊兒過年，這兩人都是無父無母無手足的。

除夕夜就這麼熱熱鬧鬧的過去了，等三更的梆子敲過，睡眼迷濛的洛婉兮吁出一口氣來，終於可以睡了。還是小孩子幸福，如洛鄴已經在奶娘懷裡睡著了。

凌淵輕笑，扶著她站起來。「趕緊回去休息，明天還要進宮。」

大年初一，三品以上官員要進宮向皇帝拜年，命婦則要進宮向皇后賀年。

洛婉兮頓覺生無可戀，她睡懶覺的壞習慣已經養成了。

凌淵失笑。「走吧！」

回到漪瀾院，略作洗漱，洛婉兮就上了床，慢了一步的凌淵走到床邊見她竟是已經睡著了，不由輕笑，還真是睏得很了。

他輕輕掀開被子躺了進去，從後面擁住她，聞著自她身上傳來的馨香，很快也陷入沈睡之中，一夜好眠。

次日天微微亮，不用人喚，凌淵便睜開眼。

洛婉兮還在睡，睡顏安詳，令人不忍打攪，奈何時辰差不多了，凌淵只能叫醒她。

洛婉兮迷迷瞪瞪的張開眼，呆呆地看了凌淵一眼，推了他一下，往裡面一滾，嘟囔：「別吵我……」

凌淵低笑了下，長臂一撈將她拉了回來，捏住她的鼻子。「該進宮了！」

洛婉兮頓覺呼吸不暢，眼睛一下子就睜大了，登時清明起來，一臉痛苦。

凌淵吻了吻她的臉頰。「給妳報病假？」

「不用了。」洛婉兮忙搖頭，這也太嬌氣了。

為了證明自己可以，她一個軲轆坐了起來，毫無預兆的，差點撞上凌淵的鼻子。

望著險險避開的凌淵，洛婉兮不好意思地摸了摸鼻頭。

凌淵捏了下她的臉，輕輕一笑下了床。

片刻後他便收拾好了，洛婉兮還坐在妝檯前綰髮。女兒家梳妝向來費時，不過慢工出細活，十分顏色在丫鬟的巧手下變成了十二分，賞心悅目。

凌淵站在她身後，忽然生出一種把她藏在家裡不給任何人看的衝動，他笑了笑，抽走丫鬟手裡的眉筆。

洛婉兮看了看他，微微抬起臉。他自然會畫眉，還是她教的，青出於藍而勝於藍，可過了十幾年，誰知道他有沒有退步。

事實證明，凌閣老果然退步了。洛婉兮皺了皺眉，反正也不是很難看，況且也沒時間重畫了，遂她端詳了下，勉強道：「還行！」

「手生，下次就好了。」凌淵含笑道。

裝扮妥當，兩人用過早膳便出了門，與隔壁西府一行人會合之後，一起前往皇城。

到了東華門，一行人下了馬車。這兒只有特殊情況允許換乘轎子，如凌淵這樣的重臣。

「皇后娘娘聽聞凌夫人體弱，故賜夫人乘轎入內。」小太監清亮的聲音令在場不少凌夫人百感交集，夫榮妻貴當如是！

「上去吧！」凌淵溫聲對洛婉兮道。從東華門到坤寧宮有極長一段路要走。

洛婉兮對他笑了笑，雖然有些扎眼，可眾目睽睽之下她也不會駁他好意。若是凌老夫人這個長輩在，她就不會單獨走了，可因為凌老爺子已經致仕，二老都不必來遭這罪。

如今在場的不是平輩就是晚輩，遂洛婉兮也不矯情，在各色目光下上了軟轎。

大禮過後，得臉的皇室宗親以及命婦被皇后留在坤寧宮內閒話，滿屋子珠光寶翠，暗香浮動。

坐在最上頭的錢皇后年近五十，端莊慈和。在她下首坐著的便是寵冠後宮的鄭嬪，洛婉兮還是頭一回見她，不著痕跡地看了一眼。

那是一種豔光四射的美，難怪是能榮寵十年不衰的寵妃，便是鄭家倒臺了，也沒聽說皇帝冷落她。

據說鄭嬪原是被家人送進宮謀前程的，卻礙了景泰后妃的眼，所以被弄到了南宮，然後就被當時還在幽禁的天順帝瞧上了。

說了幾句開年的吉祥話後，話題不知怎麼的就轉到了洛婉兮身上，起頭的還是鄭嬪。

「凌閣老好福氣，本宮可算是明白當年凌閣老為何那麼費心讓陛下收回成命了。」鄭嬪似笑非笑地盯著洛婉兮，不陰不陽道：「這麼個如花似玉的美人配給閻家那兒子，的確委屈了。」

此言一出，殿內霎時落針可聞。這話可不是說凌淵為了搶人，故意打皇帝的臉嗎？

錢皇后臉色一沈，放下手中的茶盅，發出叮一聲，屋內眾人不約而同的看過去。

「鄭嬪慎言，當年要不是妳，陛下豈會受小人蒙蔽，錯將功臣之女指給閣家那先天不足的兒子，險些寒了下頭人心，淪為天下笑柄。凌閣老身為內閣首輔，勸陛下收回成命那是為人臣子的本分。倒是鄭嬪不好生反省，卻在這裡歪曲事實，是想離間君臣嗎？」這話說得毫不留情，還把當年那層窗紙給捅破了。

傳聞皇后與鄭嬪已經撕破臉，看來所言非虛。

鄭嬪一扯嘴角。「娘娘這話，臣妾可擔不起，不過是隨口玩笑一句罷了！」

錢皇后也不客氣。「鄭嬪的玩笑可真是與眾不同，以後還是少開這種玩笑，傳出去徒惹人非議。」

鄭嬪定定地看著她。如今皇后底氣可是足了，等她做了太后，自己怕是連口氣都喘不來了。

她笑了笑。「臣妾受教！」

錢皇后便若無其事地轉了話題，聊起院子裡的梅花，說著說著一看外面日頭高懸，便道：「今兒日頭好，咱們就去御花園裡走走吧，今年的梅花開得好。」

自然無人反對，一群人便簇擁著皇后去了園子裡。

人群漸漸四散開來，洛婉兮與女眷交際應酬了一圈，覺得有些累了，正想尋個地方休息，忽見太子妃陸靜怡走了過來，看模樣像是朝她而來。

洛婉兮不由打起精神，見她走近，屈膝請安。

陸靜怡略一頷首。「洛姑姑不必多禮。」

洛婉兮方起了身。

陸靜怡抬眸打量她，前一陣弟妹邱氏進宮，無意間說漏了嘴，她說陸釗覺得洛婉兮像姑姑。可她實在看不出兩人哪裡像了，不過陸釗說像該是真的有點像，他們幾個裡，就數陸釗跟著姑姑的時間最長，誰叫這小子最會撒嬌。

姑父孤孤單單過了十幾年，找個人陪陪自己也在情在理。

「洛姑姑以前進過宮嗎？」陸靜怡慢慢走著，隨口一問。

洛婉兮一邊跟上一邊回道：「不曾，今兒是頭一回。」

陸靜怡笑道：「頭一回進宮的人難免有些緊張，洛姑姑瞧著倒不像。」

「其實我心裡緊張得很，只是怕人笑話了遂強忍著。」洛婉兮不好意思地笑了笑。

陸靜怡驚訝道：「可真是看不出來，我還以為妳一點都不緊張呢！」

洛婉兮道：「皇宮威嚴不凡，哪能不緊張啊！」

陸靜怡微微一笑。

她不說話，洛婉兮便也不開口，默默地隨著她走，內裡卻是心念如電轉，總覺得陸靜怡的態度說不出來的古怪。

忽然間，一陣夾帶著水氣的涼風拂面而過，洛婉兮抬頭就見遠處波光粼粼，是一座湖，同時映入眼簾的還有那座高聳的塔樓。

她臉色微微泛白，那是問天樓！

「洛姑姑怎麼了？」陸靜怡見她忽然白了臉，不由奇怪。

洛婉兮攏了攏袖子。「這兒有些冷。」

陸靜怡望著她身上厚厚的披風和手裡的暖爐。留意到她的目光後，洛婉兮低了低頭，似乎不好意思。「我從小在南方長大，遂格外畏寒。」

陸靜怡彎了彎嘴角。「看來洛姑姑還沒適應京城的氣候。」頓了下又道：「那咱們換個方向吧，若是害妳生病，本宮可就沒法向太傅交代了。」

聽見「太傅」這稱呼，洛婉兮微微一怔。

「娘娘說笑了，」她道：「娘娘想去哪裡都隨意，臣妾不要緊。」

陸靜怡看了看她，又望一眼高聳的問天樓，想著姑姑見了她該是不會高興的吧。遂道：「我也覺得有些冷了，那咱們回御花園吧。」

二人便轉道回了御花園，長平大長公主見兩人走在一塊兒，瞇了瞇眼，兩人迎著她的視線俱是微笑，她便也笑了笑，示意兩人過來。

她周圍聚著的多是宗室女眷，有些洛婉兮都認得，不過她們自然不認得她。長平大長公主將洛婉兮介紹給她們，這些人打量著長平大長公主的態度，又想她丈夫炙手可熱，當下皆是和藹可親，心想大長公主對這乾女兒倒是不錯。

說說笑笑間，宮宴便結束了。

正月裡總是格外忙碌一些，洛婉兮也是一天都不得空，不是在別人家做客就是請客。

正月初六，祁王府大宴賓客。裝扮妥當後，洛婉兮隨著凌淵上了馬車。

不一會兒就到了王府，洛婉兮踩著繡墩下來，不經意一抬頭，便看見另一頭的陳鉉。他坐在馬背上，一身寶藍色錦袍，望過來的目光帶著鋒芒。

洛婉兮微微一擰眉。看見他就會忍不住想起李四舅的事，還有他給的那包毒藥。天順帝身體每況愈下，太子繼位的形勢越發明朗，陳忠賢的日子便越難過。人到了絕境什麼事都做得出來，看之前那些事，洛婉兮就隱隱覺得陳鉉似是要破罐子破摔了。

凌淵握了握她的手，扶著她落了地。

洛婉兮抬眸對他笑了笑，心下一鬆，他應該會防備的。

陳鉉嘴角一彎，笑意不達眼底，翻身下馬，迎了下轎的陳忠賢。

「凌閣老！」陳忠賢笑吟吟地拱手。

凌淵也笑道：「陳督主！」

見兩人笑意融融，不知情的還以為兩人私交多好，果然能當上權臣的都不是省油的燈。洛婉兮胡思亂想了下。

「你們不會是約好了一塊兒來的吧！」人未到聲先至，能說出這話的自然是祁王爺了。

只見滿面笑容的祁王從大門後闊步而來，與他一道來的還有福慧郡主，小姑娘眼睛瞪得大大的，好奇地看著洛婉兮。

洛婉兮對她柔柔一笑。

小姑娘突然就臉紅了下，也不知道是為了什麼。

紅撲撲的臉蛋，水靈靈的眼睛，真是個可愛的小姑娘，洛婉兮臉上笑容更盛。

瞥見這一幕的陳鉉突覺好笑，要是福慧郡主知道洛婉兮是江樅陽珍藏在心頭多年的珠砂痣，不知道還能否像如今這般平靜。

互相見過，祁王便迎著凌淵等人去了男賓處，福慧郡主則帶著洛婉兮前往後院。

一路上，福慧郡主有一眼沒一眼的打量洛婉兮，她穿著一件銀紅色的盤金彩繡棉衣，下面是翡翠煙羅綺雲裙，比初一那天見著時好看多了，一品誥命服雖然端莊，可她到底年輕鮮嫩，還是這麼打扮才美，讓人不想挪開眼。

見洛婉兮看過來，福慧郡主有些不好意思的摸了摸鼻子，似乎覺得自己這麼盯著人看不大禮貌，於是想了想道：「夫人今天這一身搭配得真好。」

凌淵不在，「嬸嬸」這兩個字就喚不出口了，她也就比自己大了兩歲。

洛婉兮便順著話題與她討論起衣裳的搭配，女兒家鮮少有不喜歡這話題的，說話間就到了松鶴堂。

松鶴堂裡坐了不少人，上首的便是祁王妃，洛婉兮被迎到了前頭，剛坐下就聽見一個清清脆脆的聲音。

是坐在凌老夫人懷裡的陽哥兒，他們比洛婉兮早了一會兒到。

「叔祖母！」胖嘟嘟的陽哥兒在曾祖母懷裡扭起來。

見狀，洛婉兮便笑起來。一開始是隔壁九少爺經常帶著弟弟們過來找洛鄴玩，後來陽哥兒也來了，不過他是衝著洛婉兮的糕點來的。

扭了兩下掙不開，小傢伙泫然欲泣，似乎馬上就要哭起來。

洛婉兮看著凌老夫人道：「二嬸，要不我抱一會兒陽哥兒。」

凌老夫人無奈地捏了捏曾孫子的胖臉蛋。「這小傢伙最喜歡他叔祖母了。」說著鬆開手。

得了自由的陽哥兒一溜煙跑到洛婉兮跟前，手腳並用的爬上去在她膝蓋上坐好，一氣呵成，顯然這套動作是做慣了的。

「果然啊，還是她們年輕姑娘討小孩子喜歡！」見陽哥兒親暱地依偎在洛婉兮懷裡，便有人笑起來。她們年紀都能當洛婉兮母親甚至祖母了，見了洛婉兮自然多一分包容和欣賞。

凌老夫人笑道：「她耐心好，願意哄孩子，家裡幾個小的都喜歡她得緊。」

幾個小孫兒都說六嬸漂亮又溫柔，還有好吃好玩的。說來這點倒還真像陸氏，以前陸氏在時，幾個孩子也喜歡往她那兒跑。

洛婉兮低頭笑了笑，接過陽哥兒遞來的橘子，剝了餵他。

見她動作溫柔細膩，祁王妃笑道：「凌夫人將來定是個好娘親！」

一說完，祁王妃就有些後悔了，這新婚女子最怕人說孩子，心事重了，反倒不容易懷孕。

洛婉兮滯了滯，摸了摸陽哥兒的胖臉蛋，真是光想想就能讓人覺得心軟得一塌糊塗。

「兒女緣分該來的時候就來了！」凌老夫人笑了一聲，轉過話題，看向福慧郡主。「小郡主的婚期可是定了？」

一句話說得福慧郡主脹紅了臉。

的。

祁王妃趕緊順著話題道：「王爺且捨不得呢！」過了年女兒也才十五，太早出閣也不是好事，再說眼下局勢還未定，不急這一年半載

「只怕南寧侯要等不及了。」江樅陽翻過年可就二十一了，不過江家長輩都在臨安，江樅陽和家裡的關係大夥兒也心知肚明，想來江家長輩就是想催也沒這臉。

「咱們金尊玉貴的女兒哪能讓人這麼容易就娶了去？」祁王妃笑道，說得一眾家有兒女的貴夫人心有戚戚焉地點起頭來。做人媳婦哪有做姑娘輕鬆自在，她們可都是過來人。

想到這兒，就有不少人若有所思的看了看洛婉兮，她上頭沒有公婆，也沒有妯娌小姑要應付，這日子才是瀟灑自在呢！不由羨慕她命好，瞧著淩淵還是極疼她的。

福慧郡主一張臉紅得能滴下血來，跺了跺腳扭頭跑了。

屋裡的人不約而同地笑了起來，再是大膽的小姑娘遇上這種事都是要害羞的呢！

洛婉兮也輕輕笑了，她這鮮活的性子倒正好和江樅陽互補。

福慧郡主紅著臉跑了出去，被外頭涼風吹了吹才覺得臉上熱度退了，想起母親的打趣，忍不住摀了摀臉，雙眼亮晶晶的。

「郡主，侯爺在清逸園裡。」明雪突然神神秘秘地在她耳邊道。

福慧郡主瞪了瞪她。「他在哪兒關我什麼事？」

明雪愣住了，不是郡主讓她打聽南寧侯行蹤的嗎？

說完，福慧郡主也反應過來了，的確是自己吩咐的。她不自在地拽了拽衣襬，她就是去

看看他，就看一眼。

明雪咬唇忍笑，換來福慧郡主毫無威懾力的一瞪。

主僕倆便抄小路去了清逸園，遠遠的就瞧見他立在一棵梧桐樹下，高大英武、身姿如松，只這麼站著就讓人覺得說不出的可靠。

福慧郡主臉上不知不覺浮現了笑意，正要過去，才發現他對面還站了一個人，修長挺拔、倜儻風流。

定睛一看，認出那是陳鉉，福慧郡主想起從父兄隻言片語中聽來的訊息，陳家怕是凶多吉少，她不由著急，和陳鉉走得近了，說不定會連累他。

這麼一想，福慧郡主就站不住了，顧不上失禮，趕忙走了過去。

第六十六章

溫暖的陽光穿過茂密的梧桐葉灑落，在兩人身上留下斑駁的光暈。

陳鉉似笑非笑地看著面前的江樅陽，一年前他們還在把酒共飲，可一年後的今天……陳鉉微微彎了下嘴角。他已經是祁王未過門的女婿，今天這樣的場合，祁王也帶著他，可見是十分滿意這未來女婿的。

祁王在宗室內舉足輕重，太子對這位王叔也敬重有加，日後太子繼位，江樅陽這個女婿自然水漲船高。

這一切還都是皇帝默許的，默許江樅陽偏向太子。可這個人，一開始皇帝可是用來剷除異己，是為福王鋪路的。

時移世易，皇帝真的下定決心要放棄福王了，而江樅陽也藉著祁王女婿的身分跳出了這個泥沼。

可陳家卻跳不出來，在廢太子一事上，陳家為皇帝身先士卒，與太子一系積怨已深，太子繼位之時，便是陳家覆滅之日。

皇帝讓伯父告老歸隱，太子向他保證過不會追究前事，陳鉉譏諷一笑。便是太子不追究，可有的是人想追究，屆時他們伯姪二人可就是砧板上的魚肉，只能任人宰割。

良久都不見他開口，江樅陽目光微微一動。「若無事，我便先走了。」

「今兒你可是大忙人！」陳鉉一扯嘴角。祁王帶著他四處見客，儼然已經是翁婿了。看清他眼底嘲諷，江縱陽面上波瀾不驚，只道：「你自便。」說著就要提腳。

「看來你這祁王準女婿當得不亦樂乎，」陳鉉嗤笑一聲。「如此，凌淵也當安心了。」

江縱陽臉色微變，目光沈沈地看著他。「你是什麼意思？」

陳鉉輕嘖了一聲。「原來你還不知道，你以為陛下為什麼會突然賜婚你和福慧郡主？」

江縱陽目光陡然銳利。

陳鉉看著他的眼睛，一字一頓道：「是凌淵安排人向陛下建議的。」他輕輕呵了一聲，目光不無憐憫。「如此一來，洛婉兮也就只能死了心，得安安分分跟著他。咱們這位閣老大人可真是用心良苦啊！不過他對你倒也不錯，沒給你安排個不入流的貨色，小郡主好歹是祁王的掌上明珠，娶了她，對你的仕途有利無弊，可比娶了洛婉兮要有用多了。看來凌淵也覺得奪人所愛不厚道，所以補償你。」

江縱陽倏爾握緊了拳頭。

陳鉉看著他收緊的手，眉梢輕輕一抬，欲要開口，忽見他臉色一變，射過來的目光如炬，暗含警告。

陳鉉一挑眉，也聽見了腳步聲，循聲望過去，就見福慧郡主帶著人沿著長廊小跑而來。他輕笑一聲，對江縱陽道：「告辭！」

福慧郡主見陳鉉揚長而去，不喜反憂，急忙對江縱陽道：「你以後還是少和他打交道。」

說完似乎覺得自己語氣太生硬了，他會不喜，又趕緊解釋：「我不是要管你交朋友，而是……而是我聽父王說陳家情況不大好，我怕你出事。」說著忐忑的抬起臉，不安地望著他，似乎很怕他生氣。

江樅陽垂眼望進她漆黑的眼眸中，她的眼神十分清澈，裡面的擔憂一覽無遺，這是一個十分善良天真的小姑娘，他一直都知道，能娶她是自己高攀了。

他想，過去的事終究是過去了。

「我知道，我和他是偶然碰上，隨口聊了幾句閒話。」

福慧郡主大大鬆了一口氣，笑了起來，忽然留意到自己離他很近，鼻尖都是他身上的味道，像是松香味。她彷彿被燙到似的往後退了幾步，隨即又懊惱，不由咬住了唇，垂下眼不敢看他。

自己這麼巴巴跑過來，他會不會覺得自己不矜持？一開始她就想偷偷看一眼的，可她一看見陳鉉就忍不住跑出來了，而且這樣的事又不是第一次做。

小姑娘長大了，想的難免就更多了一些。福慧郡主越想越害臊，俏臉紅得彷彿火燒雲。見她滿臉通紅，江樅陽不明所以，不知她好端端怎麼突然就臉紅了，可他再不解風情也知道自己不能問，但離開好像也不對。

江樅陽站在原地，有些不知道該如何做才好，他與女孩子接觸的經驗少得可憐。

福慧郡主臉上發燒，覺得自己再待下去怕是要燃燒起來，忍不住跺了跺腳，落荒而逃。

明雪掃一眼發愣的江樅陽，覺得這未來姑爺委實不解風情了些，不過比起風流多情的陳鉉，那還是木訥些的好。

來了又跑了？江樅陽滿頭霧水，他想自己可能永遠都弄不懂女孩子心裡在想什麼，福慧郡主如此，而她……也是。

陳鉉的話毫無預警地再一次在耳邊響起，他皺緊了眉頭，說不出的心煩意亂。

交際應酬時，洛婉兮不免遇上一件尷尬事，與她品級差不多的比她大了兩、三輪；與她差不多大的，身分又遠不如她。

幸好這種宴會不會是坐在一塊兒一直聊天，聊一會兒就會去聽戲或逛園子，也能讓洛婉兮不至於顯得格格不入。

戲臺上咿咿呀呀，台下人聽得如癡如醉，洛婉兮不甚愛聽戲，略聽了會兒便覺有些吵了，遂站了起來，去園子裡透透氣。

祁王府的園子修整得不錯，奇花異草，鬱鬱蔥蔥。她還在其中發現了一株彩色斑紋茶花，大為驚奇，忍不住伸手摸了摸。早年她也養過一株，可還沒等到開花就死了，這花嬌貴得很。

突然，她聽到假山後面有說話聲傳來。

「……這凌夫人倒生得貌美，怪不得能嫁進凌府。」

「她都退過兩次親了，又無父無母，若不是生了那麼一張臉，凌閣老憑什麼娶她？這男人啊，哪個不愛二八少女！」

不管是內容還是語氣都刻薄得很，不過背後說人算什麼本事？有本事就當著她的面說。洛婉兮抬頭看了看眼前的假山，微微一笑，走了出去。

「豔福是有，就是不知承不承受得住！我瞧這位淩夫人命硬得很，至親長輩都死絕了，自小訂親的未婚夫養了外室，玨兒不過與她被賜了幾日婚，不出半年就沒了，與她有關係的就沒一個有好下場的。」說完了頓覺神清氣爽的婦人這才發現同伴臉色發白，眼睛更是像抽了筋似地眨個不停，頓時心裡咯噔一響，臉也不由自主的白了。

棗紅色褙子的婦人緩緩扭過頭，就見洛婉兮俏生生立在假山旁，目光涼涼地看著她，頓覺心跳如擂鼓，磕磕巴巴地道：「淩……夫人！」

洛婉兮粲然一笑，豔色逼人。「二位夫人儘管放心，我家夫君定然承受得起。幼時長輩請高僧為我算過命，說我的婚事上會有些坎坷，但後福無窮。眼下看來都一一應驗了，兩次險些所嫁非人，掉進火坑，最後都化險為夷了，可不是坎坷？如今嫁給夫君，坎坷也就過去了，我相信我日後定然能享福的，二位夫人說是不是？」

另一位琥珀色上衣的婦人趕緊道：「淩夫人所言極是、所言極是！」

之前說得痛快的婦人就像是被貓叼走了舌頭，一個字都說不出來，只能直愣著雙眼，心驚肉跳地看著洛婉兮。

這位夫人夫家姓章，閻夫人就是她嫡親姊姊，因為洛婉兮，閻夫人沒了誥命，淪為笑柄。心高氣傲的閻夫人哪裡受得了如此奇恥大辱，回頭就病了，不想小毛病拖成了大毛病，最後都下不了床了。伺候閻玨的小人不免惰了心思，一個沒留神，閻玨就掉進池子裡沒了。

痛失愛子的閻夫人病上加病，沒幾個月也跟著去了。

於是章夫人就怨上洛婉兮，覺得要是她安安分分遵從諭旨嫁給外甥，哪來後面這些事！今兒見她花團錦簇，就連祁王妃對她都客客氣氣，不免壓不住火，發洩了一通，哪想會如此倒楣，說人壞話竟被當事人聽了去。

此時此刻章夫人只覺心臟彷彿被一隻手攥著，連呼吸都不順暢，她嘴唇張張合合數次，也不知道該說什麼才好，最終只能脹紅了臉，手足無措的站在原地。

與她一道的女伴宋夫人扯了扯章夫人的衣角。此時此刻她悔得腸子都青了，她幹麼要陪著章夫人出來瞎逛！逛就算了，她為什麼還聽她在這兒瞎說！

唯一差可告慰的就是自己沒有順著章夫人胡說八道，想來洛婉兮不會太過計較，雖然難免會不舒服一下。

眼下凌淵炙手可熱，有眼睛的都看得出來他對這新婚妻子的嬌寵，得罪了她，無疑就是得罪凌淵。

宋夫人見章夫人毫無動靜，心下暗恨，剛才嘴皮子俐落成那樣，這會兒她倒成鋸嘴的葫蘆了！

「凌夫人恕罪，她說話向來不著四六，都是有口無心，夫人莫要跟她一般見識。」宋夫人先把自己摘了出來，事實上她也的確沒說什麼，憑什麼要陪著章夫人一塊兒揹黑鍋?!

章夫人眼珠子瞪了瞪，似乎不敢相信她竟然如此做小伏低還貶低她。

宋夫人瞧她還一副拎不清的模樣，氣得肝疼。章夫人娘家得勢，這些年在夫家也是被供著，供得她都有些飄飄然了，可到底今非昔比。

不過兩人終究是幾十年的交情，宋夫人用力扯了扯她的衣袖，示意她趕緊低頭。現下丟人總比洛婉兮回頭吹枕頭風，讓凌淵出手收拾她們的好，有兒有女的可禁不起這折騰。

洛婉兮眉梢輕輕一抬，看著臉色紅一搭青一搭的章夫人。

章夫人繃著臉，慢慢握緊拳頭，忍著千不甘萬不願開了尊口。「凌夫人大人有大量，莫要與我一般見識。」

勢不如人，洛婉兮背後除了凌淵，還有大長公主府和陸國公府，她得罪不起。

只怪丈夫以前是支持福王的，可眼下福王繼位的希望渺茫，這半年丈夫愁得頭髮都白了一半。她說那些話一半是恨洛婉兮，另一半則是怨凌淵，怨他壞了丈夫的大事。

洛婉兮神色淡淡。「口業如山，謹語慎言。兩位想來是有兒女的，便是為子孫也當積口德。」

章夫人和宋夫人臉色皆是一白，宋夫人強笑道：「凌夫人說的是。」

望著灰溜溜離開的章、宋兩位夫人，桃枝第一次深切地意識到，原來自家姑爺能耐這麼大！一直以來都有點嫌棄凌淵年紀的桃枝不得不承認，若是個年輕的怕是還不能護住她家姑娘呢！

「還是誥命夫人呢，奴婢瞧著和那些嘴碎的婆子一模一樣。」桃枝憤憤不平。

洛婉兮橫她一眼。

桃枝吐了吐舌頭，賠笑。

「這種話以後別再說了。」洛婉兮正色道。叫人聽了去，難免生是非。

「奴婢再也不敢了！」桃枝立刻道，她也是被這兩人氣壞了。

洛婉兮睇她一眼，方點了點頭，忽而問桃露。「這兩位夫人是什麼來歷？」

桃枝不認得，洛婉兮其實也不知道兩人姓甚名誰。

桃露能被凌淵派來服侍洛婉兮，本事自然不小。「棗紅色衣裳那位是光祿寺少卿章大人的夫人，另一位則是西城兵馬司副指揮使宋大人的妻子。」

洛婉兮微微皺了眉。「那位章夫人和閻家是什麼關係？」

她記得章夫人說閻玨沒了，她喚的是玨兒，顯然和閻家頗為親近。

「章夫人和閻夫人是嫡親姊妹。」桃露道。

洛婉兮嘲諷一笑，她沒嫁給她外甥，倒成了她的錯了？她頓了下又問桃露。「閻玨沒了？」

之前一點風聲都沒聽到過，也是她沒留意。

桃露垂了垂眼，恭恭敬敬道：「去年夏天掉進池子裡沒的。」想了想又補了一句。「閻夫人是秋天走的。」

洛婉兮微微一怔，母子倆竟然都去世了？

桃枝也吃了一驚，驚訝過後忍不住歡喜。雖然不厚道，可閻玨曾經意圖非禮姑娘，而閻夫人弄出了賜婚一事，有一陣桃枝都想扎小人，眼下知道二人死了，她幾乎想拍手稱快了。

「果然老天爺是有眼的。」天理昭昭，報應不爽。

老天爺嗎？

洛婉兮掃一眼神色如常的桃露，心裡不可自抑地冒出一個念頭。她皺了皺眉，撫平心緒。「出來也一會兒了，回去吧。」

一行人便簇擁著她往回走。

月亮掛上樹梢，在天地間罩上一層薄紗，祁王府的宴會也到了曲終人散的時候。

回去的路上，凌淵都沒開口說話，洛婉兮覷著他的臉，想他該是累了。到了屋裡洗漱過後，兩人便上了榻休息。

伸手不見五指的黑暗裡，凌淵低沈而富有磁性的嗓音幽幽響起。

「兮子沒什麼話要和我說嗎？」

洛婉兮睜開眼側過臉，猶豫了下道：「你睡不著？」要不怎麼想找人說話了？

放在被下的手伸過來，將人撈到了懷裡。洛婉兮的身體有一瞬間的緊繃，不過馬上就放鬆下來，都老夫老妻了，有什麼可緊張的，不過她的臉還是忍不住紅了下。

半晌都不見他繼續說，洛婉兮臉色爆紅，忍不住往被子裡縮了縮。就聽見頭頂傳來愉悅的輕笑聲，這下子她整個人都燙了起來，他肯定猜到了！

凌淵抬手撫著她細嫩的臉龐，指尖傳來的溫度足夠令他在腦海中描繪出她此刻的模樣。玉顏酡紅，目光瀲灩無邊，那是因為羞惱而生的水氣。

這讓他的心情好了一些，他一直在等她向他「告狀」，就像以前那樣，她受了委屈，哪怕已經報仇了，回頭也肯定會告訴他，要他哄哄她。若是沒找回場子，就會命自己替她報仇。

可他等了一路，路上她沒有開口，回來後也沒說就打算這麼睡了，彷彿這件事沒必要告訴他一般。

他不喜歡這種感覺。

「今天玩得開心嗎？」他用了一個委婉的方式詢問她。

洛婉兮點了點頭，接著才想起他看不見，便道：「挺好的，祁王妃十分和善，大嫂她們怕我不認得人，一直替我介紹。」

凌淵淡淡地應了一聲。

之後便是沈默，若不是他的手還在自己臉上游移，洛婉兮都要以為他睡著了。

她不由自主地皺了皺眉，心裡一動。「就是後來在園子裡遇見了兩個嘴碎的夫人，說話有些不中聽，我說了她們兩句，她們就都道歉了。」

凌淵親了親她的額頭，心情好轉，雖然晚了一些。「以後若有人對妳不敬，妳只管教訓她們，出了事有我。」

哪有這麼說話的？不過不可否認的，洛婉兮心裡有些許泛甜。「嗯，我知道了。」

聽出她話裡的歡喜，凌淵嘴角一彎。「睡吧！」

洛婉兮乖巧地閉上眼，忽地就想起了閻玨，在他懷裡動了動。

「怎麼了？」

洛婉兮沈吟了下開口。「閻玨和閻夫人……」

凌淵將她往懷裡摟了摟，一下下地撫著她的背，像是在哄孩子，淡聲道：「是我做的。」

他不在她身邊這些日子裡，她受了這麼多委屈，哪怕她已經不在乎了，可他做不到不在意。

洛婉兮並不驚訝，在開口之前她就有七、八分的把握，得到確切的答案後，她不由反手環住凌淵，眼眶有些濕潤。

有人心疼她，為她出頭，這種感覺真的不壞。

第六十七章

初八，開印。

大朝會後，章大人正與幾個同僚往外走，忽然被身邊的人推了一下。

他順著對方的目光往前看，便見凌淵佇立在正前方，目光淡然，似乎是在看他。

章大人心頭一緊，趨步上前，躬身道：「凌閣老。」

凌淵生得高大挺拔，將不算矮的章大人硬是襯得矮了一截。章大人察覺到他投在自己身上的視線帶著威壓，又想起年前剛被扳倒的鄭家，忍不住捏了一把冷汗。

自己這是哪兒礙了他的眼不成？

凌淵嘴角掀起一抹薄笑。「內子命硬與否，我想這還輪不到令荊來評價，章大人你說呢？」

章大人臉色劇變。那個蠢婆娘又做了什麼？

「這其中是否有什麼誤會？」章大人戰戰兢兢地問。

「沒有誤會，」凌淵淡淡的望著他。「原來章大人還不知情，你回去問一下便知道了。」

章大人抹了抹額頭，拱手道：「下官先替賤內向凌閣老賠個不是，回頭就帶著她親自向凌夫人賠禮道歉。」

凌淵淡漠地應了一聲，那些如此愛嚼舌根的人總該知道輕重，流言蜚語是不傷人，可膈應人。

心驚肉跳的章大人頓覺逃過一劫，快馬加鞭回到府裡，劈頭蓋臉就質問章夫人是怎麼一回事。

翌日，章大人和章夫人就帶著重禮上門道歉。

洛婉兮在花廳接待了章夫人，她搽了厚厚的脂粉也掩不住下面的紅痕，這些自然都是拜章大人所賜。

嫁過去二十年，章夫人頭一次被丈夫拳腳相向，可身上再痛，也比不得心裡的痛，這種痛中還伴隨著一抹悲哀。

自從娘家日落西山，他對她就不如從前了，可也還能過得去。直到昨天，與其說丈夫氣她得罪了洛婉兮，更像是把多年來積鬱在心裡的怨氣發洩出來。丈夫出身寒門，能爬到這個位置大半是靠了娘家和姊夫的提拔，自己在他跟前頗有些頤指氣使。

如今他算是能撒氣了，章夫人眼底浮現出掩飾不住的惶恐。

「凌夫人恕罪！」說著說著章夫人眼淚就這麼掉了下來，她是被打怕了，丈夫說了若是自己不能求得洛婉兮原諒，就讓她自己看著辦！他不說明白，反倒令她更加不安。

「昨兒我是豬油蒙了心才會胡言亂語……」章夫人擦了擦眼淚，情真意切地道歉，完全沒有昨日在王府時的不甘不願。

不知道怎麼回事，洛婉兮並沒有高興的感覺。大抵同為女人吧，總是見不得男人打女人這回事。若說章大人氣急之下打了章夫人一個巴掌能理解，可看章夫人的模樣，似乎是被狠揍了一頓。

待章大人和章夫人離去，凌淵見洛婉兮坐在圈椅上，似乎在發呆，開口便問：「她又惹妳不高興了？」

洛婉兮聞聲抬頭，搖了搖頭。「和章夫人沒關係，她很誠懇的道歉了，」就差要跪地了。「只是看她模樣，似乎被打得不輕。」

凌淵不以為然地笑了笑。「章大人這是乘機洩憤，這些年他一直都被他夫人壓著。」

洛婉兮撇了撇嘴。「過河拆橋，翻臉無情！」章夫人碎嘴討厭，可章大人更討厭。

凌淵握了握她的手。「這種人注定在官場上走不遠。」

以前有岳家、閣家提拔他，加上這個人還會鑽營，才能爬到這一步，可目下兩家自顧不暇，他又並非真有本事，早晚會栽跟斗。

聞言，洛婉兮抬頭看著凌淵。「你這是對他們做了什麼？」

要是想道歉早就來了，這隔了兩天才來，肯定是他的緣故。

凌淵笑了笑，忽然把她拉起來。洛婉兮驚了驚，還沒驚訝完就又坐下去了，不過是被他抱著坐到了腿上。「我跟章大人閒話了兩句。」

閒話……怕是這兩句閒話把章大人嚇得不輕吧，要不然章夫人未必會這麼慘。洛婉兮側臉看著他，覺得心頭軟軟的。

凌淵抵著她的額頭低聲道：「殺雞儆猴，以後不長眼的就會少了。」她受了這麼多年的委屈，他怎麼彌補都覺不夠，怎麼會允許別人再委屈她呢！

洛婉兮眨了眨眼，細聲道：「她們對我都挺客氣的。」便是章夫人也只敢在背後嚼舌根，至於她們心裡想什麼，她並不在意。

吐氣如蘭，呼吸交織，凌淵忽然覺得目眩神迷，啞聲道：「那就好！」

說完，他低了低頭，一枚吻就落在她鼻尖，又沿著鼻梁落到唇上。

洛婉兮的臉騰地紅了，雖然知道丫鬟們早就機靈的退下，可她還是羞得整個人發燙起來。

她推著凌淵的胸膛。「別……」

她這一開口，正好方便凌淵長驅直入……

第二日春光明媚，洛婉兮帶上洛鄴、洛婉妤帶著陽哥兒一同出發，又在路口與蕭氏會合，一行人浩浩蕩蕩地前往白馬寺。

蕭氏見這陣仗，少不得笑了洛婉兮幾句。凌淵給她派了一隊護衛，一個個看過去威風凜凜，像是怕洛婉兮被人欺負了似的。蕭氏倒覺得旁人一見著這架勢，說不定還要擔心自己被欺負了去。

搖搖晃晃間就到了白馬寺，由於還在正月裡，香客不少，放眼過去都是人影。

眾人見到洛婉兮這一行，不約而同地讓了讓路，洛婉兮打量了下前面開路的護衛，也不知是這些護衛起了作用還是凌淵的名頭好使，抑或兩者皆有之。

在大雄寶殿內上過香出來，洛婉妤看了看洛婉兮，又看一眼蕭氏，命幾個丫鬟婆子帶著洛鄴和陽哥兒去院子裡玩耍，這才按了按嘴角，曖昧一笑。「咱們去求子泉那兒看看？」來白馬寺的已婚婦人，十個有八個是衝著那口泉水來的，洛婉妤當年也不知道喝了多少，她也不確定有沒有效果，但寧可信其有就是了。

洛婉兮和蕭氏自然也是有心要去試一試，只是被洛婉妤這麼說出來，還被她這麼揶揄，難免羞臊了下。

洛婉兮清了清嗓子，拿出了嬸娘的款。「妳再給萱姐兒添個弟弟也是好的。」

「嗯，反正大姊身子也養好了。」蕭氏應和道，說得好像是洛婉妤一定要去似的。

洛婉妤噗哧一聲就樂了，團團一揖道：「行行行，是我要求子，就我要求子，那妳們陪我去可好？」

三人一邊笑鬧一邊走，忽而洛婉妤笑容一斂。

洛婉兮和蕭氏都止了話音，抬頭望過去，便見對面是一群人。洛婉兮只認得其中兩人——許大夫人和被拱衛在中央、慈眉善目的許老夫人。

洛婉兮認得她是因為她祭奠過洛老夫人，至於旁人就不認識了。

許老夫人和洛老夫人是表親，遇上了原該見見禮，可洛婉兮與許清揚曾經訂過親，許清玫還在凌家誣衊過洛婉兮被戳穿。

許老夫人略一頷首，帶著兒孫拐向另一個路口，漸行漸遠。

許家一行人一路沈默。許清揚垂目望著黃色的地面，堂弟們半真半假的說他有眼無珠，錯過了一個大美人，直到今天看見了洛婉兮，哪怕只遠遠看一眼，也足夠他看清了。他終於明白堂弟說話時為何還帶著一絲羨慕，的確清絕無雙，怪不得凌閣老如此疼愛她。

求子泉處人聲鼎沸，一張張面龐上飽含期待，其中又夾雜著些許忐忑，年輕少婦臉上還有藏不住的嬌羞。

洛婉兮忍不住摸了摸自己的臉。此時此刻的自己，表情也該是和她們相似的吧？

泉前大排長龍，好一會兒才輪到她們，倒是有人想讓她們先來，然洛婉兮覺得這事本就講究心誠則靈，若是連隊伍都不肯排，怕是菩薩都要覺得礙眼了。遂她們婉拒了對方好意，靜靜的排著隊。

待輪到了洛婉兮，分泉水的僧人用水瓢打起了水，洛婉兮捧著自備的銀碗接住，水流傾瀉而下，在陽光下折射出瑩潤的光，似乎還有顏色，可惜太快了，她沒看清，不過倒是個好兆頭。

她低頭喝了一口，剛從井裡打起來的水溫溫的，清冽甘甜一如往昔。當年她為了求子，白馬寺的求子泉可沒少喝，然而喝了三年依舊一無所獲，希望這一回能有結果。

飲過泉水，也到了午膳時分，一行人便前往齋堂。

用膳用到一半，便聽到有人驚呼：「變天了！」

幾個丫鬟出去一看，果見方才還一碧如洗的天空陰沈沈的，還颳起了風，桃露回來就把情況說了，揣測道：「怕是要下雪了！」

洛婉兮幾人互相瞧了瞧。「那咱們還是等天氣好了再下山吧！」颳風再下雪的，一切還是以安全為上。

洛婉妤也同意。「反正咱們訂了廂房，大不了過一夜就是。」

正在喝豆腐湯的陽哥兒抬頭。「今晚不回家？」

「咱們在山上過夜好不好？」洛婉妤笑咪咪地問胖兒子。

陽哥兒拍起手，問：「好玩嗎？」

洛婉妤噗哧道：「可好玩了！」

她所謂的好玩就是不知打哪兒尋來幾個紅薯，放在火盆裡烤。陽哥兒頭一次烤紅薯，興致勃勃，就是洛鄴都興味盎然，眼巴巴地盯著爐中變焦的紅薯。

此時外頭已是大雪紛飛，洛婉兮已經好多年沒見過這麼大的雪了，一片一片如鵝毛一般。

「看來今兒是真的回不去了。」洛婉妤感慨道。屋子裡看不見外面的情況，但那呼啦啦的風聲卻聽得真真切切。

洛婉兮看著紅泥小火爐上的茶壺，笑道：「那正好，咱們便圍爐煮雪烹茶，豈不美哉？」

洛婉妤掃了一眼，發現兩個孩子在另一邊圍著紅薯轉，嘰哩咕嚕說個不停，便按了按嘴角斜睨她。「別的倒不怕，就怕六叔孤枕難眠啊！」

瞧著擠眉弄眼的洛婉妤，洛婉兮的臉不爭氣地紅了下，不肯示弱。「妳倒不怕煜大姪子孤床寒衾。」

凌煜？洛婉好笑了笑，她不在，他也有別人陪。不是誰都能像六叔十幾年身邊都沒個人的。不過那是為了原配陸氏，洛婉好忍不住擰了擰眉。

看她模樣，洛婉兮心裡咯噔一響，話才說出口，她就有些後悔，後悔自己忘了凌煜還有一房姨娘，雖然那姨娘安分守己，凌煜也沒有偏愛，可沒有女人會不介意的。

她正搜腸刮肚想著怎麼緩和氣氛，就見桃露打起簾子進來，恭聲稟報。「夫人，福慧郡主來了。」

福慧郡主是和祁王妃一起來上香的，祁王妃見天變了，想著一時半會兒還下不了雪，便想趕緊回去，奈何福慧郡主不想走。

祁王妃哪裡不知道她那點小心思，也不揭穿她，便留了下來。

祁王妃在暖洋洋的屋子裡昏昏欲睡，不一會兒就睡著了，福慧郡主一個人待著也無聊，湊巧聽丫鬟說起隔壁院子住著凌家人，一時興起便來串串門。

她還帶了一匣子點心過來證明自己不是來蹭吃蹭喝的，可一進來，寒暄沒幾句，就被香甜的烤紅薯吸引了注意力。

烤紅薯這東西向來聞起來比吃起來更香，小姑娘目光一溜一溜的往那邊掃，顯然很想過去蹭吃的，但又覺得不好意思，只得按捺著。

洛婉兮幾人忍俊不禁，想她到底年紀不大，且洛婉兮很喜歡這位活潑可愛的小姑娘，遂問洛鄴：「鄴兒，紅薯好了嗎？」

洛鄴拿火鉗在火盆裡撥了撥，之前洛婉兮帶著他烤過幾回，遂他已經熟能生巧，一副很有經驗的樣子點頭道：「幾個小的已經好了。」

他挾了幾個放到托盤裡，便有丫鬟端了過來，陽哥兒亦步亦趨地跟著，嘴裡嚷嚷：「紅薯，紅薯我的！」

蕭氏拉著他的手，笑容滿面。「肯定少不了你的。」

自從確認懷孕之後，她看陽哥兒的目光更是溫柔得能滴下水來。

「這東西瞧著不好看，可吃起來香甜，郡主不要嫌棄。」洛婉兮含笑望著福慧郡主。

小郡主不好意思地笑了笑，覺得自己的心思被看穿了，索性大大方方道：「我已經好幾年沒吃這個了，還真有些想念，」又俏皮地對洛鄴笑了笑。「今兒就托洛小公子的福了。」

洛鄴靦覥地低下頭。

沒想到他這麼害羞，福慧郡主大為驚奇，不由多看他幾眼，看得洛鄴頭垂得更低了。

洛婉兮心裡嘆了一口氣，弟弟這性子到底太內向了些，不過幸好他年紀不大，還來得及補救。

福慧郡主在這裡逗留了好一會兒，畢竟這兒人多，人多就意味著熱鬧，何況還有陽哥兒這個開心果在。

到了申時半，外頭的雪才逐漸變小，打開門窗一看，半天的工夫已經積了不薄的一層，這在南方是難得一見的。

洛鄴有些興奮，陽哥兒更是已經激動地衝了過去，在白皚皚的雪地上亂跳，咯吱咯吱的雪聲混雜在他銀鈴般的笑聲中。

小傢伙人小鬼大，也不知哪兒學來的，抓起一把雪就大逆不道的往他小舅舅身上扔，扔到一半在空中散開，他還哈哈大笑。

洛鄴看著咧嘴大笑的陽哥兒，突然蹲下去抓了一團雪扔過去，扔在他厚厚的棉襖上。雪團炸開，有一些落在他臉上，冰涼的觸感讓陽哥兒笑得更大聲了，也不知道這小傢伙在笑什麼。

洛鄴走過去擦了擦他的臉，很是老成地問：「你會不會堆雪人？」

陽哥兒仰頭看著他，搖頭。

不會就好。洛鄴頓時高興了。「我教你好不好？」

「好！」陽哥兒大喊一聲。

洛鄴扭頭看向洛婉兮。

洛婉兮輕輕一頷首。「戴上手套，」又對桃露道：「給他們找些小工具。」

工具找來後，兩個小的便熱火朝天地忙起來，幾個大人則優哉游哉的看著他們瞎折騰。

福慧郡主看得乾著急，忍不住好為人師的慾望也加入他們的行列。

祁王妃一覺睡醒後，打聽到女兒行蹤尋了過來，就見自家姑娘跟兩個孩子玩得不亦樂乎，不像十五歲，倒像個五歲的小姑娘，不免薄嗔道：「這麼大個人了，怎麼還跟個孩子似的！」

洛婉好笑道：「小郡主天真爛漫，讓人見了她就覺高興。」

雖然嘴上嫌棄，可祁王妃對這個獨女疼愛入骨，要不也養不出她這性子，聞言彎了嘴角問：「今兒你們會下山嗎？」

洛婉兮笑道：「這會兒山路怕是不好走，且天也陰著，遂我們打算等明天再看看。」

祁王妃點點頭。「我們也是作此打算，正好，咱們兩家還能做個伴。明兒要是雪停了，咱們兩家便派些人和寺裡的僧人一塊兒把下山的路清一清可好？」

洛婉兮自然點頭答應。

「江樅陽！」滾著雪球的福慧郡主不經意一抬頭，目光便頓住了，又驚又喜的站起來，快步跑過去。「你也在這兒啊？」

祁王妃不禁無語，她不就是聽說江樅陽要為楊家和亡母作一場新年祈福法事，特意鬧著要來的嗎？可真是女大不中留啊！

江樅陽垂目望著雙眼晶亮的福慧郡主，頷首應了一聲，餘光看見了不遠處的洛婉兮，只見她身上鮮豔的紅狐披風，襯得她玉顏光潤至極。

江樅陽垂了垂眼簾，上前向祁王妃見禮。作完法事後，下人回報祁王妃也在寺裡，他自然要過來一趟，只是沒想到會在這裡遇到她。

望著江樅陽，洛鄴想了想叫了一聲。「江表哥好！」

以前他都叫他哥哥，可能是長大了，不知道怎麼就叫不出口了。

福慧郡主被這個稱呼驚了驚，脫口而出。「表哥?!」

蕭氏便向她解釋：「南寧侯的曾祖母是咱們家祖姑奶奶。」她還聽洛郅說過，在江翎月和洛婉如沒鬧起來之前，兩家關係頗為親近。

福慧郡主小臉登時一紅，也知道自己大驚小怪了，強笑道：「原來如此，我都不知道呢！」

他們都來自臨安，認識也正常，可上次她問他有沒有見過洛婉兮，他為什麼不回答呢？福慧郡主捏了捏手心，不過他向來不愛說話的，不是嗎？

福慧郡主抬頭看一眼洛婉兮，白玉的面龐上透著淡淡的粉色，粉中帶膩。

迎著她的目光，洛婉兮莞爾一笑，餘光就見一人緩緩走來，緋色官袍在銀妝素裹的天地中格外奪人眼目，更遑論那一身不怒自威的氣勢。

在場眾人都發現了緩步而來的凌淵。

洛婉兮嘴角已然不知不覺彎起。「你怎麼來了？」

第六十八章

這場雪下得浩浩蕩蕩，身在政事堂的凌淵第一時間就想到了遠在白馬寺的洛婉兮。這麼大的雪，該是回不來了，想著他便派人去查探了下，果然被風雪困在寺裡了。

下了衙，邱閣老和凌淵一道往外走，笑咪咪地邀請凌淵鑑畫。

「……剛得了一幅梅花圖，雖作畫的人名不見經傳，但老朽覺得意境深遠，難得一見，凌大人要不要瞧瞧？」在書畫一道上，他造詣頗深，有時候邱閣老也得承認老天爺是偏心的。

凌淵淡淡一笑。「改日再去看，內子在白馬寺，我得去瞧瞧。」

邱閣老捋了捋鬚，頗有點為老不尊的笑起來。「新婚燕爾，如膠似漆啊！」

凌淵笑而不語，眼角眉梢都柔和下來，英俊的面龐上陡然少了幾分凜冽。

果真是英雄難過美人關，邱閣老唏噓了下，揶揄道：「那老朽就不耽擱你了，趁著現在雪小，凌大人趕緊去吧，許是還能與尊夫人一道用晚膳。」

凌淵對邱閣老略一頷首，便翻身上了馬。

邱閣老望著他揚長而去的背影，嘖了一聲，為了趕時間，向來坐轎出入的人都騎起馬來了。他忍不住笑著搖了搖頭，這娶了媳婦的人就是不一樣了。

老爺子搖著頭上了轎，盤算著回頭得和老太婆說一說，可以和這位年輕的凌夫人多多往來。眼下的局勢已經明朗，福王翻不出花樣，連老皇帝都壓不住凌淵，待太子登基，凌淵之勢只會更上一層樓，與他交好百利無一害。

聽見洛婉兮問他，凌淵薄薄一笑。

她不在，他回去有什麼意思？冷冷清清過了十二年，好不容易把她尋回來，自是不想再嚐那種滋味，一夜都不行。

凌淵自然而然地握住她的手。「沒事便來看看。」

大庭廣眾的，還有這麼多人在，洛婉兮有些不好意思，尤其是對上祁王妃戲謔的目光之後。

此時福慧郡主也顧不得糾結江樅陽為什麼沒把他和洛家的關係據實以告，視線黏在兩人的手上，忍不住想，婚後江樅陽會不會也這麼對她？想了想不免喪氣，肯定是不可能的，江樅陽這個榆木疙瘩，哪有這麼體貼。

「我們還有事，先行一步。」祁王妃笑盈盈對凌淵道：「凌閣老自便。」

凌淵客氣一笑。「王妃慢走。」

祁王妃頷首示意後，帶著垂頭喪氣的女兒和神色淡漠的準女婿走了。

洛婉好十分知情識趣，也福了福身道：「六叔，鄴兒和陽哥兒衣裳有些濕了，我和弟妹帶他們下去換一換，省得生病。」

凌淵唇角微挑，輕輕一點頭。

陽哥兒有些不樂意，他正玩得高興呢，可瞅了瞅牽著洛婉兮的凌淵，小孩子的本能讓他沒鬧騰。

洛鄴也有點不高興，每次他一來就會想方設法把自己弄走。不過他也知道，姊夫和姊姊感情好，姊姊才能過得好，遂他乖乖對兩人行了禮，臨走又忍不住回頭。

「阿姊，」想了想又不是很甘願地喚了一聲。「姊夫，外面還在下雪，你們早點進來啊！」

洛婉兮忍著笑道了一聲好，為他的小心思。

洛鄴這才轉過頭跟著洛婉妤和蕭氏回廂房。

院子裡就只剩下凌淵和洛婉兮，還有一干護衛。

凌淵伸手擁住她，又從丫鬟手裡接過傘，低頭對她道：「我帶妳去一個地方。」

洛婉兮問：「哪裡？」

凌淵笑了笑。「到了妳就知道了。」

洛婉兮起了興致，點了點頭。

見她露出一絲久違的孩子氣，凌淵嘴角的弧度上揚。

這地方位於山頂，剛下過雪的山路有些難走，走出一段路後，哪怕被凌淵扶著，洛婉兮都有些累了，遂凌淵停下腳步，溫聲對她道：「我揹妳上去。」

洛婉兮下意識望了望山頂，搖了搖頭。「慢慢走正好可以賞景。」黃昏下的山峰雪景別有一番意境。

凌淵微微一挑眉梢。「怕我揹不動妳？」

洛婉兮果斷搖頭，乾笑兩聲。「怎麼可能！」又小小聲道：「我就是覺得不好意思。」其實兩者兼有之吧，揹人上山可是個力氣活，尤其是在雪地裡，萬一他揹不動了多掃面子，洛婉兮十分善解人意地想著。

凌淵似笑非笑的睨她一眼，俯身在她耳邊道：「當年是誰耍賴要我揹她上下山的？」他呼出來的熱氣噴灑在洛婉兮耳後，令她唰地紅了臉。她也不知道自己當年怎麼就這麼「厚臉皮」，反正眼下這種話她是絕對說不出來的。

她往後仰了仰，卻被他撈回懷裡。

他用鼻尖蹭了蹭她的臉，又輕輕一啄她耳垂，含笑問：「要我揹妳還是我抱妳上去？」

如果一定要選一個，那還是揹吧！

下雪的天暗得特別快，影影綽綽的月光從烏雲後面灑落，在雪地上反射出清澈透亮的光。四周萬籟俱寂，唯有他們這一行人的腳步聲。

一眾護衛不近不遠地護在四周，眼觀鼻鼻觀心。

洛婉兮伏在凌淵背上，偷偷往前探了探腦袋，清俊英挺的側臉，劍眉斜飛入鬢，眉眼風流蘊藉，恍惚間和十幾年前那張臉重疊起來。

那一年去爬香山，她故意說自己崴了腳，撒嬌要他揹她，他要笑不笑地睨著她，彷彿看穿了她那點小把戲，不過最後他還是莫可奈何的背過去彎下腰。她興高采烈地跳了上去，連傷都忘記裝了，上去後才反應過來，還好他沒有揭穿她。

與多年前相比，他臉部的線條明顯更鋒利了一些，眉宇間也帶上幾分歲月沈澱後的穩重。

凌淵低低一笑。「怎麼了？」

「累嗎？」洛婉兮輕聲詢問，她覺得已經走了好一會兒。

凌淵側過臉看她，不緊不慢道：「妳親我一下就不累了。」

「……」聽得一清二楚的屬下，頭垂得更低了，完全不敢相信眼前這耍流氓耍得臉不紅心不跳的人，是他們家高大威嚴的主子。

洛婉兮瞪大了眼睛——這人好不要臉！

她唰地扭開臉，盯著路旁的雪松不放。

瞥見她發紅的耳根，凌淵輕輕一笑，那低沈愉悅的笑聲在寂靜的夜裡格外清晰，一絲不漏地鑽進洛婉兮耳裡。

洛婉兮的耳朵更紅了，甚至臉都燙了起來。

凌淵輕輕嗯了一聲，尾音上揚，說不盡的促狹，攬著她腿的手隔著衣裙撓了撓她的皮膚。

「兮子都不心疼我了。」聲音還有點委屈。

洛婉兮簡直想抓著他的肩膀搖一搖，讓他正常一點，他這樣很嚇人的！

一眾屬下瞠目結舌，心情一言難盡。

洛婉兮嚴肅著一張小臉，假裝風大太，她聽不見，聚精會神地盯著路旁的雪松，覺得這棵樹的形狀說不出的古樸厚重，自己可以學一學，直到他的手開始作怪。

洛婉兮羞得滿臉通紅，一把掐住了他的胳膊，用力往外拽，自然都是徒勞。

她瞪了瞪他，忽然抬手捏住他的耳朵，咬牙低聲威脅道：「放手！」

被捏著耳朵的凌淵嗓音帶笑。「我放手，妳可不就摔地上了。」說著還故意鬆了鬆手。

洛婉兮下意識摟緊了他的脖子，換來他愉悅的笑聲。

「你放我下來！」洛婉兮惱羞成怒。

凌淵手上用力，將她往上顛了顛。「乖，別鬧了，路上結了冰，一不小心就要摔了，摔下去可不是鬧著玩的。」

洛婉兮氣結，說得好像是她在鬧似的。她瞪著他嘴角的弧度，覺得這個人越來越厚臉皮了，以前他可……

她頓了下，以前他也這樣過，自己當時是怎麼做的？洛婉兮抿了抿唇開始回想，她哪會放過這種占便宜的機會，半推半就就親了。

洛婉兮不由面上發燒，自己以前還真大膽，好像沒什麼是她不敢做的。她側臉看了看他，輕輕咬著下唇，飛快在他臉上吻了一下。

凌淵便覺面上一熱，如同蜻蜓點水一般，雖然飛走了，可湖面上卻盪起了一圈又一圈的漣漪。

他低低笑起來，胸膛輕輕震動，連帶著背上的洛婉兮也顫起來。

洛婉兮被他笑得不好意思極了，忍不住把腦袋埋在他背上，她覺得這一幕肯定被其他人也看去了。

最討厭的是凌淵還在笑，有什麼好笑的！她越想越不甘心，腦子一熱，抬頭在眼前的後頸上咬了一口。身下的人倏爾一僵，彷彿渾身都繃直了。

凌淵喉結滾動了下，眸子黯了下來。

洛婉兮一驚，趕忙鬆開口，發現只有淺淺一點印記。就說嘛，她又沒用力，可還是心虛地揉了揉又吹了吹。

溫熱的氣息噴灑在頸後，就像是一陣風把凌淵心裡那團火越吹越旺。他腳步頓了頓，攏著她腿的手收緊了幾分，加快了步伐。

背上的洛婉兮也發現自己做了蠢事，見兩旁景致以更快的速度後退，不由咬住了下唇，心臟撲通撲通跳個不停，在夜幕裡格外清晰。

不一會兒就到了目的地，是一座別莊，一叢叢一簇簇的臘梅花從牆內探出來，在紅色燈籠映照下透出別樣的柔和。晚風送來一陣又一陣的花香，沁人心脾。

凌淵將洛婉兮放下，她望了望門口高懸的大紅燈籠，看向凌淵。

「今晚宿在這兒，我已經派人和妳大嫂她們打過招呼。」凌淵道。

洛婉兮想，洛鄴定然要鬱悶了。不過來都來了，再踏著夜色趕下山也不妥，便點了點頭，頗有些好奇地打量這座別莊。

「這裡的臘梅開得極好。」凌淵扶著她入內。「一直想帶妳來看看，今兒正好。」

這裡的臘梅的確開得好，一路放眼望過去都是大片大片的臘梅花，月色與燈光交相輝映，如夢似幻，恍若仙境。

洛婉兮不由看呆了，凌淵垂眸看著她皎皎如玉的臉龐，比枝頭的梅花還要嬌嫩鮮妍，也覺得要癡了。

他抬手摘了一朵純黃色的臘梅花簪在洛婉兮髮髻上，吻了吻她的烏髮。「天色暗了，明兒再看，先去用膳。」

他一說，洛婉兮才想起還沒用晚膳，抬頭看了看眸色幽深的凌淵，商量道：「用過膳再來看，月下賞花別有一番滋味。」

凌淵摸了摸她的臉，沈吟了會兒笑起來，眼底漾起層層疊疊的笑意，柔聲道好。

這麼容易就答應了？洛婉兮反倒狐疑起來，事實證明她的懷疑是對的。兩人簡單地用了晚膳，凌淵牽著她往後頭走，走到了掩映在那片淡白色臘梅林中的房舍前。

望著那間屋子，洛婉兮停下腳步不肯走了。

凌淵輕笑出聲，低頭咬了咬她的耳垂。「走了一天山路，泡湯解解乏。」這屋裡是一口溫泉，早前他偶爾會過來舒筋解乏。

洛婉兮剜他一眼，司馬昭之心，路人皆知。她嘟囔了一聲。「不是說好了賞花的？」

「裡面也有臘梅。」凌淵輕而易舉地把點了火就想跑的姑娘弄進了屋。

屋內確實有臘梅，卻不是開在樹上，而是浮在水面上。霧氣氤氳中，滿池的花瓣，看得洛婉兮怔了怔，回頭狐疑地看著他，什麼時候他也會玩這些小把戲了？

「在想什麼？」凌淵解開她的披風，隨手拋在一旁的榻上。

洛婉兮一驚，目光閃爍了下，就見他的手十分熟練地開始解她的腰帶。

洛婉兮瞪了瞪眼，伸手打他。

凌淵捉住她的手，嘴角一挑，透出一絲邪氣，直接抱著她進了池子，激起一陣水花，嘩啦啦的水聲伴隨著洛婉兮的驚呼聲，很快就被人吞嚥殆盡。

天空又飄起雪來，隨著風落在窗戶上，不一會兒就被融化了。

月上中天，雪才停歇。

凌淵從屋內出來，懷裡抱著被錦被裹得嚴嚴實實的洛婉兮，走進最近的院子。

屋裡燒得暖融融，就是床榻也是熏熱了的，凌淵先試過溫度，才將她放在床榻上。

掀開錦被一角，洛婉兮的腦袋露了出來，雪白瑩潤的肩頸上是星星點點的紅痕，說不盡的風流，道不盡的靡亂，白嫩精緻的臉上紅如蜜桃。

洛婉兮渾身無力地瞪了他一眼，可惜一點威懾力都沒有，倒像是撒嬌。

凌淵心神一蕩，忍不住低頭吻了吻她紅撲撲的臉頰，調笑道：「醒了？」抱出來時可是睡著的。

一個大活人被這麼抱來抱去，哪能不醒？

洛婉兮糟心地看他一眼，稍微動了動便覺一陣痠麻，登時紅了臉，也不知是羞的還是惱的。

凌淵嘴角一彎，將她抱進了被窩，自己也脫下披在外面的外袍跟著躺了進去，咬著她的耳垂道：「睡不著？」

熱氣在耳內盤旋，洛婉兮覺得身子有些軟又有些害怕，當即閉上眼。「我要睡了。」

凌淵輕笑一聲，眼底的溫柔似乎能化作水。他撫著她的後背，緩聲道：「睡吧！」

大抵是累了，洛婉兮很快就睡著了。

凌淵卻是睡不著，定定地望著她的睡顏，安詳乖巧，似乎在作好夢，不知道夢裡有沒有他？

他抬手將她臉上的碎髮別到耳後，低頭親了親她的額頭後也閉上了眼。

半夜裡，風突然大了起來。

床上的凌淵倏爾睜開眼，目光清明，就像是不曾熟睡過。

「大人！」這時房外傳來桃露試探的叫喚聲。

凌淵拉了拉床頭的細繩。

外頭的桃露聽見銀鈴聲便知凌淵已經醒了，遂放了心。

凌淵放輕動作坐起來，看著身旁酣睡的洛婉兮，撫了撫她恬靜安然的眉眼，低低道：「可真是一群不識趣的東西。」語調冰涼，彷彿含著雪粒子。

他替她掖了掖被角，挑起床幔下了床，披了外袍坐在圓凳上，臉色漸漸冷下來。這會兒工夫還沒解決，反而雜亂聲更近了。

他蹙了蹙眉頭，看來來人不少。

忽然床內傳來動靜，凌淵立時起身，掀起床幔一看，便見洛婉兮已經睜開眼，目光還有些迷迷瞪瞪。

終究還是把她驚醒了。

「沒事，別怕。」凌淵一下一下的拍著被子。

睫毛撲閃兩下，洛婉兮的目光徹底清明，一骨碌坐了起來。「出什麼事了？」她聽見了影影綽綽的刀劍相擊之聲。

凌淵趕緊往上拉了拉被子裹住她，摟著她柔聲安撫。「一群跳梁小丑，很快就解決了，別擔心。」說著親了親她的額頭。

見他泰然自若，洛婉兮剛剛升起的驚慌如潮水般退了下去，紊亂的心也平靜下來。

果不其然，片刻後外面的動靜都消失了。

房外再一次傳來桃露的聲音，聽聲音知道洛婉兮已經醒了，故她也不再壓著嗓，揚聲道：「大人，除了三人逃逸，其餘刺客盡數拿下，凌風已經帶人去追。」

凌淵嘴角一沈，竟然還有漏網之魚。

瞥見他神情變化，洛婉兮微微一驚，不由拉了拉他的手。

凌淵握住她的手道：「我出去看看，就在這院子裡，讓桃露她們進來陪陪妳。」

洛婉兮點頭。「你去吧，我沒事。」

出了這麼大的事，他自然要露面的。只是，到底是誰要刺殺他，福王一派的人嗎？

第六十九章

凌風帶人一路追到了白馬寺西苑，這一處是男客留宿的廂房，到了院外，雪地裡的腳步就有些凌亂了，是聽得動靜跑出來的護衛踩踏的。此地住的都是些頗有身分的香客，自然帶了不少護衛，一些大膽的還追出了一段。

凌風皺起眉頭，讓一部分人沿著雪地上的腳步追蹤，又命人包圍住整個西苑，然後帶著人進去。

西苑內燈火通明，都是被外面的動靜吵醒的，少不得抱怨幾聲。

凌風客客氣氣地說明來意。「……吾等奉我家大人之命捉拿刺客，一路追蹤至此，在附近失去了刺客蹤影，擔心他們潛入院中，遂冒昧進來打擾。這一夥歹人窮凶極惡且武藝高強，若是藏匿在院內，恐怕會威脅各位安全。」

他們的護衛也證實的確有黑衣人來過，可馬上就竄入林子裡。然凌風抬出了凌淵的名頭又說明了利害，且他態度客氣，並沒有頤指氣使，被吵醒的諸人不悅之色便消散了幾分，同意了凌風搜查的要求。

江樅陽也屬於被吵醒中的一人，他抬頭望了望山頂的方向，入目一片漆黑。

凌淵遇刺，那她呢？

他抬眸看了看帶頭的凌風，見他神情鎮定，便想應該沒出事。

凌風若有所覺的望過來，走到他身邊抬手一拱，沈聲道：「得罪之處，還請南寧侯見諒。」

江樅陽看著他沒說話，卻是往邊上讓了讓，示意他可以帶人入內，忽而問：「凌閣老可安好？」

凌風意味不明地瞅了他一眼，不巧，他知道江樅陽對他們家夫人有那麼點不可告人的心思。當年在朱雀街上，陳鉉派人暗中傷了夫人的馬，差點衝撞到大人。這事是他出面審問的，結果證實是一場烏龍，對方是衝著夫人去的，是為了替江樅陽製造英雄救美的機會。

他是真的想問大人的情況，還是想側面打聽夫人？凌風忍不住多想了下，面上卻神色不動，客氣道：「多謝侯爺關心，我家大人無虞。」

江樅陽斂了斂神色，平聲道：「那就好。」至於哪裡好，他自己也說不上來。

「凌閣老劍術高強，等閒之輩豈傷得了他？老江你這就是杞人憂天了。」斜刺裡冒出一道肆意的聲音，把院中所有人的注意力都吸引了過去。

就見陳鉉從廂房內走出來，身上衣袍鬆垮垮地披著，一副剛從床上起來的模樣。頂著眾人的目光，他懶洋洋地伸了個懶腰，呵出一口熱氣，瞬間凝成了白霧。

「這麼巧，陳僉事也在？」凌風目光深深的看著他。

陳鉉勾唇一笑。「可不是，今兒是個上香的好日子。」

「倒是我們打擾陳僉事好眠了。」凌風目光如炬，盯著陳鉉的眼睛不放。習武之人耳聰目明，陳鉉的反應卻比這些手無縛雞之力的貴公子還慢，可能嗎？

「可不是，佛門清淨地，難得睡得這般熟呢！」他要笑不笑地睨凌風一眼。「倒是辛苦各位了，這大晚上的還得捉拿刺客，捉到了嗎？」他放眼看一圈，不無惋惜的嘆了一聲。「看來是沒有了。」

「天網恢恢，疏而不漏。」凌風盯著笑容慵懶的陳鉉，眼神銳利。「他跑不了的。」

陳鉉笑了一聲，漫不經意道：「那我在這裡祝凌護衛好運了！」說著打了個哈欠往回走。「恕在下不奉陪了。」

「且慢！」凌風揚聲。「還請陳僉事配合調查。」

陳鉉駐足旋身，譏誚地看著凌風。「怎麼個配合法？」

「刺客可能藏匿在此院中，還請陳僉事讓我們進去查一查。畢竟陳僉事睡得這般熟，若是刺客進了屋，怕是您也發現不了。」凌風難得譏諷了一句。

「想搜我屋子？」陳鉉舌尖舔了一圈牙齒，似笑非笑。「去年我追拿逃犯時，凌護衛可沒給我行這個方便。要搜，可以，拿出公文來，便是閣老也不能如此仗勢欺人啊！」

看來這是不肯了？凌風神情驟冷，握緊了手中的劍。

陳鉉舔了舔嘴角，眼底露出興奮之色。

院子裡的溫度彷彿驟然下降了好幾度，被寒風吹得瑟瑟發抖的諸人忍不住攏了攏衣服，下意識離二人更遠些。也有一些好事之徒忍不住雙眼冒光，暗暗盼著二人大戰三百回合。

江樅陽皺了皺眉頭，目光沈沈地看著陳鉉，他近來行事越發肆無忌憚了。

恰在此時，一道聲音打破場中凝滯的氣氛，一人飛速奔至，拱手對凌風道：「二里外發現逃逸的三名刺客！」

凌風一怔，側臉望一眼幾步開外的陳鉉。

陳鉉微不可見的瞇了瞇眼。三名刺客？

凌風鬆了鬆手，對在場眾人抱拳。「今日多有得罪，還請諸位海涵。」說罷帶著人快速離開。

不一會兒，院內人就走得七零八落了，江樅陽抬了腳也要走。

「嘖，被他這一鬧都睡不著了。」陳鉉笑盈盈地走向江樅陽，神態一如從前。「咱們也好久沒說話了，進去敘敘舊？」說著人已經十分自來熟的邁進了他的院子。

長庚擰眉，眼下沾上他可不是什麼好事，不由去看江樅陽。

陳鉉突然回過頭來，挑眉譏笑。「怎麼，怕和我扯上關係，日後被清算？」

江樅陽沈了沈嘴角，抬起腳。

長庚不禁氣結。這明擺著是激將法，可他家少爺也不是這麼衝動的人啊，怎麼就中計了呢！

進了屋，陳鉉舒服地喟嘆一聲，肆意地盤腿坐在炕上，抬頭看著不遠處的江樅陽，用下巴指了指對面。

「坐啊！」活像他才是這屋子的主人似的。

江樅陽坐了上去，靜待他開口。

「連杯熱茶都沒有，老江你就是這麼待客的？」

江縱陽抬了抬手。

長庚會意，憂心忡忡地離開。

片刻後，熱茶和茶點都來了，也不知這大半夜的長庚是從哪兒尋來的。放下東西，他便知情識趣的離開，還帶上了門。

「有什麼話你說吧！」江縱陽開門見山。

陳鉉緩緩收起臉上的笑。「咱們這麼坐著說話還是大半年前的事了吧！」一年都不到，局勢就發生了翻天覆地的變化。

江縱陽目光微微一動，似乎也想起了昔日交情。無論如何，陳鉉幫過他幾次，尤其是在江進和韓家的事上，若非他幫忙，他的仇不可能報得那麼容易。

雖然他後來已經想方設法還這份人情債，不過這份人情他依舊記著。

「大局已定，你儘早為自己安排後路。」江縱陽道。他在宮中行走，知道天順帝的身體已是強弩之末。太子之勢已成，哪怕天順帝一意孤行留下讓福王登基的遺詔也無濟於事。

太子登基勢在必行，一旦太子繼位，陳家處境堪憂。

「我不就是在為自己安排後路嗎？」陳鉉轉了轉手中的茶杯，眼底閃爍著奇異的光彩。

「你猜到了吧，我就是其中一個刺客。」

江縱陽垂了垂眼皮，這並不難猜，凌淵若是死了，太子一系群龍無首，勢必要大亂一場，而這就是福王一系的機會。何況以陳忠賢和凌淵的私怨，想刺殺凌淵太正常了，奇怪的反倒是凌府的反應。

「那你能猜到我是奉誰的命令行事嗎？」

江縱陽愣了下，臉色突然變了，難掩驚愕地看著他。

「你猜到了是嗎？」陳鉉微微一笑。「是陛下。」

見江縱陽臉色緊繃，陳鉉似乎很滿意。「陛下怕尾大不掉，太子耳根子軟，對凌淵言聽計從，擔心有朝一日太子成了傀儡。陛下曾想在宮裡動手除掉他，可你相信嗎？陛下發現他竟然無從下手，他沒法確定身邊的人還值不值得信賴，他怕打草驚蛇，迎來凌淵的反撲，所以不得不出此下策。」

江縱陽的嘴唇不知不覺抿成一條薄線。

陳鉉幽幽一嘆。「其實我伯父和太子也沒什麼深仇大恨，反倒和凌淵這麼些年鬥下來已是水火不容。陛下說了，只要我們能為他辦成這件事，就會給太子留下遺詔，要求他善待我們陳家。太子仁厚，沒了凌淵在一旁煽風點火，看在陛下面上想來也不會太過為難我們陳家，雖然權勢肯定不如現在，可起碼性命無憂了。」

說著他笑了笑。「除掉凌淵，祁王作為宗室也該是樂見的，不是嗎？沒了他這個太傅把持朝綱，太子自然要多多依賴祁王這位皇叔。」

「說來，沒了凌淵，對你也是一樁好事呢！」陳鉉目不轉睛地盯著江縱陽，目光凌厲，彷彿直達人心。「他若死了，洛婉兮可就無主了。」

凌風帶著三具自盡身亡的刺客屍體回到山頂別莊。

他覺得陳鉉很有可能就是其中一個刺客，他和逃走的三個刺客都過過招，只要一試就能試出來。可下面人說找到刺客了，他若再要求搜查就有些說不過去，總要顧忌名聲，遂不得不作罷。

聽他說完了白馬寺發生的事，坐在黑漆描金靠背椅上的凌淵若有似無地彎了下嘴角。「倒是挺巧。」

可不是？凌風道：「屬下查過，陳鉉他是下午申時進白馬寺的。」頂著風雪上山，他倒是虔誠得很，若說刺殺這件事和他無關，打死凌風都是不肯信的。陳鉉這是一開始就給自己留好了後路。

凌淵見他一臉憤恨，顯然對於沒能拿下陳鉉而耿耿於懷，遂淡聲道：「你當時便是進去了也找不到證據，那點時間足夠他銷毀了。」他一下一下敲著桌子。「知道是陳家動的手就成了。」

用這麼點人就想殺他，是陳忠賢變蠢了還是他以為自己變蠢了？凌淵不知道想到了什麼，忽然笑了笑，眼裡卻無絲毫笑意。

他站了起來，漫不經心道：「這事便到此為止吧！」

凌風一驚，不甘道：「就這樣放過他？」

已經走到門口的凌淵打開了門，頭也不回道：「當然不可能！」

寒風挾著雪花掃了進來，凌風忍不住打了個寒噤，再看過去時，凌淵已經出了屋子。

寢房內，洛婉兮擁著被子靠在床榻上，盯著燭火發呆，桃露和桃葉則守候在床前。

聽見腳步聲，洛婉兮倏地回神，就見小丫鬟打起簾子，凌淵大步走進來。

桃露和桃葉屈膝後悄聲告退。

洛婉兮不禁向前傾了傾身，目不轉睛地看著他，眼底滿滿都是憂慮。

被她這麼看著，凌淵嘴角弧度又上揚了幾分，他走到床頭坐下，摟著她的肩柔聲哄道：「沒事了，嚇壞了？」

洛婉兮抓著他的衣袖，這份實在的觸感讓她的心終於踏實了一些。「刺客是誰派來的？」

「陳家。」凌淵回道。

洛婉兮一怔，陳家情況堪憂，連刺殺這種招數都使出來，看來這是狗急跳牆了。可就算要刺殺也該衝著太子去，沒了太子，皇帝只剩福王這個兒子，這才是一勞永逸。

「他們這是病急亂投醫了吧，這次失敗了，肯定還有下一次，你當心些。」當人陷入絕境時，沒什麼是做不出來的。

對於她的擔心，凌淵十分受用，眼角眉梢都是笑意，俯身吻了吻她的額頭。

「妳放心，我一直防著他們，要不了多久，這個麻煩就能解決了。」他還有她要照顧，怎麼會不當心。

洛婉兮心頭一跳，要有個了結了嗎？她抬眼，見他神情從容、目光沈穩，好像沒什麼能難倒他的樣子，遂放了心，睏意一陣陣襲來。「夜深了，歇息吧，明兒你還要上朝。」

凌淵輕輕應了一聲，扶著她躺下後起身吹滅了蠟燭。

次日醒來，天光大亮，有雪的天總是格外明亮些。洛婉兮看了看旁邊的空枕頭，伸手一摸被褥，已經冷透了，不知怎麼的，她有一種說不出的失落。

她在床上躺了一會兒，才慢慢坐了起來。

洗漱的空檔，桃露問她是否要在別莊裡逛一逛，看看臘梅再下山？

洛婉兮坐在梳妝檯前，偏頭看著窗外隨風搖曳的臘梅花，想起昨夜的混亂，什麼心思都沒了，遂道：「昨晚的事，大嫂她們也該知道了，怕是會擔心，還是早點下山吧！」

如此桃露便不再多言，裝扮妥當，又用了早膳，一行人便準備下山。

見帶隊的是凌風，洛婉兮不由吃了一驚，再看一圈，發現護衛比昨天還多了些。

「你在這兒，大人那裡誰保護？」莫不是他把人撥給自己了，可人家是衝著他去的啊！

凌風忙道：「夫人放心，今兒天不亮，府裡就加派了護衛過來。」

這般洛婉兮就放心了。

後頭的桃露和桃葉對視一眼，眼底都有喜氣。這一年多來，大人對夫人的用情至深她們都看在眼裡，可夫人總有些淡淡的，眼下夫人主動關心大人，著實是個好兆頭。

洛婉兮一行人回到白馬寺時，已是半個時辰之後的事情了。上山容易下山難，尤其昨晚她還是被人揹上去的，如此就覺得下山之路更難了。

聽說她回來了，蕭氏和洛婉妤等人連忙迎了出來，而最快的是洛鄴，拔腿就跑。

小傢伙跑得氣喘吁吁的，在半路上堵到了回來的洛婉兮，眼底立刻浮現可疑的水光。

洛婉兮心頭一軟，摸了摸他的腦袋，柔聲道：「阿姊沒事。」

洛鄴抓著她的手，似乎怕她跑了，仔細地打量她，確定她完好無缺，還面色紅潤，一點受傷的跡象都沒有，當下吁出一口氣來，小大人似地叮囑：「阿姊就不該跟著姊夫出去玩的，要是留在寺裡不就沒事了。」

敢情怨念還挺深的！洛婉兮忍著笑意，一本正經地點頭。「你說得對，下次出門阿姊再不亂走了。」

洛鄴點點頭，不過還是將信將疑的樣子。

蕭氏和洛婉妤昨晚就得了訊知道她無事，可沒親眼瞧瞧到底不放心，眼下見她好好的，懸著的心便落回肚子裡，轉而問起昨晚的事來。

洛婉兮略說了幾句，倒沒說出刺客是陳家派來的事。

另一頭，乾清宮內，面色蠟黃的皇帝掩嘴輕咳兩聲，幽幽一嘆。「失敗了啊！」

「陛下息怒！」陳忠賢低頭道：「凌淵身邊高手如雲，臣手下精銳盡出，可連他的身都近不了，便是臣的姪兒昨晚差點就回不來了。微臣無能，請陛下降罪！」

皇帝扯了扯嘴角。政事上抓不到把柄，於是不得不暗殺，在宮裡行不通，在宮外也行不通。皇帝用力握緊了扶手，難道真要讓他繼續坐大下去，顛倒乾坤？

這江山終究要朱家人說了算的，他復辟後處處受凌淵、陸家掣肘，換成太子，情況只會比他更糟糕，太子妃可是陸家人，還懷了孕，若是生下嫡子……

突然，皇帝捂著嘴劇烈地咳了起來，驚天動地，似乎要把肺咳出來一般。

「陛下！」陳忠賢擔憂的抬起頭，望著龍椅上面色潮紅的皇帝，一顆心不住往下沈，皇帝的身體是真的不行了。

咳得眼淚都要出來的皇帝擺了擺手，好一會兒才平復下來，只覺得胸腔處火辣辣的疼。他定定地看了陳忠賢半晌，到底是皇帝，哪怕他晚年沈迷丹藥和女色，荒誕不經，可沈下臉時依舊威嚴不可侵。

陳忠賢被看得背後發涼，好一會兒才見皇帝動了，只見他從手邊的黑漆木匣子裡拿出一塊赤金的權杖對他道：「你過來！」

瞥見那一抹金燦，陳忠賢心跳加快，險些繃不住臉。他定下心神，腳步沈著地走向皇帝，聞到了從帝王身上傳來的龍涎香，其中還摻雜著濃郁的藥香，混合成一種難以言喻的味道。

第七十章

候在宮門口的陳鉉見陳忠賢出來，迎了上去，端詳片刻後，發現伯父臉色如常，什麼都看不出來，索性他也不揣測了。

服侍他上了轎子，自己翻身上馬，一路回到陳府，打發走下人後，伯姪兩人徑直進了書房。

不等陳鉉開口，陳忠賢先是恨鐵不成鋼地瞪一眼陳鉉。「你嫌自己命長是不是？」

他勒令姪子別摻和這次行動，這一次刺殺與其說是為了殺凌淵，不如說是演給皇帝看的戲，想靠幾個刺客就殺死凌淵，未免太過兒戲。要真那麼容易，他豈能容凌淵活到現在？早殺他十回、八回了。

陳鉉悻悻然地摸了摸鼻子。「這不沒出事嗎，伯父！」

「等出了事就晚了！要不是我派的人及時接應，昨晚你能那麼容易脫身？但凡被凌淵抓到蛛絲馬跡，你以為他會放過你？」陳忠賢冷斥，陳家就剩這麼根獨苗，他要是有個三長兩短，自己做這些又有什麼意義。

陳鉉趕緊賠笑。

見他嬉皮笑臉的，陳忠賢氣就不打一處來，指了指他警告。「你最近給我安分點，雖然沒有證據，但是凌淵肯定已經猜到是我們做的，難保他不會私下動手腳。」

陳鉉立刻應下，果斷轉移話題。「伯父，陛下召見您說了什麼？」一下朝，伯父就被皇帝召走了。

「計劃失敗，陛下十分失望。」陳忠賢不緊不慢道。

陳鉉挑眉。「除了失望，陛下就沒其他動作了？」

陳忠賢看著他慢慢笑起來，緩緩從袖裡掏出一塊權杖攤在手上。

「乾坤令！」陳鉉瞳孔一縮。

乾坤令，如朕親臨。

凌淵示意來人退下，轉著手中翡翠扳指不語。

坐在兩旁的人互相看了看，也不知來人對他耳語了什麼，總覺得是十分要緊的事，於是不約而同的看向陸承澤。

陸承澤面無表情地看著他們，對方繼續「深情」的望著他。

陸承澤敗退，扭頭看向凌淵問：「出什麼事了？」這群混蛋自己好奇不敢問，就推他出來。

「陛下把乾坤令給了陳忠賢。」輕描淡寫的語氣。

陸承澤瞠目結舌，完全不敢相信自己的耳朵，在場眾人神情與他差不離，皆是難以置信。

乾坤令比尚方寶劍還好使，除了能先斬後奏，某種程度上還可當兵符用。皇帝這是病傻了吧！竟把這麼重要的東西交給陳忠賢，他唯恐天下不亂不成！

凌淵放眼看一圈書房內眾人，淡淡一笑。「不過是塊權杖罷了，諸位何必如此驚慌？」他看向右下首的兵部尚書。「陳忠賢手執權杖要你簽發調兵公文，你簽嗎？」

兵部尚書當即道：「自是不可能。」

凌淵又問西軍都督。「陳忠賢要你派兵，你派嗎？」

西軍都督自然搖頭。

為避免武將坐大，五軍都督府只有統兵權卻無調兵權，而兵部唯有調兵權而無法統兵，兩者互相制衡。唯有皇帝可以直接命令，乾坤令代表皇帝也有此作用。

凌淵便笑起來。「既然如此，有什麼可擔心的，不過是塊鎏了金的銅塊罷了！」真以為弄塊權杖就能掌兵權了，能被權杖驅使的那些本就是牆頭草，不足為懼。當年他把景泰拉下馬時手裡可沒什麼乾坤令，景泰手裡還有虎符呢！

在場大臣一聽，也覺是這個道理，再看上首的凌淵雲淡風輕，不自覺也放鬆下來。他們都是當年追隨凌淵推翻景泰帝擁立天順帝過來的，當年那樣險惡的情況都熬過來了，沒道理栽在這兒。

一直沒出聲的左都御史凌洋定了定神，皺眉問：「陛下想做什麼？」

凌淵往後靠了靠，放在螭虎紋鑲金紫檀桌的雙手交握，語調微涼。「飛鳥盡，良弓藏！」

在座眾人忍不住心頭一凜，其實這一點他們心知肚明，早在幾年前皇帝就隱隱流露出這個意思了，景泰的勢力被打壓後，皇帝就有些看他們不順眼。君臣之間不是東風壓倒西風，就是西風壓倒東風，皇帝想乾綱獨斷，為人臣子卻不想被當牛馬驅使，淪落到君要臣死臣不得不死的地步。

皇帝提拔陳忠賢，召回楊炳義……就是為了平衡朝野，不想讓一家獨大。他們能理解，也願意配合適當放權。縱觀歷史，一黨獨大的權臣最後都沒什麼好下場。可發展到後來，皇帝想讓福王繼位，性質就變了。

皇帝想除他們而後快，可他們不想死，只能和他鬥一鬥，捨得一身剮能把皇帝拉下馬，他們又不是沒幹過。好不容易皇帝身體垮了，終於歇了扶持福王的心思，也避免了最壞的結果，哪想臨了皇帝還來這麼一齣。

給陳忠賢乾坤令，不就是變相給福王翻盤的機會？還以為皇帝死心了呢！

陸承澤冷笑一聲。「過河就想拆橋，天下沒這樣的道理！」

拚著誅九族的風險把他從南宮撈出來，最後便宜了福王那乳臭未乾的臭小子，當他們陸家是死人啊！呵，說不定皇帝還真想他們陸家去死一死。

他撐著扶手問凌淵。「你覺得陳忠賢拿著乾坤令會做什麼？」

凌淵食指輕敲著手背，頗有深意地笑了笑。

大半個時辰後，書房內的議論聲才停下來，凌淵起身送到了書房門口，眾人拱手告辭，請他留步。

凌淵便適時停了腳步。不一會兒人都走了，就連隔壁的堂兄凌御史都離開了。

「你不走？」凌淵挑眉看著還坐在圈椅上的陸承澤。

陸承澤懶洋洋道：「就沒見過趕大舅子的妹夫。你這麼厲害，小妹知道嗎？」

凌淵瞥他一眼，走了回去，在他旁邊坐下。

陸承澤瞅瞅他，冷不丁道：「以咱們對陳忠賢的瞭解，他肯定會乘機對太子下手，比起除掉你更迫切，畢竟只要福王上位，日後有的是機會收拾你。」

凌淵勾了勾嘴角。

「那你說，陛下知道陳忠賢的心思嗎？」陸承澤沈聲道。皇帝近來的動作實在不像還想繼續扶持福王登基的意思。

「陛下怎麼想的重要嗎？重要的是他做了什麼。」凌淵淡聲道。

陸承澤默了默。倒也是，管皇帝是病糊塗還是反悔了，他做的事就是實打實的給了一些人他還中意福王的信號。而陳忠賢一定會放大這個意思，好將人收為己用，這世上從來都不缺投機取巧的人。

陸承澤嘆出一口氣，抱怨道：「這糟心的日子什麼時候能過去！」

凌淵望著不遠處的紫砂觀音熏爐，緩緩道：「快了。」

事情也該有一個解決，他可沒時間陪著他們浪費時間。

陸承澤神情微微一緊。

恰在此時，書房外傳來丫鬟的稟報聲。「大人，夫人過來了。」

凌淵神情立時緩和下來，眉宇間染上淺淺笑意。

見證了冰雪消融的陸承澤輕嘖了一聲，百鍊鋼化為繞指柔啊！

凌淵起身打開房門，便見洛婉兮沿著院裡的青石路走來，身後的桃露手裡還提著一個食盒。

洛婉兮從白馬寺回來後，想著昨晚上的事，一會兒是他揹著自己上山，一會兒又是遇上刺客，還一大早就要去上朝，等她反應過來時，自己已經走向小廚房了。

於是她花了一個下午的時間熬了參靈甲魚湯，清熱平肝又補虛。她讓人留意著書房這兒的動靜，聽說客人都走了，才帶著湯過來。

「怎麼過來了？」凌淵握著她的手扶住她，明知故問。

洛婉兮有些不好意思，說來成婚以來，她還真沒給他送過湯羹，以前倒是常做的。

「我下午煲了湯，你要不要……」透過凌淵的肩頭，洛婉兮看見了坐在書房內的陸承澤，登時道：「二哥也在？」傳話的小丫鬟沒跟她提陸承澤也在。

凌淵旋身，目光涼涼地看一眼笑咪咪的陸承澤，覺得他礙眼極了。

陸承澤朗笑一聲，十分欣慰的模樣。「我還在想妹妹什麼時候會發現我。」他這麼大個活人啊！

洛婉兮不禁赧然，臉上浮現一抹粉色。

正月裡穿得喜慶，她今兒穿了一件石榴紅的高腰長裙，上著金絲織錦衣，頭戴金累絲紅寶石珠釵，夕陽在她周身鍍了一層柔和的光暈，饒是陸承澤都看呆了一瞬。本就是個不可多得的美人，成婚之後，又多了幾分嫵媚風情，越發驚心動魄了。

便宜凌淵這混蛋了！

腹謗了一句，陸承澤收斂心神，看著桃露手裡的食盒。「妹妹這是做了什麼好吃的，正好我也餓了。」

一股把他拎起來扔出去的衝動油然而生，凌淵微微瞇起眼。

陸承澤心頭大暢，苦哈哈道：「議了這麼會兒事，那些乾巴巴的點心又嚥不下去。」

聞言，洛婉兮頓時心疼了。「我熬了參靈甲魚湯，二哥要不也吃點？」反正她熬了一大盅，兩個人也夠了。

陸承澤連連點頭，一骨碌起身，邊走過來邊道：「甲魚湯好啊，我喜歡！」說話間他已經走到了桃露身前，自然而然的去拿桃露手裡的食盒。

「……」握著食盒的桃露乖乖放了手。雖說做奴婢的要替主子分憂，不過她覺得自己還是不要得罪陸承澤的好，沒看大人也沒說話嗎？

「今兒我有口福了！」陸承澤拿著食盒往回走。

洛婉兮不由邁開腳，走了一步手上就傳來阻力，回頭見凌淵站在原地，目光幽幽地看著她。

洛婉兮愣了下，扭頭看一眼已經走進書房的陸承澤，再回頭看他一眼，覺得自己應該明白了，又有些好笑。

她強忍著嘴角的笑意，確定陸承澤背對著他們，遂踮起腳尖在他耳邊道：「晚上你要吃什麼，我做給你。」

凌淵看著她不說話。

「明兒下午我再給你燉湯，你想喝什麼湯？」洛婉兮再接再勵。

扶著她腰幫她穩住身形的凌淵還是不作聲。

洛婉兮抿了抿唇，再要開口——

「你們在幹麼呢？」陸承澤大聲喊了一句。

正要踮腳說話的洛婉兮被驚得身子晃了晃，凌淵手一鬆，洛婉兮一頭栽進他懷裡，他順勢就把人抱了個滿懷，嘴角微微一翹。

書房內的陸承澤鄙視地看著乘機占便宜的凌淵，他還真是不放過任何一個機會！

凌淵瞥他一眼，垂眼看著臉色緋紅的洛婉兮。

洛婉兮摸了摸臉，覺得臉燙得很，很想落荒而逃，而她也這麼做了。「我還有事先走了。」

凌淵含笑嗯了一聲。

洛婉兮又對裡面的陸承澤福了福身。「二哥慢用，我那邊還有事，先行一步。」說罷也不給陸承澤開口的機會，抬腳就走。

她還不知道她二哥這個人？促狹起來能把人羞死，以前她倒能與他鬥個旗鼓相當，可眼下她臉皮的厚度遠不能與當年相比，而陸承澤顯然更勝當年。

望著洛婉兮離去的背影，陸承澤可惜地嘖了一聲，回頭就撞上凌淵涼涼的目光。

陸承澤聳了聳肩，壓根兒不以為然，他毫不客氣的舀了一碗，卻是遞給了凌淵。

「甲魚湯啊，你是該多喝點！」說著還怪笑了兩聲，擠眉弄眼地看著他，神情曖昧至極，說的話更是讓人掉下巴。「看來你不行了啊，都要小妹給你燉甲魚湯了！」

「畢竟一大把年紀了呢！」陸承澤一唱三嘆。

走出一段路的洛婉兮突然打了個噴嚏。

「夫人是不是著涼了？」桃枝擔心，就說不該晚上去什麼山頂的，有時候姑爺也不靠譜。

洛婉兮搖了搖頭。「沒事。」

桃露便道：「要不請竇府醫來瞧瞧，夫人也差不多要請平安脈了。」

「也好。」洛婉兮道。這時候得了風寒著實受罪，能防患於未然最好。

想了想她又對桃露道：「派個人去問一下，二哥是否留下用膳？留下的話想吃什麼，還有大人想吃哪些菜？」她被陸承澤鬧得都忘了這事。

桃露便點了個小丫頭去書房。

傳回來的消息是陸承澤要回去陪妻兒用膳，凌淵則是隨意，簡單些即可。

洛婉兮一直覺得隨意什麼的最麻煩，最後決定做一道鵝掌白蘑菇、清蒸鱸魚，再讓廚娘添上幾個菜便夠了。他們飲食上雖然精細，卻不奢靡，並不會做一大桌菜，也就三個人，哪裡吃得了這麼多。

膳後依照慣例和洛鄴說了會兒話，不管是學業或生活，想到哪兒說到哪兒，見時辰差不多了，她才和凌淵一起送洛鄴回墨竹苑。

出來時，凌淵接過丫鬟手裡的披風，將她裹得嚴嚴實實，只露出一張瑩白的小臉。

凌淵擁著她往回走，路上說起了李四舅的案子。

「……這兩天就能結案，被革職，罰沒家產，還要准徒五年。」

洛婉兮腳步頓了頓，以李四舅的罪行來說，要是沒有凌淵周旋，恐怕喪命都有可能，可准徒五年，一時間終究有些不忍。她又想起了萬氏，這一陣他們倒是沒來尋她，想必是凌淵的功勞。就是不知判決下來後，她們會不會鬧騰。

凌淵溫聲道：「遇上大赦馬上就能出來。」

皇帝大婚或整壽都可能大赦，不過範圍和程度都不會太廣，然而若是遇上新皇登基，李四舅這種情況稍微運作一下就能免除刑罰。這一天瞧著似乎不遠的樣子，這已經是最好的結果了。

「麻煩你了。」洛婉兮輕聲道。

凌淵笑了笑。「不麻煩。」

她的事，他一點都不覺麻煩。

錦帳之中，身影交疊，低喘輕吟，漸漸消弭。

洛婉兮癱軟在他懷裡，嬌顏酡紅，滿面堆俏，似羞似嗔地看著他。

凌淵輕笑一聲，手指摩著她鮮豔欲滴的唇瓣，深邃的眼底漾起戲謔。「兮子燉的湯甚好，日後可以多燉些。」

湯？洛婉兮茫然地看著他，忽然僵了僵，臉火辣辣的燙起來。

甲魚，滋陰補腎！洛婉兮羞得腳趾頭都蜷縮起來了，目光閃爍，不敢看他。她根本沒這個意思，下面人說有上好的甲魚，她就燉了，真的沒有其他意思。

懷裡的人肌膚泛紅如同桃花瓣，凌淵心神一蕩，低頭吻了吻她的臉蛋，吻著吻著變成了輕啜慢咬。

洛婉兮顫了顫，推了推他。「凌淵……」

她的聲音又細又輕，就像是被欺負的小奶貓在叫喚，勾得人口乾舌燥。凌淵抬眼看她，漆黑的眼底似燃著火苗。他伸手扣住她的手腕按在兩側，滾燙的吻沿著鎖骨緩慢而下……

一晌貪歡的下場就是洛婉兮錯過了第二日送洛鄴去學堂的時辰，今兒可是他第一天去凌家家學，洛婉兮恨恨地磨了磨牙。

幸好還能去接他放學以作彌補。洛鄴在學堂門口見到洛婉兮那一剎那，登時心花怒放，一張小臉瞬間亮堂起來。

洛鄴忍不住小跑上前。「姊姊妳身體好了嗎？」

今兒早上李奶娘說姊姊身體有些不舒服，所以不能送他去上學，肯定是前一晚姊夫帶姊姊傍晚出去的緣故，也許是受驚了。

洛婉兮窘了下。「……都好了。」

「六嬸好！」

「六叔祖母好！」

放學的小輩們見了洛婉兮，一迭聲地喚人。

洛婉兮向來喜歡孩子，尤其是凌家的孩子都被教得很好，知理明事，哪怕性格跳脫些的也不是那等蠻不講理的。

她笑盈盈地與他們打過招呼，幾個六、七歲的還被她揉了揉腦袋、摸了把臉，羞得小傢伙們紅著臉往後躲。

「有空過來玩。」留了話，洛婉兮便帶著洛鄴走了。

被摸了臉的小胖子羞答答道：「六嬸嬸真好看，長大了我要娶六嬸嬸做新婦！」

凌家小九少爺對自己的傻堂弟翻了個白眼。「六叔聽見了，肯定會打你屁股！」

「為什麼啊！」小胖子十分不解。

九少爺糟心地看他一眼，六歲的小孩說了也不懂，十歲的九少爺頓時覺得高處不勝寒了，恨鐵不成鋼的瞪了他一眼。「你大了就明白了，趕緊回去補功課，小心師傅告訴五叔，看五叔不揍你。」

小胖子頓時垮了臉，開學第一天什麼的，再沒有比這更討厭的事了。

第七十一章

福慧郡主覺得這世上最討厭的就是父王，沒有之一。江縱陽一來就把人叫進書房，她都沒跟他說幾句話呢！

書房裡，祁王和江縱陽相對而坐，祁王捧著汝窯青瓷茶杯，慢條斯理地啜著，彷彿這是一杯延年益壽的瓊漿玉露，好不悠閒。

江縱陽便這麼一言不發的坐在書桌對面。

紫檀木鳥架上的畫眉鳥在金絲籠裡跳來跳去，嘰嘰喳喳個不停，半晌也沒人誇牠兩聲，大抵也覺沒意思，低頭認真地梳理羽毛。

祁王喝完了一盞茶，又給自己添了水，笑咪咪的抬頭看江縱陽，他依舊還是那副表情。年紀輕輕倒是好定性。他最看中他的也就是這份耐心，裝傻充愣蟄伏十幾年，等閒人可做不來。古往今來，凡成大事者必有靜氣。

江縱陽有成大事的心性，也有能力，缺的是伯樂。他願意做他的伯樂，他那幾個兒子雖不混帳，但是資質平庸，若他去了，祁王府怕是要淪落為普通宗室。普通宗室過的是什麼日子，身為宗正，再沒人比他更清楚的，守著一份俸祿，連幾個宗人府的太監都能給臉色看，祁王自然不願意自己兒孫如此。

江縱陽的出現，正好解了祁王的燃眉之急。他和家族不睦，自然會親妻族。把江縱陽扶起來，若是孫輩有出息的，讓女婿幫忙扶持，祁王府的傳承便斷不了。

祁王放下茶盞，往後靠了靠。「我找你過來所為何事，你知道嗎？」

江樅陽眼波微動。「陳鉉。」

祁王笑了笑，看著他不說話。他告誡過江樅陽，讓他和陳家保持距離，陳家這艘船注定要沈的。陳鉉找上他，未必沒有誤導別人的意思。瓜田不納履，李下不整冠，他怎麼就不知道避嫌，這實在不像他的風格。

他在那種情況下和陳鉉單獨相處，說不定凌淵已經懷疑上他了。

「我想知道他要做什麼。」江樅陽沈聲道，也是顧念早前交情。

祁王抬了抬眼皮，笑道：「那你現在知道了嗎？」

「那晚刺殺凌閣老的人中就有他。」江樅陽道。

祁王但笑不語，那樣的情況下猜到陳鉉就是刺客之一並不難，江樅陽若是只想說這事，那可就令人失望了。

「陳鉉說，他是奉陛下之命行事。」

祁王放在膝頭的手倏爾收緊，便是臉上的笑容都瞬間凝滯。「陛下？」

江樅陽沈沈一點頭。「他是這麼說的。」

「你信嗎？」祁王定定的看著江樅陽。

片刻後江樅陽開口。「我信。」

「我也信。」祁王眉心一皺。主弱臣強，陛下對凌淵的不滿也不是一日、兩日。這節骨眼上，陛下要殺凌淵，是因為福王，還是不想太子日後受掣肘？

「陳鉉怎麼說的？」祁王問。

江樅陽道：「他說是陛下不想太子將來成為凌閣老的傀儡。」

祁王瞇了瞇眼，沈吟片刻道：「陛下的顧慮倒也情有可原。」可把事情交給陳忠賢去辦，祁王總是忍不住往深處想。

不經意間瞥見江樅陽的表情，祁王心裡一動。「你是不是還有話沒說？」

江樅陽皺起眉頭，想起了陳鉉說的那些話，他想拉攏祁王，畢竟祁王在宗室內舉足輕重，自己不說，陳鉉怕是也會找上祁王的，遂他道：「陳鉉似乎想拉攏您。」

祁王挑起眉梢。「拉攏我有什麼好處？」隨即輕嗤一聲。「陳鉉那小子是不是說，要是沒了凌淵，我這個叔王就能更進一步了。聽著還怪有道理的。」

江樅陽垂了垂眼道：「聽聽罷了！」

祁王看了看他。「可不是，也就是聽聽罷了。若是陳家醉翁之意不在酒，說是衝著凌淵而去，最後關頭調轉槍頭對付太子去了，你說我還能回頭嗎？還不是得一條黑走到底，失敗了就是個死。就是成功了，上頭也還有個陳忠賢和鄭家壓著呢，和現在有什麼兩樣。就鄭家人那德行，我倒寧願和凌淵打交道，起碼講道理啊！」

祁王嘖嘖兩聲，看著江樅陽的眼睛。「你說陳鉉有什麼底氣覺得可以說服我？」

江樅陽平靜道：「病急亂投醫。」

「看來病得不輕，那就更不能與之共謀了。」祁王把玩著手裡的印章，掀了掀嘴角。

「趕明兒找個機會我和凌淵說說閒話，把你摘出來。你以後少跟陳鉉來往，陳家沒幾天好蹦躂了。」

雖然凌淵可能已經知道皇帝的意思了，可這不妨礙他去賣個好。

但凡一枝獨秀的權臣都沒什麼好下場，凌淵不可能不明白這一點，否則早年他就不會看著皇帝扶植楊炳義、陳忠賢等人而不打壓。各方勢力互相制約是最好的局面，要不是皇帝被鄭嬪迷了心竅，想廢太子，哪有這幾年的亂事？

眼下皇帝終於不得不消停，又能過安穩日子了，他吃飽了撐著才同陳家攪和在一塊兒。等皇帝駕崩，太子登基，凌淵肯定會再放一些權，還有福王一系空出來的位置，自己正可帶著宗室崛起。說來因為天順帝當年被景泰帝在背後插了一刀，就有些不待見宗室，這些年宗室著實有些不得志。屆時還有楊炳義等幾方勢力，百花齊放才是春天。

誰說兩黨就得鬥得你死我活，凌淵和陳忠賢鬥得厲害那是涉及到了奪嫡，攸關身家性命能不下狠手嗎？凌淵和楊炳義兩派可遠沒到你死我活的地步。

江樅陽神色微微一凜，正色道：「不會了，給您添麻煩了。」

祁王笑笑，站了起來，繞到江樅陽身邊拍了拍他的肩膀。「該用晚膳了，走，咱爺倆好好喝一盅。」

十九那日，李四舅結案，與凌淵說的一般無二。李四舅被罷官且罰沒家產，准徒五年，就在刑部大牢裡。

宣判出來後，萬氏帶著幾個表弟妹一路哭到了凌府，幾個小的嚎啕大哭，聲嘶力竭，把左鄰右舍都給驚動了。

洛婉兮趕緊讓人把他們帶進來，家裡的頂梁柱倒了，徬徨無措情有可原，可這麼站在人家大門前哭，弄得好像她欺負婦孺似的。

萬氏的做派讓洛婉兮有些不舒服，可瞧著一家子大大小小都哭成了淚人兒，尤其是幾個小表弟妹滿臉驚慌，便有些於心不忍。

她打起精神好言相勸了幾句，可效果甚微。

萬氏一勁兒地哭，聲音裡的怨怪壓都壓不住。「怎麼就要下獄了？官沒了、家業沒了，妳舅舅還在牢裡，可讓我們一大家子怎麼活啊！」

年僅七歲的龍鳳胎見母親痛哭流涕，嘴一咧，哭得更大聲了，小孩子的聲音又清又亮，刺得洛婉兮額頭突突疼起來。

「舅舅販賣私鹽之事罪證確鑿，我也無能為力……」洛婉兮擰眉，覺得根本沒法說道理了。

「不就是販賣私鹽嘛！又不是什麼殺人放火的事，人家殺人放火都還活得好好的，怎麼妳舅舅就要下獄了呢！」萬氏想不明白了。「婉兮，舅母求妳了，妳讓凌閣老幫幫忙，把妳舅舅這罪抹了吧！頂著這罪名，妳表弟他們沒法科考，妳表妹她們以後如何嫁娶啊！」

最讓她絕望的在此，丈夫雖然被判了准徒五年，她也清楚遇上大赦就能出來，然大赦並不會把罪名抹去，她的兒女照樣要被斷了前程。作為一個母親，豈能無動無衷？

萬氏騰地站了起來，撲通一下子跪在洛婉兮面前痛聲哀求。「外甥女，妳不能見死不救啊！」

洛婉兮被驚了一跳，她可不敢受萬氏這一跪，趕緊站起來去拉萬氏，萬氏便覺手上傳來一股力，逼得她不得不直起身子，一時之間連哭都忘了。

孩子裡頭略長的李家表妹一看，左手拉著弟弟，右手按著妹妹，膝蓋一軟也跪了下去，淚如泉湧。「表姊，妳救救我們這一家子吧！」

洛婉兮皺緊了眉頭，不只心裡，就連身上都覺不舒服起來。

桃枝見她臉色有些蒼白，忙道：「夫人您是不是不舒服？」說著扶著洛婉兮就想往外走。

「婉兮！」

「表姊！」

萬氏大驚，下意識要攔她，桃露幾個自然不會讓她們得逞。

「妳個壞人！」混亂之中，龍鳳胎中的男孩突然衝過來用力推了洛婉兮一把。「不許欺負我娘！」

「靖哥兒！」萬氏大驚失色。

洛婉兮毫無防備，當下一個趔趄，不想被人抓住了肩膀，隨後落入一個熟悉的懷抱中。她張開眼，望進凌淵的眼底，餘悸猶存。

凌淵被嚇得心驚肉跳，摸了摸她微微發白的臉，一顆心才落回原處，若是他晚來一會兒，他垂眼看了看堅硬的門檻，摔在上面可不是鬧著玩的，臉色當即陰沈下來。

屋內幾人心悸如擂，萬氏更是嚇得面無人色，一把扯過呆住了的兒子，重重拍了他一下。「讓你不懂事！讓你不懂事！」

李靖挨了母親兩下，又被屋內氣氛所懾，登時癟嘴哭了起來。

他一哭，幾個小的也跟著大哭。

洛婉兮蹙了蹙眉，忽然覺得肚子有些墜墜的疼，越來越疼，疼得她忍不住捂住了腹部。

「怎麼了？」凌淵臉色微變。

「疼……」洛婉兮煞白了臉，抓著他的衣襟道：「我肚子好疼……」

凌淵心頭一顫，打橫抱起她。「傳竇府醫！」

萬氏心跳如擂鼓，她是過來人，生了三女二子，洛婉兮那反應讓她忍不住往孕事上想。

倘若……倘若洛婉兮真的懷了孕，一股陰寒順著腳底板襲上心頭，萬氏覺得全身的血液都在瞬間凍結了。

假使洛婉兮肚裡的孩子有個好歹，凌淵肯定不會放過他們的。他這年紀才有個孩子，多不容易，洛婉兮還如此得他寵愛。

光是用想的，萬氏就覺有一隻手抓住了她的心臟肆意揉捏，她忍不住張開嘴用力喘了兩口氣。

「娘！」鼻涕眼淚哭了滿臉的李靖搖了搖母親的手，驚懼交加地喚了一聲。

他不出聲還好，一出聲萬氏就想起這倒楣孩子幹的事，他怎麼敢去推洛婉兮呢?!他知不知道一家子的活路說不定就被他這一推給推沒了！

心煩意亂的萬氏一把甩開李靖的手，就要追上去看看。

被母親推了個踉蹌的李靖呆住了，繼而傷心欲絕的嚎哭起來。

桃露搶步攔在萬氏面前，目光不善地看著她。

在她冷冰冰的目光下，萬氏不禁瑟縮了下，她穩了穩心神，一臉的心急如焚。「也不知道婉兮怎麼樣了，都是靖哥兒不懂事，我得去看看，要不我這心放不下啊。」一副關心外甥女的好舅母模樣。

「舅太太還是在這兒待著的好，大人怕是不想見妳。」桃露冷聲道。還真是升米恩斗米仇，要不是她家大人從中周旋，李家四老爺的案子能這麼容易解決？丟了性命都是有可能的。這群人倒好，不感恩便罷了，竟嫌大人沒盡力，想裝可憐逼迫夫人，簡直不知所謂。

想起凌淵陰沈的臉，萬氏心下一寒，手足發涼。

桃露瞥她一眼，吩咐旁人。「你們在這兒好好招待舅夫人和表少爺、表姑娘們。」說罷旋身出了花廳，快步追上去。

夫人小日子就在這幾天，偶爾幾次她身體會有些不舒服，可也沒哪一次這麼厲害的。

另一頭，竇府醫的手搭在洛婉兮腕上，一臉沈思。

眾人大氣不敢出，唯恐打擾了他。

洛婉兮靠坐在床上，目不轉睛的看著頭髮、鬍子都花白了的竇府醫。之前疼得厲害，現在好多了，只是隱隱作疼，和小日子裡的疼差不多。

過幾日就是她的小日子了，一開始她也沒多想，他們成婚才多久，哪有這麼容易就懷上的，當年她成婚三年都沒懷上呢！

可桃枝這丫頭沈不住氣，一嗓子喊了出來，洛婉兮想不往這上頭想都不成。一旦想了，她就控制不住自己的念頭了，若是真的有了……

洛婉兮不由自主地緊了緊雙手，心跳都亂了。

竇府醫看她一眼。「放輕鬆，別緊張。」

一旁的凌淵安撫地順了順她的背，柔聲道：「沒事的。」有孩子最好，沒有也沒關係，來日方長，只要她沒事就好。

凌淵看向竇府醫。「如何？」

懷孕了唄！當年陸家那女娃娃折騰了好幾年，甜的苦的酸的辣的都往嘴裡灌，至死都沒懷上。誰知這小夫人倒是個有福氣的，一進門就有了，同人不同命啊！

竇府醫心裡五味雜陳，陸婉兮也是他看著長大的，活潑又討喜的一個小姑娘，奈何天妒紅顏，早早就去了。

凌淵守著陸婉兮走不出來，他擔心；凌淵走出來了，滿心滿眼都是新人，他又有點唏噓了。

罷了，活著的人總是要繼續活下去，他肯放下過去好好過日子總是好事，幾年後自己去下面見了表姑也有話說了。

竇府醫撩起眼皮看著凌淵。「恭喜，你終於要做爹了！」

桃露等下人立時笑開了，尤其是桃枝，簡直心花怒放，有了孩子，姑娘的地位就徹底穩了。但願姑娘能夠一舉得男，不過先開花後結果也是好的，便是個女兒，她覺得姑爺也該是高興的。

凌淵的神情十分鎮定，如果他的瞳孔不瞬間收縮的話。

「確定？」凌淵反問了一句。

醫術被質疑的竇府醫立刻吹鬍子瞪眼。「老頭子我還能連個喜脈都摸不準?!」

凌淵對他的怒氣視而不見，又問：「剛剛受了驚嚇，要緊不？」

「仔細將養著，尤其是頭三個月，便不要緊。」竇府醫站起身。「我去抓三副安胎藥，夫人先吃上三日，三日後我再來診脈。但凡不適，立刻傳我。」

桃露連忙應下。

洛婉兮怔怔地坐在那兒，竇府醫的話恍若一道響雷，震得她頭暈目眩，就是三魂六魄都不穩起來。

懷孕了，她竟然真的懷孕了，怎麼會這麼容易呢！她以為還要好久好久，久得她都不敢想了。

洛婉兮小心翼翼地將手放在平坦的腹部，漆黑的眼眸一點一點睜大——這裡竟然有一個孩子了！

凌淵伸手拭去她眼角的淚珠，心下又酸又麻，她多年的夙願終於實現了。

眾人不由為洛婉兮的反應驚了驚，要做母親自然是件大喜事，可洛婉兮的反應有些出人意料了。

便是竇府醫也覺得有些奇怪，洛婉兮的反應也太大了點，不禁勸了一句。「大悲大喜都不利於養胎。」

洛婉兮一驚，連忙擦了擦眼淚，又深吸一口氣讓自己的心情平靜下來。

凌淵握了握她的手，說不出的心疼與憐惜，溫聲道：「妳別緊張，孩子好好的。」

洛婉兮慢慢的點了點頭。「他好好的。」

她會陪著他一點一點長大，給他做衣裳、做好吃的，教他識字明理，帶他嬉戲玩鬧。無數她幻想過的畫面都將一一成真，那種幸福又充盈的感覺比她想像中還要美好千百倍，此時此刻洛婉兮心裡就像是被灌了蜜一般。

見她眼角眉梢都染上笑意，凌淵也笑起來。

非禮勿視喲！竇府醫覺得自己留在這兒太礙眼了，連招呼都懶得打了，旋身就往外走。他背著手，不知不覺間笑容滿面。自從成了親，凌淵臉上的笑容是越來越多了，身上的冰鋒也逐漸消融。等小凌淵出來，身上的煙火氣只會更濃，這樣好，這樣好啊！

洛婉兮推了推凌淵，示意他送送老人家，竇府醫不是尋常的府醫，還是長輩。

凌淵俯身在她臉上親了下。「我去去就回。」

洛婉兮輕輕點了點頭。

凌淵便起身對已經走到門口的竇府醫道：「我送您出去。」

竇府醫沒有拒絕。

出了屋，凌淵臉上的笑容立刻斂下，走到院子裡確保屋內人聽不見後，這才開了口。

「情況是不是不大好？」

就知道瞞不過他。竇府醫捋了捋花白的鬍子，正色道：「夫人有小產的徵兆，這兩個月一定要當心，一個不好就要出事。」

凌淵心神一緊，若是這個孩子沒了，他不敢想像她的反應，這個孩子她等了這麼多年。

「別讓她知道。」

「這點輕重我還能不知道？」要不早在裡面說了，孕婦最怕多思多想。竇府醫還要反過來叮囑凌淵。「你也上點心，別讓你媳婦為你擔心，她可禁不得嚇。」他指的是前幾日的刺客事件。

凌淵頷首。

竇府醫瞅他一眼，輕咳兩聲。「你媳婦身子有點虛，懷相也不好，這三個月，不，是四個月，絕不能行房，明白不？」

熬了十幾年好不容易娶上媳婦了，正食髓知味呢，又要開始熬，這可比從前還難熬。雖然凌淵定性驚人，要不也不能十幾年不近女色，但是顯然這媳婦得他歡喜得緊，竇府醫生怕他忍不住。

凌淵頓了下，繼而面無表情的嗯了一聲。

竇府醫不放心地又叮囑了一遍，末了語重心長道：「你可別犯錯誤！」歲數大了，格外愛操心一點。

事。

「您放心。」凌淵略有些無奈。

竇府醫並不能完全放心，但也只能點點頭，忽地他想起一件一直想問又沒機會開口問的事。

「我問你件事啊，兩年前你被個小姑娘打了一巴掌，是不是現在這位？」

他不提，凌淵自己都快忘了那回事，不覺彎了下嘴角。

竇府醫便知道自己猜對了，那他就更放心了，這位小夫人顯然很看重胎兒，也是個有脾氣的，應該制得住凌淵。

「這一陣內子的身體就有勞您老人家操心了。」凌淵立在門口鄭重對竇府醫道。

竇府醫卻不吃他這一套，瞪了瞪他。「你要有本事三年抱兩，我樂得替你操心！」

凌淵笑了起來。

第七十二章

送走竇府醫，凌淵回到屋裡就見洛婉兮的手輕輕撫著腹部，像是在感受孩子的存在，可才一個月怎麼可能有感覺。

聽見動靜，洛婉兮抬頭，撞上凌淵漾著淺淺笑意的眼眸，她不好意思地挪開了手。

凌淵走過去坐在她身旁，將她的雙手包覆在掌中。「現在還難受嗎？」

她搖搖頭。「不難受了。」

凌淵端詳她的神色，稍稍放了心。見她欲言又止，便問：「在想妳四舅一家？」

洛婉兮點了點頭。幫了忙連句謝謝都沒有，還被推了一把，若不是凌淵接住了她，她摔在門檻上十有八九會小產，怎麼會不心寒？然而李靖終究是個孩子，她向來對孩子心軟，目下自己要做母親，就更氣不起來了。況且李四舅已經下獄，一房婦孺也不容易。

「今天的事就算了，只當是替未出世的孩子積福，不過以後我再不管他們的事了。」嫡親娘舅，她不可能撒手不管。然而萬氏不是個知恩圖報的，另幾個小的也瞧著不大懂事，這一家子她是真不想管了。眼下出了這事，正好可以撇清關係，外人也不會說她涼薄。

「都聽妳的。」凌淵緩聲道：「我這就打發他們走。」

洛婉兮嗯了一聲。

桃露便躬身退下去安排。

凌淵握著她的手移到她腹部，目光溫柔得不可思議。「兮子，我們終於有孩子了！」

洛婉兮懷孕的消息不脛而走，隔壁的凌老夫人自然也知道了。她眨了眨眼，簡直不敢相信自己的耳朵。

這就有了？她老人家都做好等上一年半載的心理準備了，他們家的媳婦兒似乎都晚孕，最快的也是婚後一年才傳出喜訊。

愣怔之後，凌老夫人立刻就高興起來，早點懷上才好！這洛氏倒是個福澤深厚的。

「六弟妹可真是好福氣啊！」說話的是凌五夫人，她自個兒進門第三年才生了長女，隔了一年又生了兒子，幸好她嫁的是小兒子，凌老太太又和善，才沒把自己逼瘋了。

鑑於幾個妯娌姪媳婦的情況，她以為那邊怎麼著也要個兩、三年的。當初陸氏那會兒，凌淵還年輕，陸氏三年也沒個信。這洛婉兮倒是厲害，成婚沒多久就懷上了。六叔本來就待她如珠如寶，眼下有了孩子，還不寵上天去？

可真夠恩愛，凌五夫人酸溜溜地想。她和洛婉兮沒深仇大恨，也未發生過口角，就是瞧她年紀比自個兒小，家世還不如自己，偏偏嫁的丈夫甩了自己幾條街，難免有點不得勁。

凌老夫人的視線淡淡地瞥過來，凌五夫人臉色一僵，拿起帕子按了按嘴角，不甚自在的低下頭。

與凌五夫人交好的凌二夫人便道：「這可是天大的好事！母親看著，媳婦幾個是不是過去看看？六弟妹到底年輕，那邊也沒個有經驗的坐鎮。」

凌老夫人這才收回目光，含笑點了點頭。「妳們幾個做嫂嫂的是該教教她。」又問報信的婆子。「妳家夫人眼下如何？」

她這是想起前頭下人稟報萬氏帶著兒女在門口哭，這不是把人架在火山烤嗎？誰家都有這麼幾個糟心的親戚，要是不管，別人就得戳你脊梁骨，說你飛黃騰達後翻臉不認人。可要是管了，單看萬氏能帶著兒女在大門口哭成那樣，就知道不是個省心的。

凌老夫人擔心這當口洛婉兮診出身孕，是不是和那家人有關係。

報信的婆子來之前得了桃露吩咐，讓她不用隱瞞。雖說家醜不可外揚，但有些事要是不說出來，別人只當是你無情無義。當下便把花廳裡發生的事簡略的說了。

「舅太太和幾位表少爺、表姑娘一進門就哭，求著我家夫人替舅老爺翻案。夫人勸不住就想避一避，讓舅太太冷靜一下。哪想表少爺推了夫人一把，要不是大人及時趕到，夫人就要摔在門檻上了。便是這樣夫人還是動了胎氣，幸好並無大礙。」

饒是知道無礙了，凌老夫人還是驚得臉色大變，提著一顆心道：「真沒事了？」

「老夫人放心，」那婆子趕緊道：「賓府醫已經開了安胎藥，說夫人好生靜養著即可。」

聞言，凌老夫人高懸的心這才落下來一些。「我也去瞧瞧吧。」不親眼看一看，她不放心，老六好不容易有了後，萬不能出了差錯。

凌大夫人驚道：「還是媳婦幾個過去，母親在這兒等消息便是。」凌老夫人到底是長輩呢！

凌老夫人擺擺手。「反正就這麼點路，老婆子還走得動。」說罷扭頭吩咐徐嬤嬤去拿些血燕、靈芝等滋補品來。

不一會兒徐嬤嬤就回來了，凌老夫人也站了起來，一眾兒媳婦、孫媳婦連忙跟上。

彼時，洛婉兮正在和凌淵說話，話題和所有初為人父母的新手爹娘一般無二。

洛婉兮問凌淵想要個男孩還是女孩？

凌淵眉眼含笑。「只要是妳生的，男孩女孩我都喜歡。」

洛婉兮撇了撇嘴。「騙人，你肯定想要個男孩！」

說實話，就是她自己都比較希望這孩子是個男孩，這世道還是男子活得更自由自在，且生了男孩，她肩上的擔子就能卸下來了。他這麼大的家業，總要有個繼承人。

人果然是貪心的，沒懷孕時盼著孩子，有孕後盼著兒子，有了兒子肯定想再生個女兒，兒女雙全了肯定又想再多生幾個。

凌淵失笑，捏了捏她的手。孩子的到來似乎又帶走了他們之間的一層薄紗，連她的性子都帶上了幾分從前的「刁蠻」。

「兒子總會有的，先來晚到都一樣。還是妳以為，除了這一個孩子，咱們以後就沒第二個孩子了？」他眼底的笑意更濃了一些。

洛婉兮臉一紅，這一個都還沒生呢，他倒是惦記上下一個了。

「兒女緣分天注定，妳別多想。再退一步，便是沒兒子又如何，過繼一個便是。我都以為自己這輩子要孤獨終老了，眼下有了妳，」他的手輕輕覆在她的腹部，輕輕摸了摸。「還有了孩子，我已經很滿足了。」

縱是只有一個女兒，他也心滿意足了。他會安排好，萬不會讓她們娘兒倆受委屈。

洛婉兮微微一怔，心口像是被什麼撞了一下，有些酸有些澀，不由伸手覆在他手背上，脫口而出。「你不是一個人了！」

聞言，凌淵嘴角上揚，眼底滿是笑意。

洛婉兮被他看得有些羞窘，側了側臉。

凌淵摟著她的肩頭按在自己胸口，輕輕笑起來。「嗯，我們是三個人了。」

再過幾個月，差不多就是秋天，金桂飄香的季節，他們就會有個軟綿綿的小傢伙，變成一家三口。光一想，洛婉兮便覺心軟得一塌糊塗，開始怨時間過得太慢。

這時屋外傳來丫鬟的稟報聲，說是凌老夫人等人來了。

洛婉兮霎時一驚，趕緊從凌淵懷裡抬起頭來，又覺他坐得太近了，於是伸手推了推他，薄嗔道：「二嬸來了，你還不去迎一迎？」

被嫌棄的凌淵笑了笑，是誰剛剛還那麼溫柔呢！他忍不住捏了捏她的臉頰，才起身去門口迎接凌老夫人。

凌老夫人進來，見洛婉兮臉色有些蒼白，但精神尚好，凌淵也是眉目柔和的模樣，便知道這孩子無大礙，一顆心才算是落回了實處，關懷了洛婉兮幾句後問凌淵。「洛家那邊可派人通知了？」

凌淵道：「尚未。」

到底沒經驗。凌老夫人心裡感慨了一回。「那趕緊派人去報個信。」

洛婉兮年紀小，又是第一胎，難免不安，這時候最需要娘家人安慰。雖然沒娘，不過她和她大嫂蕭氏感情似乎不錯的樣子。

凌淵便應下。

凌老夫人猶豫了下，不知該不該提醒他向公主府報喜，雖是認了乾親，可那裡是凌淵前岳家，難免有些尷尬。

想了想她還是沒提，她都提起了洛家，陸家那邊凌淵早晚能想到。

「我瞧你媳婦身邊都是些年輕的，你得給她尋幾個有經驗的嬤嬤過來伺候。」凌老夫人另起話題。

這一點凌淵也想到了。「您提醒得是，這幾天我就安排下去。」

凌老夫人又叮囑了幾聲才喜形於色的離開，連腳步都輕快了不少，路上就讓媳婦們散了。

如同往常一般，凌二夫人和凌五夫人一塊兒走。離了人群，凌五夫人左右看一眼，丫鬟和婆子皆有眼色地退後幾步，身邊只留下心腹。

「我剛瞧了一眼，六弟妹那兒倒有幾個丫鬟挺標致！」凌五夫人頗有深意的看著凌二夫人。

陪嫁丫鬟其實就是姑爺的房裡人，她們可不都是這麼過來的，一懷上就把丫鬟開了臉。不過自己安排人總比爺們出去偷吃的好，誰知道會是個什麼貨色。

凌二夫人睨她一眼，哪裡不知道她在想什麼。「六叔疼六弟妹得緊，怕是不會在這節骨眼上讓她傷心。」

端看這十幾年就知道凌淵不是個重慾的，好不容易有了骨血，哪會在這節骨眼上刺洛婉兮的心。況且洛婉兮如此姝色，凌淵吃過了山珍海味，哪裡還看得上那些清粥小菜？

換一種說法，不就是她們丈夫不知道心疼人了？凌五夫人忍不住扭曲了臉。

見她模樣，凌二夫人嘆了一聲。「妳想想，要是六叔有那心思，早就把紅裳收房，哪會把她嫁出去？」紅裳那丫頭模樣齊整，還識文斷字，那通身氣派走出去說是官宦人家的女兒都是有人信的。

凌五夫人嘴角一撇。「那丫頭雖然還梳著姑娘的頭，可就她那走路的模樣，還有那眉眼，一看就不是黃花閨女了。」

男人血氣方剛，她就不信到嘴邊的肉凌淵都沒咬過幾口，嫁出去不過是吃膩了，也是給洛婉兮面子，這在大家子裡頭都是常見的。主母進門前，爺們先把房裡人打發了，省得主母一進門就遇上情敵。

凌二夫人默默地看著她，她是沒五夫人這眼力，憑眼睛就能斷定是不是黃花閨女。

凌五夫人被她看得有些不自在，又覺這事上和二夫人話不投機，遂找了個藉口與她分開。回到院裡，凌五夫人左思右想都覺這是個機會。懷孕生產再坐月子，怎麼著也要一年，凌淵哪裡熬得住？

「秀芝，明兒妳去把表姑娘接過來，就說我想她了，讓她來陪陪我。」她這表妹生得嫋娜纖細、楚楚動人，倒是與洛婉兮有幾分相似。

秀芝愣了下，怔怔地看著凌五夫人。

凌五夫人瞪她一眼。

秀芝縮了縮肩膀，趕忙應了一聲。

凌五夫人這表妹姓薛，單名一個盈字，人如其名，生得如同盈盈春水，動人心弦，一不小心就打動凌五夫人大哥，也就是宋大老爺的心。

這可就戳了宋夫人的心窩子，她是萬萬容不得這表妹的，用她的話來說：長了一張狐媚臉，待她進了門，這家無寧日。

這事把宋老夫人都愁病了，薛盈本是她庶妹的小女兒，怎知這庶妹運道不好，丈夫兩榜進士出身，最後連個芝麻官都混不上，後來就自暴自棄了，吃喝嫖賭俱全，死得也丟人。而生的兩個兒子也是敗家子，爹娘一死，瞧著妹妹貌美如花，就黑心肝地想把妹妹賣到商家。以他們的話來說自不是賣，而是嫁。

幸好幾個老僕還算忠心，偷偷尋到了宋老夫人跟前，宋老夫人這些年吃齋唸佛，又和這庶妹關係尚可，便派人把外甥女接了過來，反正宋家也不差這一張嘴，養幾年添一份嫁妝送出去就是。

可宋老夫人萬萬沒想到，養著養著，大兒子竟瞧上了薛盈，想納她為妾。

這可把宋老夫人氣得夠嗆，外甥女是自己做主接來的，要進了長子屋裡，大兒媳婦還不得怨她一輩子！再退一步，薛盈也不想跟著長子，再這麼留在家裡，萬一出了差錯，簡直是作孽！於是宋老夫人正盤算著怎麼安置薛盈才好。

凌五夫人回去探望時便曉得這事了，宋老夫人還問她有沒有適合的人家。

凌五夫人覺得膩歪得很，母親說薛盈是無辜的，可一個巴掌拍不響，要不是薛盈不檢點，向來正經的大哥怎麼會動了心思？做了婊子還要立牌坊，也就欺負宋老夫人心善好糊弄。

這當口，凌五夫人突然就想起這表妹了，薛盈生得著實美貌，要不也不會勾得宋大老爺動了春心。嬌嬌怯怯的小姑娘最是討男人歡心，否則宋夫人怎麼會反應這麼大，就怕宋大老爺遇上薛盈是老房子著火，一發不可收拾。

她不是愛勾引男人嘛，那就讓她勾個夠！

宋夫人見秀芝來要人，卻沒直接放人。她和小姑子關係好，也怕凌五夫人著了道，反而是找了個藉口過來問她想做什麼。

「妳這府裡都是老少爺們，萬一出點事，妳以後還要不要做人了。」宋夫人語重心長。

知道嫂子是真心實意關心她，凌五夫人心頭熨貼，拍了拍她的手，眼波一轉。「嫂子放心，有那位在，她看不上別人的。」說著還朝東邊努了努嘴。

宋夫人一驚，扯緊了帕子，驚疑不定地看著眼含得意的凌五夫人。「妳……」

凌五夫人甩了甩帕子，冷笑道：「她不是要上天嗎？我送她上去。」只要她有這本事。

宋夫人皺眉，頗不贊同。「到時候妳豈不是得罪了那位六夫人，我聽說姝姐兒她六叔是極疼這媳婦的。」

凌五夫人嘴角一撇。「她攏不住男人還是我的錯了？嫂子還不知道吧，咱們這位六夫人有喜了，六叔早晚要添人的。」

「她懷孕了？」宋夫人張了張嘴。「這才多久！」

「可不是，這運氣也忒好了些。」凌五夫人酸溜溜道：「連我婆婆都紆尊降貴跑過去看她了，等她生了兒子，還不得竄上天！」

宋夫人覷著她的臉，知道她是著相（注）了。「兩府隔著一道牆，她再如何還能妨礙妳不成？」

凌五夫人扭過臉，只道：「嫂子妳是沒瞧見她六叔那高興樣，要是薛盈有本事生個一兒半女，對咱們家也不是壞事，順道還能解決了這個麻煩。」

宋夫人雖覺有些不靠譜，但也不免心動。早前她們就想把家裡一個堂妹嫁過來做凌淵的續弦，不過努力了幾年都沒進展，女兒家花期短，正考慮著要不要放棄的時候，凌淵就娶了洛婉兮，徹底澆滅了她們的念頭。眼下送個姨娘進去，倒也不賴，只是這個人選……

姑嫂二人商量了半天，回去宋夫人便對宋老夫人說，凌五夫人那裡有個人選，要接薛盈過去相看一陣。

宋老夫人不疑有他，過了幾日，凌五夫人便以嫡長女凌姝要學畫，恰好薛盈一手丹青尚可見人為由把薛盈接了過來。

薛盈過來的那天，洛婉兮養了幾日精神大好，正巧要過去向凌老夫人請安。

第七十三章

凌老夫人見洛婉兮面色紅潤，心裡就跟喝了蜜似的甜，連聲道：「快坐下，快坐。」好像她已經大腹便便了。「這兩天胃口如何？」

洛婉兮含笑道：「吃的比以前還多了些。」

大抵是覺得一個人吃兩個人用，她忍不住就多吃了一些，還有桃露幾個三不五時就給她弄吃的，她覺得要不了多久，自己就成個大胖子了。

「這時候就該多吃些，想吃什麼了只管讓他們做，別怕麻煩。」凌老夫人笑呵呵道。頭三個月是最要緊的，再說現在不吃，後面妊娠反應一來，便是想吃都吃不下了。

洛婉兮笑吟吟地應了一聲，留意到一旁的薛盈。

兩彎柳葉眉，一雙秋水瞳，一身粉色錦裙，瞧著有些怯生生的，約莫及笄之年。見她也看著自己，洛婉兮彎了彎眉眼。

凌五夫人便笑著介紹。「這是我娘家表妹阿盈，過來小住一陣。」扭頭又對薛盈道：「還不見過六夫人。」

薛盈便站起身，走到洛婉兮面前盈盈下拜，細聲細氣道：「阿盈見過六夫人。」

福身時，她飛快地抬眸瞄了一眼，第一反應是真美，冰肌玉骨，花容月貌。都說這位凌

注：著相，執著於外相、虛相或個體意識而偏離了本質。

六夫人仙人之姿，見了才知她們沒有妄言。

洛婉兮莞爾，叫起了她，又略與她說了幾句客套話。薛盈說話輕聲細語的，洛婉兮想著這樣的姑娘怕生，故說了兩句便不再多言。

這時坐在上首的凌老夫人忽然想起了一樁事。「馬上就是青龍節了，妳要去參加祭禮嗎？」

二月二龍抬頭，自古民間便有「二月初二，皇娘送飯，御駕親耕」的諺語，為了乞求來年平安豐收，帝后會號召文武百官親耕。

凌老爺子沒退休那會兒，凌老夫人每年都會參加。開始還有一場祭典，需要三跪九叩，之後誥命夫人等也要去田地裡做做樣子，頗為折騰人。

她是不想洛婉兮去的，瞧她身子骨柔弱，萬一有個好歹怎麼辦？

「竇府醫叮嚀我最好靜養著，我也怕到時候御前失儀，遂想著還是不去了。」洛婉兮溫聲道，凌淵也不想她去。

如此凌老夫人便放心了。「那正好，咱娘兒倆在家裡做個伴。」

過了會兒洛婉兮就帶著洛鄴告辭，姊弟倆說著學堂的趣事回到了府裡。

洛鄴掏出書本，在炕上正襟危坐。

洛婉兮忍俊不禁，這是到了小舅舅給外甥朗讀的時刻了。也不知洛鄴從哪兒聽來的，說是給腹中寶寶多讀書就能讓寶寶聰明一些。

自覺責任重大的洛鄴便把每天放學後那半個時辰定為朗誦時間。洛婉兮自然由著他，正好讓他複習功課。

凌淵剛下衙，一踏進漪瀾院就聽見朗朗讀書聲，抬手示意丫鬟不要通稟。他走到屋內挑起簾子，便見洛婉兮靠在炕上，腿上蓋了一條葡萄纏枝的絨毯，手裡捧著一只骨瓷小碗，裡面盛著牛乳。自從診出身孕後，她就不喝茶了。

她眉眼彎彎地看著對坐朗讀的洛鄴，小男孩的聲音清亮透澈，猶如大珠小珠落玉盤。看著這一幕，朝堂上那些喧囂紛亂瞬間消失殆盡，凌淵微蹙起的眉頭不知不覺舒展開來。

不經意一抬頭，洛婉兮便見凌淵站在那兒，神情安詳，目光悠遠而又深邃，她向前傾了傾身子，含笑道：「你回來了！」

正在唸賦的洛鄴聞聲轉頭，入眼的便是他高大英挺的身影，喚了一聲。「姊夫！」經過這麼多日的相處，洛鄴已經不怎麼怕他了。

凌淵略一頷首，走了進來，問向洛婉兮。「今兒怎麼樣？」

「挺好的，下午我還去二嬸那裡坐了坐，贏了不少銀子呢！」一臉的得意。

洛鄴掀姊姊老底。「可回來時阿姊連本錢都沒了。」

「分完了？」她以前就是這樣，贏了就分給那群小傢伙們。

洛鄴驚訝地瞪大了眼，他怎麼一猜就猜準了呢！

洛婉兮摸了摸鼻子。「千金散盡還復來嘛！」

凌淵輕笑一聲。

洛婉兮抬眼看了看他的眉眼，心下有些說不出的古怪。

晚間歇息時，她便直接開口問了。「你是不是有什麼煩心事？」

凌淵眉目更柔，低頭吻了吻她的眉心，溫聲道：「陛下身體有些不好，人心惶惶，不是什麼大事，馬上就能解決了。」

洛婉兮看著他的眼睛，依舊平和從容，其實她也沒看出什麼來，就是感覺他這幾日和往常有些不一樣，可又說不清道不明。

不過他說沒事那就是沒事吧！她相信他都能解決的。

洛婉兮便笑了笑。「公務要緊，可你也要當心自己的身體。」

凌淵低頭親了下她的臉頰，又覺不夠，便親了親嘴角，接著長驅直入。

洛婉兮被他親得暈乎乎，在他懷裡軟成了一灘春水，眼底漾起一層薄霧。

片刻後他才抬起頭來，鼻尖輕輕蹭著她溫軟的臉龐，啞著聲音道：「睡吧！」

洛婉兮面頰潮紅，望著他隱忍的面龐，突然想笑，撞上黑黝黝的眼睛後，連忙忍住，趕緊閉上眼。「我要睡了，晚安！」

鴉羽一般的睫毛顫了又顫，凌淵不由失笑，倒想看她會不會再睜開眼，看著看著，就見她呼吸逐漸平緩，竟是睡著了！

凌淵無奈地搖了搖頭，往上拉了拉被子，擁著她也合上了眼。

皇帝身體越來越差，等他駕崩，太子登基，那些人就再也沒有翻盤的機會了。推翻太子和推翻一個皇帝，完全是兩碼子事。

這麼多年該有個結果了，他們的孩子應該在安安穩穩中降臨，平平安安長大。

之後兩天，洛婉兮發現凌淵越發忙碌了。

他在書房一待就是很晚，有時候她睡著了他都沒回來，她起來時他肯定走了，要不是他無論如何都會抽出時間陪她用膳，她可能一天都見不著他的人。

洛婉兮不好多問他，只能叮囑廚房多燉些補身子的湯，如今她被禁止進入廚房，好像她是瓷做的人。

二十五這天學堂放假，洛鄴便陪著洛婉兮逛園子。她剛走了幾步，就聽見身後有人喊她。

她循著聲音回過頭，就見凌姝小跑過來，身後跟著的是薛盈。

「六嬸好！」凌姝一張小臉紅撲撲的，天真嬌憨。

「六夫人好！」

洛婉兮笑了笑。「妳們也來看梅花？」

凌姝搖頭，眨著大大的杏眼期盼地看著她。「我畫了一幅梅花圖，想請六嬸指點一下。」說著還不好意思的臉紅了。

「我也是胡亂學了些，可不敢說指點。」洛婉兮笑道。

「六嬸可別自謙，您畫得多好啊！」凌姝俏皮地嘟了嘟嘴，她可是進過洛婉兮書房的，要不是六嬸懷孕了，她都想厚著臉皮拜她為師呢。母親把薛盈找來，她還以為這個表姨多厲害，其實也就比她好那麼一點點，不過這話她是不會說出去的，總要給薛盈留些面子。

洛婉兮莞爾，見她身後的丫鬟手裡捧著畫軸，便道：「那我先看看再說。」她還挺喜歡這活潑的小姑娘。

凌姝喜笑顏開，殷勤地上前扶著她去亭子裡坐下，才開始鑑畫。

說著說著，一行人又去了書房。因為一些關鍵處，與其說得口乾舌燥，不如畫上一回了然。

凌姝咋咋呼呼，一會兒喊：「原來是這麼回事！」過一會兒又捧著臉道：「六嬸真厲害！」

小姑娘嘴巴就像是抹了蜜，哄得洛婉兮心甘情願教了她不少。

薛盈臉色逐漸有些不自然，畢竟她是以教凌姝丹青的名義留下來的。

洛婉兮卻不知道還有這一茬，只當她是過來玩，要不肯定會顧忌一下她的顏面。餘光瞄見她臉色尷尬，不由頓了頓。

正覺得打通了任督二脈的凌姝後知後覺地發現薛盈的異樣，登時後悔不迭，她只顧著自己高興，都忘了還有她這個人。

只是眼下倒不好說，說了讓六嬸為難，遂對洛婉兮感激了一回，末了道：「六嬸，那我就不打擾您了，我回去一定會好好練習。」

遇上一點就通的學生，洛婉兮這個師傅也當得開心，遂笑盈盈道：「書畫這事講究熟能生巧，大家都是練出來的。」

凌姝點頭如搗蒜，正要告辭，就見桃露進來稟報。「大人回來了！」

洛婉兮不由欣喜，今兒倒是早！

「六叔回來得好早哦！」凌姝見她笑意從眼角傾瀉而下，籠罩了整張臉龐，教人見了就覺心曠神怡，呆了下後掐著嗓子開始作怪。

洛婉兮嗔她一眼。

凌姝俏皮地吐了吐舌頭。「我去給六叔請個安！」遇上了自然要見一見。

洛婉兮與她們一道出了書房，正好在院子裡碰上了進來的凌淵。

薛盈忍不住悄悄抬了眼，緋色官袍，墨色錦靴，身材挺拔偉岸，模樣還出奇英俊，看起來一點都不像三十好幾的人。

她心跳忍不住漏了一拍，表姊說六夫人有喜了，想尋個人伺候凌閣老。表姊的意思她懂，只是妾，意謂立著的女子，她是不願意的，可若他……好像也沒想像中那麼難以接受了。

凌淵扶住了行禮的洛婉兮，很自然地擁住她。

盯著凌淵放在洛婉兮腰間的大掌，凌姝白嫩的小臉悄悄地紅了下，比兩個當事人還不好意思的樣子。她今年十一歲，正是半懂不懂的年紀，還是頭一次見夫妻如此恩愛，這是她在爹娘身上沒見過的。

小姑娘唰地扭過頭，耳朵都紅了。

瞥見小姑娘緋紅的臉蛋，洛婉兮面上發燒，悄悄瞪一眼凌淵。私下裡他怎麼做她不管，可現在有晚輩在呢，若是教壞了小姑娘怎麼辦？

一想便覺臉更燙了，她從背後扯了扯他橫在自己腰間的手，無奈扯了兩下沒用，她登時惱了，正要掐他，餘光忽然發現失神的薛盈，不由動作一頓。

那表情她再熟悉不過了，又是個誤動春心的小姑娘。

「六叔好！」凌姝才想起自己的禮行到一半，趕緊補上。

薛盈亦如夢初醒，定了定心神，娉娉嫋嫋的屈膝俯身一拜。「凌閣老好！」她的聲音軟軟的，是屬於江南女子獨有的軟糯甜美。

洛婉兮忍不住多看了她一眼，凌淵卻是眼風都不掃一下。

薛盈臉上閃過一抹說不上來的失落。

「六叔，我們先走啦！」凌姝快活的聲音讓薛盈無暇多想。

凌淵淡淡一點下顎。

「六嬸，我過兩天能不能再來向您討教畫技？」嬌憨可愛的小姑娘這麼眼巴巴的看著妳，任是再鐵石心腸都拒絕不了。

洛婉兮眉眼盈盈地點了點頭。

凌姝心花怒放，福了福身告辭，薛盈也跟著屈了屈膝。

她們一走，凌淵眉目更溫和了一些。「教姝兒畫畫？」

「嗯，姝兒在這一道上頗有天分，一點就通。」洛婉兮嘴角彎彎，很高興的樣子。

她高興，凌淵便也高興了，想著給她找點事做也是好的，遂道：「那妳隔幾日指點她一下，不要太累了。」

「在你眼裡我是紙糊的不成？哪有這麼容易就累到了。」洛婉兮忍不住嬌嗔。「我只是懷孕，又不是生了什麼大病。」

這也不能做、那也不能做的，好像坐在那兒等這孩子出生最好。

凌淵撫了撫她的臉。「說什麼晦氣話！」

洛婉兮抬眼看他。「你都快跟楊嬤嬤一樣了。」

楊嬤嬤就是凌淵新尋來伺候她的老嬤嬤，照顧孕婦的經驗十分豐富，故規矩一套一套的，有時候洛婉兮都要被她唬住。

被比喻為嬤嬤的凌淵好脾氣地笑了笑。

一旁的洛鄴見姊夫一會兒摟著他姊的腰，一會兒摸摸姊姊的臉，把他這個大活人忽視個徹底，不免有些心塞。可奶娘說了，姊姊懷孕最需要丈夫的陪伴，且姊夫這幾天忙得很，難得早回來一次。

洛鄴糾結了下，想著自己已經陪了姊姊一整天，於是故作慷慨道：「姊夫、阿姊，我還有功課要做，先回去了。」

他差點就想不打招呼，自己悄悄走了，反正他覺得就是自己走了他們也不會發現的。想到此，洛鄴頓時更心塞了。

凌淵看著他，小傢伙倒是越來越識趣了。「去吧，等天氣再回暖一些，就帶你出去騎馬。」

洛鄴眼睛亮了亮，嘴角不受控制地上揚，他現在只被允許在家裡的馬場上跑一跑馬。他登時心情好些了，行了禮告退。

洛婉兮望著弟弟的背影，哪裡不知道他小腦袋裡在想什麼，到底長大了，進了學堂接觸的人多了，這孩子明顯更活潑懂事了些。

如是想著，她便轉過頭看向凌淵，目含感激。

凌淵淡淡一笑，扶著她進了屋子。

他自己坐在窗邊的圈椅上，然後將她抱置於膝上，虛虛地枕著她的肩窩。

洛婉兮忽覺手上一涼，低頭就見腕間多了一只血玉手鐲，瑩潤清透。

「你這是做了什麼對不起我的事？」洛婉兮睨著他，努力擺出一張質問的臉。不都說男人要是無端端給妳買禮物，十有八九是做了虧心事嗎？

凌淵失笑，撫著她纖細柔嫩的手腕。「這幾天沒好好陪妳算不算？」

洛婉兮沈吟了下，一本正經道：「看在它的分上，我就寬宏大量的原諒你了。」說著還抬起手，在陽光下照了照，手指輕輕一彈，發出一聲清脆的聲響，十分老道的口吻。「質地不錯！」

凌淵嘴角的弧度更明顯，捉著她的手放到唇邊吻了吻。「是不錯。」手鐲不錯，還是手不錯，那就是仁者見仁，智者見智了。

凌淵見她面上緋紅，笑意更甚，輕輕在她臉上落下一吻。

夕陽的餘暉裡，夫妻倆耳鬢廝磨。至於剛剛離開的薛盈，兩人誰也沒有提，難得獨處，何必提這些掃興事，何況本就不算回事。

另一頭，凌姝和薛盈一道回了凌五夫人處，略說了幾句後，心緒紛亂的薛盈便尋了個藉口離開。

她一走，凌姝就放開了，嘰嘰喳喳說起下午向洛婉兮討教畫技的事，末了總結陳詞。「六嬸嬸丹青真好，我以後要多跟她學，這樣我是不是也能和她一樣厲害了?!」

「那妳就去唄，不過可別毛毛躁躁的，妳六嬸還懷著孕呢！」凌五夫人笑笑。姝兒常過去，薛盈也正好有理由過去了。

凌姝嘟了嘟嘴，不高興地道：「我哪兒毛躁了！」

凌五夫人愛憐地戳了戳女兒的額頭，娘兒倆說了些體己話後，凌姝就坐不住出去玩了。

凌五夫人笑容一收，招來人問了幾句，問罷了然一笑。

果然春心萌動了。就說嘛，憑凌淵那身分地位和氣度，就是做妾也有人上趕著去，何況是薛盈這樣的孤女？

「請表姑娘過來一趟。」凌五夫人吩咐。

秀芝領命而去。

薛盈一顆心紊亂無章，表嫂因何找她，她心裡隱隱有數。

她該怎麼辦？凌夫人如此貌美，美得她忍不住自慚形穢，而凌閣老又是那般疼她，如掌中珠寶一般。

她心念如電轉，只覺得頭都在隱隱作疼。明明還在正月裡，手心卻是不知不覺出了一層細汗。

這時一旁的秀芝眼尖，發現迎面走來的凌五老爺，趕忙福身請安。「五老爺好！」

薛盈正思緒翻騰，驚了一下，立時收斂心神，在凌五老爺走近時屈膝。「表姊夫！」

此時正逢黃昏，夕陽的餘暉灑在她臉上，連細細的茸毛都能看得一清二楚，襯得她格外柔軟一些。凌五老爺不由多看了一眼。

薛盈睫毛顫了顫，頭垂得更低了。

凌五老爺眉梢一挑，嗯了一聲後便抬起腳。

微垂著頭的薛盈就見視野內出現了一雙墨色朝靴，緊接著是緋色的官袍，恍惚間與不久之前見到的凌淵重疊起來。

不過很快這個想法就沒了，因為她看清了一晃而過的猛虎補子，一品文官是仙鶴，三品武官是虎。

長廊就這麼寬，薛盈已經儘量靠邊避讓，可凌五老爺經過時，她依舊被他的氣勢所懾。

凌五老爺生得十分高大，身軀凜凜，樣貌也繼承了凌家男子一貫的英俊，較之凌淵，更多了幾分粗獷。薛盈想起第一眼見到這位姊夫時就覺兩股戰戰，眼下靠得近了，更是忍不住往後面縮了縮。

直到他過去了，薛盈才鬆出一口氣來。

秀芝抬眼瞧了瞧她。

薛盈臉色僵了僵，袖中的手不禁握緊。

秀芝微微一笑，抬手一引。「表姑娘這邊請！」

他們家老爺那是真的上戰場殺過敵的，又在邊關待了好幾年，那一身氣勢別說初來乍到的薛盈，就是夫人也是畏懼的，也就七姑娘膽子大，不怕五老爺。

薛盈定了定神，再度抬腳前往正房。

第七十四章

二月二，龍抬頭，天沒亮，凌淵就起來了。

穿戴妥當後，他坐在床頭看了洛婉兮好一會兒，最後親了親她的額頭才戀戀不捨的起身，大步離開。

今天是青龍節，皇親貴冑、三品以上的文武百官以及命婦都聚集在暢春園內，等待著之後的大典和親耕。

站在最前面的陳忠賢笑咪咪地對凌淵一拱手。「恭喜啊，凌閣老終於要做父親了！」

凌淵笑了笑。「陳督主不是也馬上要做伯祖父了？」

站在二人身旁的大臣們聞言登時驚了驚，凌淵的夫人懷孕了，這是誰都知道的事，誰不私下嘀咕兩句，道那凌夫人好本事，這就懷上了，一下子就在凌家站穩了。

可陳忠賢當伯祖父？沒聽說啊！

陳忠賢笑容不改，目光卻已經冷下來。陳鉉一房姬妾懷了兩個月的身孕，他們便悄悄把人送出京城，若有個萬一，也好給陳家留個後。

可凌淵怎麼知道？他這麼說又是什麼意思？

陳忠賢眸光越來越冷。

啪！

紫藤鞭開路的聲音遠遠傳來，陳忠賢斂下心神，恭迎聖駕。

明黃色的車輦在山呼萬歲聲中轆轆而過，臉色蠟黃的天順帝面無表情地打量著跪地的文武大臣。

他們說萬歲萬歲萬萬歲，可他連百歲都活不到。

天順帝扯了扯嘴角，眼底浮現陰鷙之色，目光在前頭的凌淵身上一掠而過。

祭天地，祈豐收，儀式繁瑣又冗長，越是前面的大臣越是容不得懈怠，一絲不苟的依禮而行。

反倒是那些守衛可以藉著巡邏的工夫走動一下，舒展筋骨。

四處溜達間，陳鉉遇見了同樣巡視周圍的江樅陽。他舌尖輕輕一舔牙齒，原以為他是個情聖，可惜也就不過如此，真是太讓人失望了！

江樅陽也看見了他，神色不動。

陳鉉輕嗤一聲，帶著人與他擦肩而過，走出幾丈後，忽然頓足回頭，就見江樅陽頭也不回的闊步而去。

他嘴角一揚，眼底染上一分血色。

另一頭，暖陽高懸，洛婉兮被人簇擁著在園子裡散步。

桃露見遠處有人打眼色，尋了個空檔過去詢問情況。

「洛府那邊傳來消息，洛少夫人摔了一跤，竟是見了血！」

桃露臉色微微一變。

注意到這邊情況的洛婉兮不由停下腳步，奇怪地看過來。

桃露打發來人，走了回去。

片刻後，一輛華麗的馬車從凌府側門出來。

二月春風似剪刀，颳得人臉生疼，立在風口的陳鉉卻像是毫無所覺似的，一避不避。他稜角分明的面龐上，一雙星目閃爍著興奮的光芒，整個人都透著一種急不可待的蠢蠢欲動。

踏踏腳步聲傳來，陳鉉耳尖輕動，側過身便見副手漆樊疾步而來，看清他臉上神情那一瞬，陳鉉眼底光芒更甚。

漆樊附在他耳邊悄聲稟報，說罷攤開手掌，手心裡赫然躺著一支碧玉簪以及一對珍珠耳墜，無論材質還是雕工，一看就不是凡品。

「人到手了。」漆樊道。

陳鉉微微一瞇眼，似笑非笑。「給咱們凌閣老送去了嗎？」

他伸手拿起那對耳墜，似乎還聞到這上面的馨香。他收緊手心，慢慢的笑起來，只覺渾身血液都在這一瞬奔騰洶湧起來，挾著令人心驚的力量。

這一天他等得太久了！

漆樊笑道：「送了一副紅玉手鐲過去，自己妻子手上的東西，凌閣老總該認得。」

陳鉉挑眉一笑，望著廣場上的人群。可惜了，還不能馬上看見他的表情。

祭天儀式終於進入尾聲，繁冗的禮儀過後，早已氣喘吁吁的皇帝吐出一口濁氣。時不我待，去年明明還遊刃有餘，今年卻是明顯力不從心了，若不是內侍不著痕跡的攙扶，皇帝覺得自己可能早就倒下了。

陰霾之色籠罩著他整張臉，令周圍一干人等噤若寒蟬，大氣不敢出。

緩過氣來的皇帝在內侍的攙扶下走下祭壇，去天水閣稍作休息，待會兒還要親耕。

陳鉉踱步到陳忠賢面前，朝伯父打了個眼色後攤開手心。

看見那對珍珠耳墜，陳忠賢目光凝了凝，又看一眼陳鉉。

陳鉉微微一點頭。

陳忠賢半瞇了眼，看向遠處的凌淵。剛剛他的親衛急急忙忙跑過來，神情凝重，他應該是得訊了。

陳忠賢嘴角一扯，利用妻兒讓凌淵反水絕不可能，真要這麼做了，最後凌淵也沒有好下場，他心知肚明鄭家是絕不會放過他的。

不過把凌淵引出去還是可以的，關鍵時刻還能讓凌淵投鼠忌器。他這把年紀才有個孩子不容易，且他那小嬌妻似乎極得他寵愛。

柳樹下的凌淵若有所覺地看過來，兩人的目光在半空中交會。

凌淵的眼神利如刀刃，所過之處似乎能割下一層皮肉來，涼絲絲、陰森森。

陳忠賢不以為然的微微一笑。

凌淵的臉色瞬間陰沈下來，如同潑了墨一般，眼底陰鷙翻江倒海，似乎隨時都能噴湧而出。

陳鉉舔了舔唇角，目光灼灼。

深深看二人一眼後，凌淵闊步離開，腳步邁得又大又急。在他走後，陳鉉對陳忠賢略一點頭，也帶著人離開。

在天水閣裡休息的天順帝聽宮人稟報了凌淵的離開，可有可無地哦了一聲。刺殺不行，千軍萬馬總行了吧！

太子有些著急，這樣的場合中途離開，到底有些不敬，可太傅的夫人動了胎氣，也不怪太傅急著回去，畢竟這孩子來得不容易！

太子張了張嘴，打算替凌淵緩頰。

「呵！」

太子一驚，就見一旁的鄭嬪嘴角扯出一抹諷刺的弧度。見太子望過來，她眼中嘲諷之意更甚。「凌閣老好不容易有了孩子，別說區區祭天，就是天塌了，怕是也得趕回去的。臣妾在宮裡都聽說了，光祿寺少卿章大人的夫人開了凌夫人幾句玩笑，凌閣老竟然大張旗鼓的去找章大人討說法。」

說著她不無唏噓。「為此章大人親自帶著章夫人上門賠禮道歉，凌閣老還真是一點委屈都不肯讓他夫人受呢！」

太子妃陸靜怡靜坐在一旁，握著錦帕的手微不可見地緊了緊。

錢皇后神情一厲，直直看著鄭嬪。「鄭嬪倒是好耳目，本宮都沒聽說過的事，妳竟然知道得這麼清楚。」

後宮嚴禁與外界私通消息，雖然這條規矩如今成了擺設，但規矩就是規矩。

鄭嬪不以為然地笑了笑，時至今日她還怕得罪皇后不成？反正得不得罪都是這個結果，皇后得勢是萬萬不會放過他們母子，那她還不如死前痛快點呢！

「皇后娘娘日理萬機，哪裡有閒暇關心這些雞毛蒜皮，也就臣妾這個閒人無所事事，只能關心這些事。」

眼見二人又要掐起來，皇帝重重咳了兩聲，掃鄭嬪一眼，示意她適可而止。他在這兒費盡心機的幫他們母子謀劃後路，她倒好，在那兒使勁扯後腿，跟她怎麼說都沒用。

鄭嬪撩了撩眼皮，這才閉上嘴。

如此，錢皇后也止了聲。

皇帝放眼看一圈屋內眾人，虛弱道：「去御田吧！」

錢皇后有些擔心地看了看臉色蒼白的皇帝，勸他回宮的話在舌尖過了幾遍後還是嚥了回去。青龍節並不是什麼非他親自來不可的節日，可皇帝執意要來，若是自己這會兒勸他，怕是要掃了他的興頭。且皇帝若是回宮了，剩下的儀式自然要落在太子身上，說不定他又要多想了。

一行人到了御田內，皇室宗親與文武大臣都已經在那裡等候。田埂上放著農具，田裡還有耕牛，旁邊則是衣冠楚楚的人群，一切都顯得那麼格格不入。

命婦那邊，衣香鬢影，金釵耀目，不少人黛眉輕蹙，不時掩住口鼻，小聲地互相抱怨著，渾然不覺外面已經是腥風血雨。

刺客埋伏在凌淵必經之路上，就像螳螂等著獵捕前頭的蟬，誰知還沒來得及動手，就被突然出現的黃雀殺了個措手不及。

刀劍碰撞，慘叫聲不絕於耳。

凌淵坐在馬背上，冷眼看著身前的修羅地獄。

被殃及的百姓倉皇而逃，幸好這裡並非什麼鬧市，纏鬥的兩批人馬也無意濫殺無辜，遂倒無傷亡。

這時奔逃的百姓見街頭出現官兵，登時大喜過望。

來的正是陳鉉，他身後跟著大批錦衣衛。看著一地屍骸，他一臉的果不其然，幾個刺客就想殺了凌淵，哪有這麼容易的事，這些不過是開胃小菜罷了，正餐在後頭呢！

陳鉉一舔嘴角，吊兒郎當地晃了晃手中的乾坤令，金燦燦的權杖在陽光下閃耀著奪目的光芒。

見凌淵依舊坐在馬背上巋然不動，他冷笑一聲。「乾坤令在此，凌閣老還不速速拜見！」

凌淵抬眸，淡淡地看著他，神態從容。「我的禮，你受得起嗎？」

陳鉉神情驟冷，握緊了乾坤令。「都說凌閣老隻手遮天，看來果然不假，連代表聖駕親臨的乾坤令都不認了，好大的氣派！」語氣突然一變，厲聲道：「傳陛下口諭，凌淵結黨營私，欺君罔上，罪大當誅！取他頂上人頭者，賞千金！」

凌淵冷冷看著他，語氣不疾不徐。「陳家私鑄乾坤令，假傳聖旨，意欲犯上作亂，給我拿下！」說著劍尖一指陳鉉。

與此同時，另一頭傳來整齊劃一的腳步聲。

被他指著的陳鉉心頭一跳，定睛一看，就見烏壓壓的人群洶湧而至。

看來他是有備而來。陳鉉心跳陡然加速，突然想到不久之前被抓到的洛婉兮，頓生不祥之感。

他直視凌淵，見他鎮定從容，是裝的還是……

在他思索間，雙方人馬已經纏鬥在一塊兒，金戈撞擊之聲此起彼伏，他似乎一點顧忌都沒有。

陳鉉垂了垂眼，突然拔刀砍向自己一旁的漆樊。漆樊抬手一擋，正好隔開，幾個翻騰之後，已經躥出好幾丈。

陳鉉陰沈沈地盯著漆樊，雙眼幾欲冒火。「你背叛我?!」他說抓到人了！

漆樊嘻嘻一笑，一刀劈開襲來的人，遊刃有餘地道：「從來都沒有歸順過，哪來的背叛？打一開始我就是閣老的人啊，陳大人！」

陳鉉的臉一沈到底，盯著漆樊的目光恨不能將他抽筋剝骨。

漆樊不禁動作一頓，差點被刺中，險險避開之後再不敢多看他。

恰在此時，一支冷箭朝著陳鉉急速射來，他揮刀劈開，跳下了馬，咬著牙提刀衝向凌淵。

只是才衝出幾步，就被斜衝出來的凌風揮劍攔下。

「閃開！」陳鉉臉色猙獰，刀光凜冽，氣勢逼人。

凌風不以為忤，熟練地架住，反手一擊。

兩人你來我往，刀光劍影不絕。

凌淵面無表情的看一眼陳鉉，眼底浮現一絲嘲弄之色，轉身便要離開。也不知道暢春園裡的陳忠賢敢不敢動手，他都離開給他製造機會了。不過即便陳忠賢不動手，他也要動手清君側了。

陳鉉餘光瞥見他神色，登時覺得胸口有一股惡氣在橫衝直撞——就是這種眼神，彷彿自己連當他的對手都不夠格。

他眼睜睜看著凌淵離開，不甘至極，心念一動大喊：「凌淵，你知道洛……」突如其來的冷箭打斷了他的話。

陳鉉慢慢低下頭，看著胸前還在輕顫的箭尾，雙眼因為不敢置信而睜大。

凌風淡淡看一眼陳鉉，他難道不知道大人箭術精湛、百發百中嗎？不過也是，現在這些年輕人哪裡知道大人年輕時的風采呢。

親耕的過場走過以後，虛弱的天順帝就被人扶到了岸邊明黃色的華蓋之下歇息。

內侍李公公恭敬地奉上茶。

天順帝有些心不在焉的接過白玉茶杯，心想不知道那邊怎麼樣了，怎麼一點消息都沒有？不由看一眼陳忠賢。

從始至終，天順帝想的都是利用陳忠賢剷除凌淵。自來功高震主，他自己就深受其害，復辟都這麼些年了，還得受凌淵、受陸家挾制。

太子平庸無能，憑他是萬萬壓不住凌淵的，一個不好，江山就在不知不覺中改了姓。所以天順帝想方設法地要除掉凌淵，一旦凌淵喪命，群龍無首的凌黨內無一人有凌淵之威望可令其他人心悅誠服，必將分崩離析。

可惜一直以來他都沒找到機會，凌淵行事滴水不漏，政事上找不到把柄，不能名正言順除掉他。於是天順帝不得不採用暗殺的手段，然而依舊一籌莫展，最後只得交給陳忠賢去辦。

其中風險，天順帝自然有數。比起剷除凌淵，陳忠賢更想除掉的是太子。然而除了陳忠賢，天順帝想不出更好的人選，旁的人不是能力不夠，就是膽量不足。

故天順帝只能鋌而走險，一邊利用陳忠賢對付凌淵，一邊防著陳忠賢對付太子。

一旁的陳忠賢微不可見地搖了搖頭，他也沒得到彙報。不過無論那邊是什麼結果，自己這邊都得行動起來，錯過這個村就沒這個店了，等太子繼位，陳家再無翻身之日。可只要太子一死，福王登基，哪怕凌淵僥倖活下來，他也能跟他一搏。

天順帝忍不住心底的失望，握著茶杯的手指因為用力而微微泛白。他仰頭喝光杯中的茶，似乎是把茶當成了消愁的酒。

說來，御醫一直勸他少喝酒，故他也有好一陣沒喝了。

大抵是太久沒品嚐到酒味的緣故，天順帝覺得這一入口就有些奇怪的口感，很快的，喉嚨裡火燒火燎，讓他無暇細想。

「咣噹」一聲，天順帝手中的茶盞落地，嘴角竟是溢出鮮血！

天順帝抓著燒灼的喉嚨，不敢置信地瞪著幾步外的陳忠賢。

他怎麼敢?!

「陛下！」離得最近的李公公飛撲過去接住栽倒的皇帝。

陳忠賢突然抽出身旁侍衛的佩刀，指向對面的太子，大喝一聲。「太子毒害陛下妄圖篡位，弒父殺君，天理難容！」

他若殺了太子，事後皇帝絕不會放過他，所以皇帝也去死吧，天家父子倆正好在底下做個伴！

隨著他一聲令下，守在一旁的侍衛突然拔刀直奔太子，另一批人則連忙保護太子，登時小小一方地亂成了一鍋粥。

皇帝瞪大雙眼，眼珠子幾乎要奪眶而出，他張著嘴似乎想說話，卻只能吐出兩口污血，緊接著抽搐了兩下後徹底沒了動靜。

「陛下！」

「父皇！」

太子呆如木雞，直到被陸靜怡用力扯了一個踉蹌才回過神來，驚駭欲絕。

被人護著撤出混戰圈的鄭嬪摟著福王，愣愣地看著場中廝殺，終於消化完皇帝駕崩這個事實。她眼底迸射出奪目光彩，抱著兒子的手情不自禁地收緊——

殺了太子，快點殺了太子！皇帝死了，太子死了，她兒子就是新君了，死牢裡的父兄也能得救，從此以後她就是太后娘娘，她可以把錢皇后千刀萬剮！

「快啊！太子要跑了！」鄭嬪瞥見太子一干人等也被護著往後退，頓時心急如焚，伸著塗了蔻丹的纖纖玉指喝令。「誅殺太子，為陛下報仇者，本宮封他萬戶侯！」儼然是把自己當皇太后了。

尚在御田裡的文武百官瞠目結舌地看著四周突然冒出來的大隊人馬，不禁嚇白了臉。

陛下駕崩了！怎麼可能！

陸國公一瞇眼，森冷一笑，大步往田邊走，蠢皇帝可算是死了！

第七十五章

凌淵帶著大隊人馬趕到暢春園時，裡面正值酣戰。

陳忠賢在朝中經營多年，手握東廠，早就拉攏了一批死忠之士，還有一群支持福王打算撈一個從龍之功的同盟。後來又憑著乾坤令忽悠了一群人，這群人一直都以為自己是奉皇命捉拿凌淵黨羽，直到皇帝駕崩，陳忠賢劍指太子，才琢磨過來，可開弓沒有回頭箭，到了這裡只能硬著頭皮走下去了。

因此陳忠賢人手不少，陸國公一時半會兒倒也拿不下，戰況陷入膠著。

凌淵的到來，霎時打破了場上的平衡。一方士氣大振，另一方頓時萎靡，節節敗退。

見對方來了援兵，陳忠賢心驚肉跳。

凌淵來了，那陳鉉呢！

凌風把陳鉉的人頭扔了過去，陳忠賢一下子就癱了，手下趕忙扶住他，不安道：「督主！」

陳忠賢整個人都哆嗦得厲害，就像是空地上一棵孤零零的老樹，寒風四面八方襲來，吹得他搖搖欲墜。

他彷彿瞬間老了十幾歲，雙眼爆出，青筋畢露，嘶聲道：「凌淵！你不得好死！」

凌淵面不改色地迎著陳忠賢怨毒的視線。不得好死的那個人會是他！

「陳忠賢戕害聖上，栽贓太子，私鑄金令，假傳聖意，罪該萬死。念爾等受他蒙蔽，若迷途知返，可從寬發落。」

心神大定的太子此刻也揚聲道：「諸位將士都是受陳賊矇騙才會隨他作亂，若助孤正乾坤誅陳賊，孤可既往不咎！」

事已至此，到底是陳忠賢戕害皇帝，還是太子弒父，其實他們已經不在意了，他們在乎的是太子應諾既往不咎。

一個人動了心思，其他人也就快了。

陳忠賢望著倒戈相向的將士，慘然一笑，滿臉的灰敗，整個肩頭都垮了下來，彷彿被人硬生生抽走了脊梁。

剩下那些負隅頑抗的，掀起兩個小浪花之後很快就被摁了下去，了無痕跡，就像從來都沒有出現過。

天水閣內，皇親貴冑、文武大臣全聚在此，錢皇后放眼看了一圈後，問凌淵接下來該當如何？

凌淵沈聲道：「國不可一日無主，還請殿下儘早登基。」登基稱帝了才能名正言順的賞罰。

錢皇后覺得這一刻是她這幾十年來最輕鬆愉悅的一刻。這世上最尊貴的女人從來都不是皇后，而是太后，哀家一點都不哀！

太子還有點懵，一時半刻消化不了身分上天翻地覆的變化。在群臣商議善後之時反應也有些慢半拍，好在在場的都是經驗豐富的肱骨之臣，並不需要他出主意，他只要點個頭或搖個頭即可。

大半個時辰後，商量完畢的太子與群臣恭送天順帝遺體回宮，靈幡飄揚了一路。街頭巷尾也在聞訊後趕緊把新年裡掛上去的紅燈籠摘下來換成白色的。文臣武將家裡還收到要進宮哭靈的旨意，頓時忙亂起來。

凌府自然也得到消息，洛婉兮終於被允許離開暗室。被外頭溫暖的陽光一照，她陡然生出一股重回天日的錯覺來，分明只在裡面待了兩個時辰而已。

對她來說，這兩個時辰就像兩年似的漫長，久得讓人心驚肉跳。她撫了撫胸口，哪怕知道凌淵、陸家人、凌家人都安然無恙，可這裡的心跳還是沒有恢復如常。

凌淵無礙，那蕭氏呢？

「大嫂那邊到底如何了？」洛婉兮忙問。

之前聽聞蕭氏可能小產，洛婉兮第一反應就是前去探望，蕭氏對孩子的那種渴望她比誰都能感同身受，若是有個好歹，她簡直不敢想像蕭氏會如何。

可桃露告訴她，凌淵早上離開前留下話，無論如何都不許她離府，今天外面不太平。

洛婉兮猛然意識到今天可能會有大事發生，蕭氏也許是對方為凌淵所設的圈套。凌府銅牆鐵壁，他們進不來，只好把她引出去，抓了她便可要脅凌淵。

洛婉兮不想成為他的負擔，遂只能忍著雙重擔心，躲進暗室，防止府內還有沒暴露的釘子發現馬腳。

桃露還將計就計讓一個身段和模樣都有幾分像她的女護衛穿上她的衣服、戴上她的首飾坐上馬車趕往洛府。

「夫人且放心，已經派人去問了，想來過一會兒那邊就有消息傳來。」桃露安慰道。

話音剛落，洛府的消息就來了，蕭氏雖然摔了一跤見了紅，然幸得她身子骨好，遂只是虛驚一場。

「那就好！」洛婉兮喜形於色，又命桃枝去庫房拿一些阿膠、燕窩之類的滋補品送過來，讓桃枝代表她親自過去一趟以表誠意。

「妳和大嫂說，眼下外頭還有些混亂，過幾日我再去看她，請她見諒。」雖然大局已定，不過收拾殘局需要一些時間，萬一還有漏網之魚，自己出去難保不會惹上事端，所以她還是等混亂徹底平定後再出門吧。

桃枝滿面笑容地應下，重複了一遍之後便告退。

解決了一樁心事，洛婉兮如釋重負，立刻吩咐人把府裡鮮豔的東西摘下來，又命僕婦都換上素淨的衣裳，她自己也進屋更衣卸妝。

她靜靜地歪在炕上等著凌淵回家，不親眼見到人，她便不能徹底安心。其實她差點就想進宮去哭靈了，好歹能見見他，不過也只是想想。哭靈委實折騰人，尤其是在這種天氣裡，她腹中還有個小傢伙，可不敢這麼折騰自己。

聖駕賓天，內外皆哀。巍峨壯觀的紫禁城內一片縞素，宮人、侍衛俱是披麻戴孝，慟哭之聲不絕於耳。至於有多少真心在裡頭，卻是不可知。

「娘娘，鄭嬪和福王鬧將起來，哭喊著要來送先帝最後一程。」宮人匆匆忙忙前來稟報。

就在半個時辰前，太子已於靈前登基，不過後宮還未冊封，故而還循著舊稱。

錢皇后臉上浮現一抹冷笑，這會兒倒想起先帝來了。之前在暢春園一看先帝死了，她不是挺高興的嘛?!狼心狗肺的東西！

這會兒錢皇后倒有點希望皇帝活過來，好好看看在他死後，他寵了這麼多年的女人和兒子是什麼德行！

錢皇后眼神一利，面上籠罩寒霜。「送先帝？我怕他們娘兒倆髒了先帝的輪迴路。」鄭嬪不就是想在靈前惺惺作態，以博取一干老臣的憐惜，保下他們娘兒倆嗎？作夢！

「看好他們，別讓他們死了。」無論福王如何，她一定要讓鄭嬪身敗名裂、遺臭萬年後再死，怎麼能允許她輕易去死，這太便宜她了。

想起這些年在鄭嬪手下受的委屈、皇帝的偏袒，以及兒子被廢的惶恐，錢皇后端莊的面容瞬間猙獰。

觸及錢皇后臉色的宮人心下一凜，諾了一聲後趕緊告退。

一旁的陸靜怡看著臉色森然的錢皇后，覺得如今的錢皇后和之前果然不一樣了，這大概就是太后的底氣吧！

「這些煩心事妳不必理會，妳只管好好養身子。」錢皇后看向陸靜怡，臉色登時溫和起來，落在她腹部的目光更是慈愛。

暢春園的動亂到底讓陸靜怡受了驚嚇，又要哭靈，沒一會兒便微微動了胎氣，於是錢皇后趕緊帶著她到後頭看御醫。

太子姬妾不多，可也不少，卻只有陸靜怡懷孕，懷的還是金貴的嫡子，錢皇后豈能不小心翼翼？

陸靜怡低頭一笑。「母后放心，兒臣已經好多了。」又道：「離開好一會兒，我們也該回去了。」要不就得惹來非議，這節骨眼上小心謹慎些不為過。

錢皇后端詳她臉色，也覺尚可，便也不阻止。

不比旁人可以尋藉口避免哭靈，陸靜怡是未來的皇后，天下表率，除非虛弱得下不了床，否則萬不能缺席。

拍了拍兒媳的手，錢皇后溫聲道：「妳若有不舒服一定要說出來，萬不可逞強，如今最重要的還是妳腹中的骨肉。」

陸靜怡抿唇一笑。「兒臣明白。」

如此婆媳二人便在宮人的簇擁下返回女賓處，望著那一張張悲切的臉，不知怎麼的，陸靜怡突然就想起了洛婉兮。

由於她動了胎氣，所以凌淵撇下一眾人包括皇帝趕回去，可端看他及時帶著援兵趕來，還誅殺了陳鉉，想來洛婉兮動胎氣只是個藉口。

陸靜怡放眼梭巡一圈，洛婉兮還是沒有來，是凌淵捨不得她來遭罪嗎？想著，她蹙了蹙眉頭，有些說不出的不舒服，趕緊攥緊帕子，竭力壓下那股不適。

新君繼位，政令便能名正言順地頒布下去了。

一道又一道的政令被加急送出去，陳忠賢勾結鄭嬪弒君作亂，全城戒嚴捉拿陳黨餘孽，下旨安撫人心，通知各州郡聖駕賓天，臣民百日內禁嫁娶宴飲……掃尾工作有條不紊地進行著。

凌淵是披著星光從宮裡出來的，回到漪瀾院時，洛婉兮還沒睡，正在和洛鄴下棋。聽得請安聲，洛婉兮抬頭，眉眼彎彎。「你回來了！」

捏著黑子的洛鄴也下了炕。姊夫回來了，姊姊就能放心了，他也該告辭了。

洛鄴有板有眼地行了禮後告退，把空間留給一日不見如隔三秋的夫妻倆。

洛婉兮立刻抓著凌淵的衣袖問：「你有沒有受傷？」

報信的說他毫髮無傷，可刀劍無眼，誰知道他是不是故意瞞著她？因為懷疑，她還使勁嗅了嗅，似乎沒有聞到傷藥和血腥味。

「你換過衣服了？」乾乾淨淨，清清爽爽，一點灰塵都沒有，怎麼看都不像是剛經過一場混亂的人。

「中午在政事堂收拾了下。」凌淵笑了笑。那樣的場合裡，他也不可避免的沾上一些血跡，遂換上放在政事堂裡備用的衣裳。他握著她的手柔聲道：「我沒受傷，妳放心。」

洛婉兮皺眉打量他幾眼。

「妳要不要脫了檢查？」凌淵一挑眉，戲謔地看著她，手還搭在衣襟上，大有她不相信就寬衣解帶的架勢。

洛婉兮臉一紅，惱羞成怒地推了他一把。不過被他這一提醒，倒是想起了正事。「淨房裡備著熱水，你去泡一會兒解解乏吧。」

他便是不說，洛婉兮也能猜到白天局勢的緊張，他又要善後，在宮裡頭哪能放鬆，不過是胡亂換了件衣服罷了。

凌淵俯身親了親她的嘴角才進了淨房，池子裡的熱水飄著裊裊霧氣，水面上還撒了一些桃花瓣。清甜的桃花香中混著藥材的味道，怪異得很，凌淵啞然失笑。

桃葉忍著笑道：「這是夫人一定要放的。」

本來只往水裡加舒筋解乏的草藥，可夫人突然想起自己沐浴時用的花瓣，命人拿了過來。她們勸說大人不喜歡，夫人眼珠子轉了兩下，格外用力的抓了兩大把花瓣扔進去。

凌淵搖了搖頭，眼底笑意流轉。

桃葉知道她家大人不喜歡別人伺候他沐浴，遂將換洗的衣裳放在他觸手可及的地方後便躬身退下。

在湯池裡泡了會兒，待四肢百骸都舒展開來後，凌淵才出了池子，穿上一旁的月白色裡衣走了出來。

洛婉兮正在擺弄著桌上的宵夜，聞聲抬起頭就見他走了過來。

溫暖的燭光下，劍眉星目，素衣烏髮，鬢角還有幾縷濕髮，襯得人都顯得格外年輕了些。

「我有些餓了，你要不要也吃點？」她一直都覺得皇宮裡的御膳不是給人吃的，今天這樣的情況，他肯定只草草吃了些。

眉目如畫，顧盼生姿，凌淵覺得還真有些餓了。

他坐下來開始吃麵條，喊著餓了的洛婉兮吃了兩口就吃不下了，托著腮看著他吃。突然，她嗅了嗅，噗哧一聲樂了，越嗅越想笑。

凌淵淡淡地睨她一眼。

洛婉兮無辜地看著他，理直氣壯道：「我這不是怕那些草藥太難聞，熏到你嘛！」

凌淵眉梢一揚，加快了進食的速度，之後兩人漱了口，上床歇息。

桌上的仙鶴騰雲靈芝蟠花燭檯還亮著，剛用過宵夜的兩人都沒有睡意。凌淵擁著洛婉兮靠在床頭，一邊把玩著她的手指，一邊將白天發生的事挑著說了些。

他說得輕描淡寫，洛婉兮卻聽得心驚膽戰，幸好都結束了。

糊裡糊塗的先帝死了，狼子野心的陳忠賢下了死牢，只等來日問斬，便是鄭嬪也被定了謀逆弒君的大罪，死期不遠。

「福王呢？」洛婉兮抓了抓他的手問。

凌淵親了親她的頭髮。「削王爵，除封地，囚禁在皇陵。」

早前新君答應善待福王，那是在天順帝沒有把乾坤令交給陳忠賢的情況下，如今經過暢春園一亂，險些與皇位失之交臂的新帝哪能心平氣和。天順帝暴斃又沒來得及留下什麼遺詔，福王自然是想怎麼收拾就怎麼收拾。

眼下留福王一條命是因新君剛登基要展現仁厚，過上幾年，說不定福王就要夭折了。

洛婉兮默了默，對小福王的結局心裡有數。天家無親情，就算他再年幼，可一旦扯上奪嫡這種事，就沒人把他當孩子了。

凌淵摸了摸她的臉，寬厚溫熱的手掌讓洛婉兮回過神來，輕聲問道：「明天……我還是進宮吧？」

別人都去了，就她例外，他在這個位置上一舉一動都受人矚目，她不想給他添麻煩。

知道她在擔心什麼，凌淵柔聲道：「皇后下令懷孕的命婦不必進宮哭靈。」

洛婉兮聞言一驚。

「太子妃下午稍微動了胎氣，所幸是虛驚一場，不過皇后依舊很擔心。」凌淵解釋。

洛婉兮懂了，如此一來，陸靜怡不哭靈也說得過去了，且若是有人說閒話，旁的承了皇后恩的人家也得跳出來反駁。看來錢皇后很關心陸靜怡。

「這樣就好。」洛婉兮喃喃了一聲，摀著嘴輕輕打了個呵欠，白色的裡衣因為這個動作些微敞開，露出細緻的鎖骨，裡面彷彿盛著陳年佳釀，散發出陣陣幽香，攝人心魄。

洛婉兮聽見他急促的呼吸，抬眸靜靜地看著他。

凌淵抬手撫著她的鎖骨，目光深幽。

四目相對，洛婉兮面頰一燙，忽然伸手拉下他的肩膀，學著他的動作親了親他的嘴角，還試探地伸出舌尖舔了舔。

這一天定然是刀光劍影，驚心動魄，他並非無堅不摧，她心疼他。

凌淵身子倏爾一僵，摟著她的雙臂收緊，迫不及待的奪回主導權。

這一刻，眼前縈繞不散的屍山血海、斷臂殘肢都消失得無影無蹤，視野所及之處只剩下她瑰麗如花的臉、瀲灩生輝的雙眸，以及嬌嫩鮮妍的唇瓣。

一直到二月底，先帝遺留下的爛攤子才算是解決了，該殺的殺，該流放的流放，該下獄的下獄，昔日煊煊赫赫的福王和陳忠賢一派轟然倒塌。

處理完那些亂七八糟的事情後，重頭戲來了，新帝開始論功行賞。

新帝對凌淵滿懷感激，覺得若不是太傅，絕不會有今日的自己。可該如何賞賜，新帝著實犯了難。

仕途上，凌淵已經走到了頂峰，他已經是內閣首輔，文官之首，賜金銀財寶太俗氣，也根本不足以表誠意。

在內侍的提醒下，新帝忽然意識到，他的太傅還沒個爵位。其實凌家先祖是有爵位的，不過傳到凌淵祖父那一輩就沒了。

以太傅鎮壓叛亂定乾坤的功勞封爵足矣，既然要封，那就封個最高的吧！

於是這一天在上書房內，當著眾臣的面，新帝把凌淵歷年來的功績陳述了一遍。重點有二，第一是輔佐先帝復辟，從景泰帝那裡奪回江山；第二便是這一次鎮壓暢春園之亂。他造反了兩次！在場不少大臣腹誹，尤其是這次，陳忠賢能這麼容易毒死先帝，發起動亂，鬼知道他有沒有推波助瀾。

然而明面上無人反對，凌淵就站在那兒呢，誰會那麼不長眼在這種事上去觸他楣頭。

新帝見無人反對，就當他們都同意了，於是下旨封凌淵為「衛國公」。

「衛」正是凌家先祖的封號，如此也算是重拾祖上榮耀了。

凌淵不肯受，道他做的都是分內之事，論功勞不及錢震……幾個名字一報，屋內不少人的臉色頓時和緩下來，你好我好大家好！

因此眾人紛紛開口了——

「凌大人名副其實！」

「凌大人勞苦功高！」

於是凌淵領旨謝恩，片刻後其他人也一併謝恩。支持太子除了因為他是正統，自然還是因為擁立他可以加官進爵。

第七十六章

喜訊傳回來時，洛婉兮正在西府陪凌老夫人賞桃花。國喪期間，禁止一切娛樂活動，也就只能賞賞花、散散步。

聞訊後，凌老夫人擊掌而笑。「天大的喜事啊，列祖列宗地下有知，也要含笑九泉了。」雖然時至今日，凌家即便沒有爵位也不氣弱，可爵位是子孫後代的保障，若是兒孫不成器，有個爵位在起碼還能保留一點體面。

一行人又恭賀了洛婉兮，凌二夫人還打趣道：「六弟妹怕是咱們大慶最年輕的國公夫人了！」和她一般大的還都是孫媳婦呢！

洛婉兮抿唇微笑。

望著湊在洛婉兮身邊玩笑的眾人，凌五夫人悄悄翻了個白眼，前幾日丈夫升了官的喜悅頓時不翼而飛。貨比貨得扔，人比人氣死人。她不動聲色的瞧了一眼薛盈，這陣子凌淵早出晚歸，姝姐兒帶著她過去幾次，一回都沒見著凌淵。

薛盈都在府裡住一個多月了，再繼續住下去她娘那邊就要起疑了。凌五夫人煩躁地扯了扯錦帕。

黛藍色三足象鼻香爐裡升起裊裊香煙，淡淡的杏花香在房間內浮動。

適。

凌五夫人靠坐在炕上，慢條斯理地劃了劃杯蓋，低頭輕啜一口香茗，姿態優雅，神情閒

薛盈坐在繡墩上攥緊了錦帕，手背因為用力而露出纖細的青筋，單薄的脊背隨著時間的流逝越挺越直。

淡淡瞥她一眼後，凌五夫人收回目光，不緊不慢地開口。「阿盈來我這兒多久了？」

薛盈心頭一跳，怔了怔後才反應過來她問的是自己在凌府住了多久，遂道：「一個多月了，這一陣打擾表姊了。」

「原來這麼久了啊！」凌五夫人感慨般嘆了一聲。

薛盈有些尷尬，不禁脹紅了臉。

凌五夫人好似沒有看見似的，依舊用著慢悠悠的語速。「怪不得母親遣人來說要接妳回去了呢。」

薛盈吃了一驚，眉心忍不住顫了顫。姨母要接她回去？

凌五夫人用帕子擦了擦嘴角，放下茶盞後笑道：「雖然沒明說過，可想來妳自個兒也清楚，我應了母親幫忙給妳找戶好人家，這才把妳接過來的。」

薛盈心跳陡然加速，竭力想忍耐卻又控制不住緊張之色，一張俏臉繃緊。

凌五夫人笑了笑，盯著她的眼睛慢慢道：「可惜我人微言輕，能力有限，實在是愛莫能助，只能讓母親失望了。我是真的捨不得表妹，表妹這樣的可人兒，我巴不得天天見著，咱們姊妹倆還能說說體己話。可這兒到底是凌家，當家做主的也不是我，長久留著表妹，終究

說不過去。」

說著，她輕輕嘆息一聲，萬般無奈又不捨的模樣。

「阿盈讓表姊費心了。」薛盈乾巴巴道，心下有些亂，想起要離開，心裡便不由自主的冒出說不清道不明的失落，又有枷鎖被卸下的如釋重負——表姊終於不會逼著她去隔壁了。

「表妹說什麼見外話，」凌五夫人語重心長道：「我是妳表姊，替妳操心天經地義，只是眼下我也是有心無力，妳可千萬別怨表姊。」

薛盈連忙道：「怎麼會呢！」

「我就知道妳是個懂事的好姑娘！」凌五夫人滿臉欣慰的看著她，又道：「妳也別太擔心了，萬事還有母親在呢，她一定會給妳尋個老實本分的好人家。」

凌五夫人在「老實本分」四個字上加了重音。以薛盈的家世，也就只配找個老實本分的鄉紳小地主了。然她眼光可高著呢，那些凡夫俗子豈能入得了她的眼，她可是對凌淵動過春心的。

薛盈也聽出了她的言外之意，心更亂了。

凌五夫人笑了笑。「好了，妳下去收拾吧，三天後我便派人送妳回去。」

薛盈有些魂不守舍的站起來，欠身告退。

她一走，凌五夫人就冷嗤了一聲。吃她的喝她的穿她的，卻不幹正事，這天下哪有這樣的好事。為了讓她見識這凌家的豪富，她的衣食住行無一不精，都快趕上姝姐兒了。想來這些東西她薛盈這輩子都沒享用過，就是她娘家宋氏都供不起。

的。

她要是再給自己如此敷衍了事，她可不願意白白養著她，自個兒的銀子也不是大風颳來的。凌五夫人嘲諷地勾了勾嘴角，由儉入奢易，由奢入儉難，這種落差可不是一般人能適應的。

秀芝注滿了空茶杯後，欲言又止地看著凌五夫人。

餘光瞥見她神色，凌五夫人奇怪問：「妳想說什麼？」

秀芝定了定神，小心翼翼道：「眼下正是國孝，若是鬧出什麼來……」

凌五夫人不以為然地笑了笑。「誰讓她這會兒成事了？只是讓她趁著這陣子入了六叔的眼。六叔要是動了心思，國孝後自然會納了她。」

「可表姑娘姿色遠不及六夫人，」秀芝硬著頭皮道：「六老爺怕是瞧不上。」珠玉在前，薛盈哪裡及得上，說實話秀芝一直不明白五夫人哪來的信心覺得凌閣老會看上薛盈。

凌五夫人白她一眼。「六弟妹國色天香不假，可她懷著孕又不能伺候人，六叔哪裡熬得住？」男人就像貓，一旦嚐過腥味就停不下來了。

秀芝瞧凌五夫人心情頗好的模樣，壯著膽子道：「六夫人未過門前，六老爺身邊也沒姬妾……」她是真怕凌五夫人玩火自焚，萬一惹惱了那邊，收拾起她來，還不是一句話的事。

「明面上沒人，私底下還能少了，紅裳不就是其中之一？」反正凌五夫人從來不信凌淵這些年都潔身自好，有權有勢又年富力強的男人，怎麼可能沒有女人。

五老爺凌江有三房姨娘，通房一隻手都數不過來，外面的紅粉知己更是不計其數。時下官員狎妓包養戲子蔚然成風，眠花宿柳更是常態，凌淵身在其中哪能獨善其身，他不過是比旁人更愛惜羽毛罷了。

洛婉兮和紅裳都屬於嫋娜纖細、溫婉清麗的女子，薛盈亦是，否則她也不會巴巴地把薛盈接過來。

秀芝望著凌五夫人篤定的眉眼，啞口無言。她終究是個奴婢，有些話並不能說。

且說薛盈離開正院，越走越快，被風一吹，彷彿是沙子入了眼，登時眼淚就掉了下來。她抹了一把淚，低著頭小步快走，淺綠色的裙襬如同水波，搖晃不休。

而低著頭走路的下場就是容易撞到人，薛盈覺得自己彷彿撞到了銅牆鐵壁，撞得她頭暈眼花，忍不住往後仰。

電光石火間，一條胳膊攬住了她的腰肢，薛盈被拉了回去，再次撞上男人的胸口，屬於成年男子的強烈氣息鑽入鼻間，鋪天蓋地，恍若火苗灼得她整個人都燙起來。

她從來沒有與男子這般親近過，當下呆愣住，身體僵硬成木頭。

「下次小心點。」男子灼熱的呼吸吹拂在薛盈耳畔，她的臉轟一下脹得通紅，直到耳後根，再蔓延到令人無限遐想的脖頸下。

凌江低頭望一眼胸前手足無措的薛盈，濃眉一挑，眼露興味，搭在她腰間的手輕輕一拍，隨後放開她。

他抬眸似笑非笑地掃一眼跟著薛盈的兩個丫鬟，眼含警告。在他的目光下，兩個丫鬟面白如紙，戰戰兢兢地低下頭。

知道這兩個丫鬟不敢多嘴後，凌江便走了，臨走前還意味深長的瞥一眼依舊呆立在原地的薛盈。

他走了好一會兒後，薛盈才如夢初醒，通紅的臉唰地一下子白了，整個人不可自抑地顫抖，彷彿枝頭的花瓣，一陣風就能吹落……

申時左右，洛婉兮在府裡迎來了天使（注），凌淵成了國公，她的誥命自然也水漲船高。此外還有金銀玉器、綾羅綢緞和田莊等賞賜，又有國公規制的車轎賞下來，如此種種不勝枚舉。

發了一筆橫財的洛婉兮覺得獨樂樂不如眾樂樂，下令賞護衛連同僕役三個月的月銀，喜得人人眉開眼笑。

凌淵剛回府，一進門便覺下人腳底生風，要不是還在國孝裡，怕是都要咧嘴笑了。

「夫人賞了三個月的月銀，大夥兒都歡喜壞了。」德坤也歡喜得緊，可自然不是為了那點銀子，而是為了凌淵得封國公之事。他覺得自從大人娶了夫人，這日子是越來越紅火了，太子登基，大人進爵，最重要的是大人終於後繼有人了。若是沒有小主子，再大的家業也是便宜了外人，哪怕這個外人是大人的嫡親姪子。

聞言，凌淵便笑了起來。

洛婉兮正像個小財迷般清點首飾，見到他，立刻站起身一本正經的行禮。「見過國公爺！」說到最後一個字已憋不住笑了場。

凌淵笑意更濃，長臂一伸將她撈進懷裡。洛婉兮還在輕笑，步履輕晃，時不時擦過他的臉。

凌淵握著她柔軟的腰肢，孩子才兩個月多，她腰身依舊纖細如柳枝。「這麼高興？」

「升官發財，你不高興？」洛婉兮反問。她是個俗人，做不到視爵位如浮雲。

「自然高興。」凌淵用手掌輕輕撫著她的腹部，眉眼間盡是溫柔。以前他不在乎這些，可眼下他有愛妻，幾個月後即將有子，為人夫又為人父，自然會想方設法把最好的捧到他們娘兒倆跟前。

洛婉兮歪了歪頭，認真地打量他，接著忽然伸出手按著他的嘴角往兩邊拉，再英俊的人被這麼折騰也只會顯得滑稽。

洛婉兮眼神亮晶晶的，心滿意足的評價。「這樣才像是高興嘛！」他都沒以前愛笑了，如今就算笑也是淡淡的，一副高深莫測的模樣。

桃露幾人目瞪口呆地看著洛婉兮，眼神有些崇拜。

凌淵握著她作怪的手移到唇邊親了親，嘴角的弧度明顯更大了些。她的性子一點一點回來了。

被他這麼看著，洛婉兮有些不好意思，雖然是自己先招惹他的。

她眼神飄忽了下，果斷岔開話題。「聖上可真大方，賞了這麼多東西。」這麼賞賜幾次，新帝也要窮了。

凌淵笑了笑。「聖上原想賞賜一座國公府，被我拒絕了。該是聖上過意不去，便加厚了

注：天使，舊稱皇帝派遣的使臣。

賞賜。」現有府邸換一方牌匾，再略作修改便能當國公府使。

洛婉兮笑道：「原來如此。不過還是這樣好，在這兒都住慣了。」御賜的府邸不能空著，比起搬到新宅子，她顯然更喜歡這座自己住了好些年的老宅子。

冷不防地，洛婉兮想起了另一樁要事。「方才天使還傳了皇后娘娘的口諭，道是初一那天進宮謝恩。」

而初一要進宮謝恩的除了洛婉兮，還有凌五夫人。她是前幾天升誥命的，近幾日內得到封賞的命婦都會在初一當天進宮。

凌五夫人便過來找洛婉兮詢問進宮的事，與她一塊兒來的還有薛盈。

互相見過後，凌五夫人便問洛婉兮。「我是來問問弟妹，妳後天會不會進宮？」

之所以有此一問，那是因為洛婉兮太矜貴。哭靈那會兒她沒進宮，新帝冊封後宮，大夥兒要進宮恭賀后妃，洛婉兮也沒去，道是身子又不舒服了。

凌五夫人打量她，雲鬢花顏、氣色瑩潤，半點孕婦的憔悴都沒有。想她懷孕時，哪一個不是從頭吐到尾，吐到後來，喉嚨裡都有血絲了，整個人都憔悴得沒法見人，最可惡的是臉上還長斑，可為了孩子她又不敢塗脂抹粉，那一段日子，她自個兒都不敢照鏡子。

反觀洛婉兮，粉黛不施的臉蛋依舊嫩得能掐出水來，老天爺還真是偏心。

凌五夫人目光下滑了幾寸，落在她的腹部上。她懷姝姐兒時比懷兩個兒子反應輕一些，俗話說「女美娘，男醜母」，看來她肚子裡的八成是個姑娘。

登時凌五夫人心情好轉不少，這女人啊，還得會生兒子才能挺直腰桿。

洛婉兮摸了摸臉，哪裡知道她腦中的千迴百轉，還以為是自己臉上有什麼東西。

凌五夫人轉了轉手中的茶杯，笑道：「我瞧著弟妹的氣色倒是不錯，這幾日沒再吐了吧？」

洛婉兮含笑道：「近日已經好了，所以初一我也是要進宮的。」之前她吐得厲害，遂沒進宮恭賀后妃，若是這會兒再不去可就說不過去了。幸好肚裡的小傢伙體貼，沒再鬧騰。

凌五夫人瞧她一眼，笑道：「正好我也要去，那咱們一塊兒走，到了宮裡還能做個伴。」

洛婉兮點了點頭。一家子妯娌，府邸又在一塊兒，若是分開走反倒讓人說三道四，傳出凌家兄弟不睦的閒話就不好了。

凌五夫人便與她約了出門的時間，接著就把話題轉到薛盈身上。

「近日來阿盈蒙妳肯指點，受益匪淺，眼下阿盈要走了，我便帶她來向妳鄭重致謝一回。」說著凌五夫人朝薛盈使了個眼色。

薛盈便站了起來，走到洛婉兮面前盈盈一拜，柔聲道：「這一陣在夫人這裡受益良多，阿盈感激不盡。」

凌姝三不五時就跑來向洛婉兮討教畫技，而她每次都跟來了。凡是她有所問，洛婉兮都會儘量回答，越是如此越讓她自慚形穢。容色不及人家，才情也比不上，她憑什麼去和人家爭？

洛婉兮笑了笑。「五嫂和薛姑娘言重了，哪裡當得上指點，不過是閒聊幾句罷了。」

「對妳來說是閒聊，對她而言可是金玉良言。不都說聽君一席話，勝讀十年書嗎？」凌五夫人笑起來，眼波一轉，突然就收了笑，面上浮現一絲愁苦之色。

洛婉兮低頭飲了一口溫水，像是沒有注意到。

凌五夫人神情一僵，幽幽輕嘆了一聲，等著洛婉兮詢問。

洛婉兮依舊低著頭，似無所覺。

凌五夫人的心就這麼突了一下，品出不對來，洛婉兮這反應肯定是故意的，可之前明明還好好的，怎麼突然就……她掃了薛盈一眼。

罷了，既然她不問，那她就自己說唄！

「我這兒倒有個不情之請要麻煩弟妹。」

洛婉兮這才抬起頭來，笑看凌五夫人。

望著她如畫的眉眼，凌五夫人慢慢道：「得妳提點，這孩子的畫技進步神速。遂我想著，便是她回了宋家，是不是也能繼續過來向妳討教，也讓她有個一技傍身。」又補充道：「弟妹每個月抽個兩、三天指點一下即可。」

立在中間的薛盈雙唇顫了顫，似乎想說什麼，可觸及凌五夫人的視線之後，心中一寒，什麼話都堵在喉嚨口，心裡又隱隱生出一股希望來。

「弟妹，妳看成嗎？」凌五夫人目露懇求。

洛婉兮就不明白了，五夫人當真以為這麼久了自己都看不出薛盈醉翁之意不在酒？便是她不知道薛盈的心思，有幾個女人會傻乎乎的把一個如花似玉、正值妙齡的未婚少女往家裡引？

之前她尚且不確定淩五夫人是否知情，眼下倒是確定了，這會兒她都開始懷疑淩五夫人打一開始接薛盈進府根本就是衝著淩淵來的。

這世上就是有些人見不得別人過得好，挑撥離間，無事生非，好像別人不痛快，她們就能痛快了。

第七十七章

在凌五夫人殷切的目光下，洛婉兮放下茶杯，正色道：「五嫂這個要求，恕我不能答應。」

凌五夫人動作一頓。

洛婉兮看了看面前手足無措的薛盈，她臉色微白，似乎十分尷尬的模樣。其實薛盈的心思在她第一次過來時就看出來了，實在是小姑娘情竇初開，壓根兒掩不住。

只是洛婉兮卻沒往心上去，這種事她見多了，若是都要計較，哪能過日子。

大多數人也就是春心動一動，真敢付諸行動少之又少，知禮的都會避嫌，免得越陷越深。可薛盈的態度就有些微妙，似乎有心不由己的無奈，可又有那麼點蠢蠢欲動在裡頭。

一開始洛婉兮是有些憐惜這姑娘的，父母雙亡，兄嫂豺狼，只能寄人籬下，比過去的自己還艱難，然這點憐惜已被她這曖昧的態度磨得差不多了。

所以洛婉兮說的話也就不那麼客氣了。「五嫂怕是還不知道，我這府裡已經有流言蜚語了。」

凌五夫人心下一驚，心亂如麻的薛盈更是霍然抬起頭。

「下人們都在傳我正在相看薛姑娘，想為夫君納了她，所以才時不時的讓她過來。」

凌五夫人臉色僵硬，薛盈則白了臉，都不防洛婉兮竟然真的捅破了那層窗紙。

洛婉兮輕輕一笑。「咱們當然知道這些都是無稽之談，我才進門多久，怎麼會在這時候就抬姨娘。再說咱們凌家也沒這樣的規矩，五嫂妳說是不是？」便是最風流的凌五老爺，那也是五夫人生下嫡長子後才抬姨娘的。

凌五夫人眼皮跳了跳。

就聽洛婉兮繼續道：「可下人眼皮子淺，哪裡知道這些道理？他們只看薛姑娘年輕貌美又是未嫁之身，我還懷著身孕，就自以為是的編排起來，還自覺有道理，好像我就是他們手裡的木偶，他們怎麼想，我就得怎麼做似的，簡直莫名其妙。

「其實不怕五嫂笑話，前兒我剛懲治了幾個嘴碎的婆子，也才知道私底下竟是傳得如此不堪了。雖說我已經勒令他們不許造謠生事，然而流言這東西堵不如疏。遂我想著咱們還是避避嫌的好，免得傳到外面傷及薛姑娘閨譽，耽擱了薛姑娘的親事就不好了。且這會兒還在國孝裡，萬一傳到御史耳裡，豈不是給夫君惹禍。夫君剛進了公爵，不知道多少人眼紅著打算揪他錯處。」

這一番話說得凌五夫人繃不住臉皮，臉上肌肉抽搐了好幾下。

薛盈則是又羞又愧又難堪，臉一會兒紅一會兒白，恨不能有條地縫讓她鑽進去。

表姊妹兩個灰溜溜地回到了西府，凌五夫人都不知道自個兒是怎麼回去的，好不容易回到屋裡就忍不住怒火砸了一套青花瓷的茶具。

她竟然被個乳臭未乾的小丫頭指桑罵槐！她算個什麼東西，不就是嫁了個好丈夫嗎！

一旁的薛盈摀著臉嚶嚶哭泣，淚如決堤。

凌五夫人被她哭得心煩意亂，不耐煩地呵斥道：「哭什麼哭，臉皮都被人扒下來扔在地上踩了，妳就只會哭，就是哭死了又有什麼用！」

薛盈一頓，搗著嘴不敢哭出聲來，眼淚卻是大顆大顆往下掉，如同斷了線的珍珠。

凌五夫人直直盯著她看。梨花落雨，我見猶憐，就是她這個女人見了都要心疼。

薛盈被她盯得汗毛直立，就聽凌五夫人森然的聲音響起。「今日之辱，妳就不想討回來嗎？」

淚眼朦朧中，薛盈撞進她陰沈沈的眼底，不由自主打了個冷戰，打從心底生出一股怯意。「表姊，算了吧，我……」

凌五夫人冷笑著打斷她的話。「妳既然想算了，那就算了吧！」

薛盈不敢置信她竟然願意放過她，可卻沒有如釋重負的感覺，反而整顆心都懸在了喉嚨口。

「那妳就回涼州去吧！」凌五夫人盯著她的眼睛，一字一頓道。

薛盈身子晃了晃，難以置信地看著凌五夫人。涼州是她老家，她若回去，兄嫂一定會把她賣個好價錢……

想到這裡，她四肢發涼，膝蓋一軟，就這麼跪在凌五夫人腳邊，拉著她的裙襬，語無倫次地哀求：「表姊……表姊不要，我求求妳了……」

恐懼使得薛盈全身每一根骨頭都在打顫，就連聲音都破碎不堪。

凌五夫人卻是不為所動，冷冷地看著她哭得肝腸寸斷，片刻後才好整以暇地問：「妳現在還想算了嗎？」

哭得渾身哆嗦的薛盈仰頭看著她，滿臉悽惶無助，顫聲道：「可六夫人她不會同意的。」

凌五夫人這才滿意的笑了。「她算什麼東西！只要姝姐兒她六叔中意妳，洛婉兮還能強過她六叔不成？她娘家無人，又是退過兩次親的，哪有底氣敢鬧騰！」

說著她摸了摸薛盈的髮頂，溫聲道：「姝姐兒她六叔這般人物，妳就真的不心動，甘心嫁給一個凡夫俗子，蹉跎一生？」

薛盈身子顫了又顫。

凌五夫人語帶蠱惑。「只要進了隔壁的門，從此以後妳就有享不盡的榮華富貴。還有啊，洛婉兮肚子裡肯定是個女兒，妳若是爭氣點生個兒子，說不定衛國公府那偌大家業都是妳兒子的！」

薛盈仰頭看著她，抓著裙襬的指尖泛白。

凌五夫人放緩了神色。「聽我的準錯不了，我還會害妳不成？」

話音剛落，外頭就傳來秀芝透著緊張的聲音。「夫人，老夫人傳您過去。」

凌五夫人悚然一驚。

薛盈亦忍不住心跳加速，這時候凌老夫人突然找表姊做什麼？

兩人面面相覷，同時想到了一個人。

凌五夫人倏爾握緊了手。她一個剛嫁進來的新媳婦怎麼可能，她怎麼敢?!

洛婉兮自然敢，她對凌五夫人的手段厭煩得很，端看凌五夫人離開時那模樣，分明是記恨上她了，明明錯的是她自己，若不給她點教訓，恐怕她會變本加厲。

可作為弟妹，還真有些束手束腳，遂洛婉兮直接去尋了凌老夫人。老夫人素來講理，想來不會由著她興風作浪。

所謂疏不間親，洛婉兮自然不會說得太直白，到了慈心堂，寒暄幾句後，她便進入正題，一臉的為難。「我今兒言語有失，惹惱了五嫂，還請二嬸做個和事老。」

聽她這麼說，凌老夫人自然要問怎麼回事。

洛婉兮便道：「方才五嫂帶著薛姑娘過來，說著說著就說到了讓我每個月抽出幾天教薛姑娘作畫，我倒不是嫌麻煩，只是薛姑娘風華正茂，又未許人家，若常來我府上，難免不讓有心人多想。其實已經有下人在傳我要為夫君納她為妾了，在國孝的當口，這話傳出去豈不招人非議，也有損薛姑娘閨譽，我便拒絕了，還讓薛姑娘日後避避嫌。當時我說話直了點，五嫂和薛姑娘離開時臉色都有些不好。我想了想，心裡過意不去，遂想請您老人家幫我說和說和。」

她哪裡是來求助的，分明是來告狀的呢！不過牽扯到隔房妯娌，洛婉兮的確不好處理，可若是不處理，萬一放任著鬧出醜事……這事可大可小，但凌家正是烈火烹油時，多少人目不轉睛地盯著，就等著抓他們家小辮子。思及此，凌老夫人哪裡敢掉以輕心，安撫了洛婉兮幾句，才讓她離開。

隨後她派人去打聽，很快就得知這一陣薛盈的確時不時去隔壁，且下頭確實有些閒話了。凌老夫人還是不大肯相信凌五夫人這麼不著調，她知道這媳婦對洛婉兮有點發酸，可也就是女人家的小心眼罷了，心裡還想著是不是薛盈想攀高枝，故而哄騙了五夫人。

凌五夫人一進門，凌老夫人頭一句便道：「這非親非故的，人家老六媳婦還懷著孕，妳讓她指點薛盈作畫，到底是怎麼想的？」

情感上不肯信，然而凌五夫人做的這事讓老夫人在理智上很難不起疑，瓜田李下當避嫌，五夫人可是一點都不知道避諱了。

凌五夫人心裡一慌，嚥了口唾沫，乾巴巴道：「是兒媳欠考慮了。」

凌老夫人眯起眼盯著她。「妳是真的欠考慮，還是故意為之？」

被婆母這麼盯著，凌五夫人呼吸一滯，臉色白了白，強笑道：「母親息怒，這事是兒媳有欠考慮。阿盈十分遺憾以後不能向六弟妹請教，兒媳一時不忍就和六弟妹說了，實在……」

後面的話在凌老夫人銳利的目光下消失在唇舌間，凌五夫人背上冒出一層冷汗。

「妳是不是覺得我老糊塗了，以為這樣的話就能騙過我？」凌老夫人難掩失望之色，都是在內宅混的，把一個未婚的妙齡女子往人家孕婦身前推，當誰不知道她的心思不成？

「兒媳不敢！」凌五夫人急聲道。

凌老夫人冷笑一聲，恨鐵不成鋼地盯著她。「妳是不是日子過得太舒坦，連隔房小叔的事都要插一手？老婆子我活了這麼大歲數，就沒見隔了一房的嫂子替小叔張羅妾室的！妳要是真閒得慌，不如我做主讓老五納了妳這表妹可好，反正妳接她過來不就是說要給她張羅婚事的嗎？」

凌五夫人頓時慌了神，臉色蒼白。

凌老夫人冷哼一聲。「己所不欲，勿施於人！這麼簡單的道理妳都不明白？」真是豬油蒙了心，凌淵對洛婉兮的寵愛瞎眼都能看出來，沒看旁的妯娌與她交好都來不及，就這媳婦也不知哪裡搭錯了筋，要給洛婉兮找不自在，以前也沒發現她這麼糊塗啊！

這話說得凌五夫人臊紅了臉，低著頭不敢正視凌老夫人的眼睛。

見她這模樣，凌老夫人就覺糟心。「趕緊把妳這表妹送走，日後沒我的話絕不許接過來，也別再想弄什麼旁的亂七八糟的人進來，來一個我就往老五屋裡塞兩個。」凌老夫人深知凌五夫人的七寸在哪兒。

不一會兒，凌五夫人灰頭土臉地從慈心堂離開的消息就傳遍了整座凌府。大家都不是瞎子，凌五夫人的行徑，有心人都看在眼裡，她打的什麼主意，大夥兒也心知肚明，也就凌老夫人這些年早就放權了，只做個含飴弄孫的老太君才會被蒙在鼓裡。

洛婉妤也是有心人之一，不過比起那些作壁上觀的，她老早就提醒過洛婉兮讓她小心薛盈。在洛婉妤看來，自己這個堂妹到底年輕，沒經歷過這種事。

她提醒洛婉兮之後，洛婉兮道她心裡有數，讓她放心。見她都這麼說了，洛婉妤也只好放心了。

今兒得知這一齣又一齣的，洛婉妤不免好奇到底發生了什麼事，她素來爽快，又和洛婉兮交好，便直接來問了。

見了洛婉兮，洛婉妤委婉道：「我過來時在門口看見五嬸了，她……」

洛婉兮笑了笑。「過來道歉的。」

洛婉妤瞪了瞪眼，猜測道：「祖母讓她過來的？」凌五夫人好面子，她自己是絕對拉不下臉的。

「應該是吧！」洛婉兮也是這麼猜的。

洛婉妤便問：「是為了薛盈的事？」

除了這事，她想不到還有其他什麼事值得凌五夫人特意過來道歉的。

洛婉兮應了一聲，見她一臉好奇，遂也不賣關子，只不過先讓人把萱姐兒抱走了。這種骯髒事哪能污了小姑娘的耳，隨後才言簡意賅說了一遍。

聽罷，洛婉妤咋舌，她都不知道該怎麼形容才好。

「就我進門這幾年，就見五嬸為了姨娘通房的事和五叔鬧過不下三回，她自己就深受其苦，竟然還想往妳這裡塞人，她到底圖個什麼啊！自己的表妹做了小叔的姨娘，說出去不嫌丟人嗎？」妾到底是個上不得檯面的玩意兒，講究點的人家寧可把女兒嫁給平民，也不會送進高門做妾，宋家好歹也是書香門第，就不怕被人戳脊梁骨？

洛婉兮一笑。「大抵是自己在受苦，就見不得別人好吧！」

洛婉妤一怔，這種人還真有，以前只覺這五嬸掐尖好強，也沒什麼大毛病，萬不想她是這種人。

「只讓她道歉，旁的就沒有了？」洛婉妤有點不甘心。身為正妻，最厭惡那等通房姨娘，凌五夫人的行為卻比姨娘之流還可惡。

「老夫人還罰她在小佛堂撿七七四十九天的佛豆，謝過恩後開始。」撿佛豆要用水磨工夫，尤其是在凌老夫人眼皮子底下更不是椿輕省活兒。如此一來也能殺雞儆猴，給其他女眷提個醒。

洛婉妤這才平了心氣，讓凌五夫人撿佛豆對她而言絕對是折磨，凌老夫人到底公道。

「那薛盈呢？」

「老夫人已經傳信讓宋家來接。」洛婉兮道。

洛婉妤立時就抓到其中重點，宋家派人接她回去，和凌老夫人通知宋家來接人，那完全就是兩回事，薛盈回去怕是要吃點苦頭。不過洛婉妤一點都不同情她，這都是她自找的。

「如此也好，有這前車之鑑，想來沒人會不長眼的要往妳這兒塞人了。」她整了整神色，鄭重其事道：「若有人和妳說什麼做正妻要賢慧、要大度，妳嘴上應應即可，可不要真傻乎乎的聽她們的話，主動給六叔抬人。說這些話的，肯定和丈夫關係一般，最多也就是相敬如賓。」

洛婉兮心頭一暖。「妳放心，我不會去爭那點子名聲。」為了賢慧的名聲抬人，根本就是捨本逐末。姨娘通房之事，十幾年前他們就說好了，她心眼小得很，一個人都容不下。

姊妹倆又說了些閒話，過一會兒便傳來消息，說宋夫人來接薛盈了。

宋夫人先去慈心堂向凌老夫人請了安，老夫人沒提那些事，就是態度遠不如從前熱情，宋夫人心裡就有些打鼓了。隨著凌五夫人告退後，姑嫂兩人關起門來說悄悄話。

宋夫人臉霎時白了，有些埋怨小姑出了餿主意，她就覺不可靠，不過見凌五夫人氣沖沖，到底沒好意思埋怨她，畢竟自己後來也是贊同的。

抱怨了兩聲，凌五夫人發狠道：「這丫頭就是個喪門星，大嫂趕緊把她送回涼州去，留她在家裡，她準順水推舟跟了大哥，眼下大哥就是她最好的出路了。」

要不是薛盈，自己怎麼會丟了這麼大的臉，成了整個凌府的笑話，凌五夫人這是連薛盈都恨上了。

宋夫人悚然一驚，又不免為難。「可母親那兒……」

凌五夫人咬牙道：「外甥女再親，還能親過女兒不成？妳就和母親說，她妄圖勾引姊姐兒她六叔，還牽連我受罰。」

聞言，宋夫人心頭有些發涼，薛盈固然不爭氣，可她到底是被小姑慫恿著才會行差踏錯，眼下倒全成她的錯了。宋夫人忍不住齒冷，她張了張嘴，忽地想起一反常態的丈夫，心又硬了起來，於是點了點頭。

宋夫人安慰了凌五夫人好一會兒，勸她莫要再惹惱凌老夫人，又勸她和洛婉兮重修舊好。如今凌淵炙手可熱，宋家卻在走下坡，要不她也不會豬油蒙了心，被凌五夫人三言兩語說得動了心，打起薛盈的主意。眼下清醒過來，生怕凌淵惱了宋家。

凌五夫人不愛聽這個，可也知道這當口她得夾著尾巴做人，凌老夫人還看著呢，遂敷衍著應了。

瞧她這態度，宋夫人就有些發愁，可小姑的脾氣得順著捋，只得按捺下憂慮，想著等她氣消了再勸一勸。

說了些體己話，宋夫人便接了薛盈離開凌府。

薛盈神情惶惶然，周身縈繞著濃濃的無助。前腳凌五夫人還在威逼利誘她去勾引，後腳五夫人就改了口風，說洛婉兮向凌老夫人告了狀，她也護不住她，只能送她回宋家，隻字不提凌淵。

薛盈不傻，知道凌五夫人是被凌老夫人教訓了，她不敢再打凌淵的主意，起碼短時間內不敢了。在自己快要被她逼得點頭的那一瞬，凌五夫人不逼她了，她就這麼被晾在半空中，上不著天，下不著地，她也說不清自己心裡是什麼滋味。

不過這不是最要緊的，擺在她面前最大的難題是，凌五夫人怨上她了。她看得清清楚楚，她還是被凌家趕出來的，姨母會怎麼想她？本就厭惡她的表嫂又會如何落井下石？

如是想著，薛盈便覺心臟被什麼東西重重壓著，喘不過氣來。

第七十八章

「妹夫？」

聞言，薛盈怔了怔，抬眸入眼的便是馬背上一身戎裝的凌江，英武不凡，似是剛從軍營回來。

凌江拱了拱手，含笑道：「大嫂來了！怎麼不用過飯再走？」又看了一眼一旁魂不守舍的薛盈，像是才注意到她的模樣。「薛表妹這是要走了？」

宋夫人尷尬地笑了笑，笑容有些勉強，她是有點怵這個帶兵的妹夫，尤其他這麼坐在馬背上居高臨下的看著她，那一身氣勢委實令她膽顫。

「母親想她了，遂派我來接她，她老人家還在等著我們回去。」總不能直說是被趕出來的，雖然宋夫人覺得以凌江的耳目，待會兒就能知道是怎麼一回事了。

凌江淡淡點了點頭。「那我就不留妳們了。」

宋夫人如蒙大赦，等了會兒見他不動，便扯了扯薛盈，拉著她去了馬車邊。

薛盈只覺得背後的目光如芒刺在背，心跳不受控制地紊亂起來。

初一那天，洛婉兮穿上繁瑣又華麗的國公夫人禮服進了宮，與她一道的還有凌五夫人。雖然才鬧了不愉快，不過一筆寫不出兩個凌字來，且五夫人已經道了歉，故二人面上依舊客客氣氣，心裡如何想的也就只有自己知道了。

先帝百日未過，宮內依舊一片縞素，便是坤寧宮也不例外。

坤寧宮裡，坐在上首的陸靜怡頭戴真珠翠玉鳳冠，因在孝期，遂頭上除了一支鳳凰展翅六面鑲玉嵌七寶金步搖外只綴了些珍珠。可即便如此，依舊雍容無雙，將新君那些嬪妃襯成了木頭渣子。

新君後宮人並不多，一后一妃兩嬪，三個貴人五個美人，與先帝三千佳麗相比簡直是小巫見大巫。

有資格坐在坤寧宮都是嬪位以上的，洛婉兮不著痕跡地掃一眼就能看個大概。雖容色不差，卻遜於陸靜怡，家世更是比不上，加上陸靜怡還有了身孕，她的后位應十分穩當。

洛婉兮從不曾想過有朝一日昔年嬌蠻又霸道的姪女會成為端莊賢淑的皇后，世事委實無常。

一眾命婦行禮謝過恩，在坤寧宮略略坐會兒便前往慈寧宮向錢太后請安。

洛婉兮品級高，故而走在前頭，才踏進慈寧宮，就聽見一個清清脆脆的笑聲，如黃鶯出谷。敢在慈寧宮如此笑的，想來身分不一般。

進了正殿，就見一明豔如花的少女倚在錢太后身上說笑，見她們進來，笑盈盈地站起來避到一邊。

待她們向太后見過禮，她便拜見陸靜怡。「舜華見過娘娘。」

陸靜怡笑容溫和地喊她起來。「表妹這是說了什麼笑話，把母后逗得這麼開心？」

表妹？這會兒洛婉兮也發現這姑娘的眉眼和承恩公夫人有些相似，頓時明白過來，她該是錢太后的姪女，怪不得能在慈寧宮這般大膽了。

錢舜華羞紅了臉，一副不好意思的模樣。

「這孩子給哀家剝核桃，剝糊塗了，把肉扔了，倒是把殼遞給哀家了。」錢太后語氣滿是寵溺。

「姑母！」錢舜華跺了跺腳。

一群人應景地笑了起來，洛婉兮也笑了，心卻沈了沈。

剛送走一個薛表妹，見了這錢表妹，她很難不多想。她不由去看陸靜怡，見陸靜怡也在笑，笑容無懈可擊。

錢太后見外頭春光正好，雖不能聽戲、賞歌舞，遊園賞花卻是可以的，便提議去御花園。

一眾人簇擁著錢太后和陸靜怡去了御花園，走走歇歇，人群就三三兩兩的分開了。

邱氏引著陸靜怡離了人群，陸家作為新的后族，自有封賞。陸釗因為種種原因，一直沒能外放，直到近日他父親和凌淵商量過後，給他提了從六品的鹽課提舉司，不日就要前往江南。邱氏也得了個從六品的誥命，是這一眾命婦裡品級最低的。

論理，她這品級都無須進宮謝恩，然她夫家是陸國公府，背後還有個大長公主，娘家祖父是閣老，嫡親嫂子是皇后，自然成了那個例外。

邱氏與陸釗是青梅竹馬，與陸靜怡也是打小交好，又沒差幾歲，遂說話也直白，待左右只留下心腹後便委婉道：「洛姑姑是祖父祖母認下的乾女兒，娘娘待她親近些，兩位老人家也高興。」

邱氏瞧著陸國公和長平大長公主對洛婉兮還是不錯的，兩邊常常來往，是真的當親戚在走動。可方才在坤寧宮，陸靜怡對洛婉兮態度著實有些冷淡，還不如錢太后來得親近，難免不讓人多想。若是被有心人利用，挑撥離間凌、陸兩家，豈不是親者痛，仇者快？

她的言下之意，陸靜怡自然懂，可有些事並不是她能控制的，不都說孕婦脾氣本來就古怪嗎？

陸靜怡彎了彎嘴角。「我以後會留意些。」

邱氏覷她臉色，有那麼點不放心，因為陸釗的緣故，她對陸靜怡的心結倒有些瞭解，遂道：「臣妾知道娘娘和七姑姑感情好，可姑姑畢竟已經走了十幾年了，姑父也悼念了姑姑十幾年。我想著逢年過節，姑父瞧著旁人家兒孫繞膝該是羨慕的。這人年紀越長，便越重視家人，眼下姑父娶妻生子也在情在理，娘娘說是不是？」

見她眼波微動，邱氏再接再厲，拿了陸釗做例子。「夫君曾和我說過，一開始他也覺得有些彆扭，可後來瞧姑父身上熱乎氣多了，他便釋懷了，反倒有些感激洛姑姑。」

陸靜怡淡淡一笑。姑姑生前最疼陸釗，也因此在姑姑走後，凌淵格外疼陸釗，幾乎當作兒子養，於是陸釗也就更加親近凌淵，所以他才能這麼容易就接受洛婉兮。

「感激？感激她取代了姑姑的地位嗎？嬌妻稚子在側，三年五載之後，妳覺得太傅還能記得姑姑嗎？」陸靜怡冷笑了聲，她一直以為凌淵會為了姑姑終身不再續娶，看著他，她總覺得這世上還是有真情的。

捕捉到她眼底一閃而逝的怨氣，邱氏啞然，她實在不懂陸靜怡怎麼就在這件事上鑽了牛角尖。無論如何陸婉兮已經死了，凌淵能為她守這麼多年已經仁至義盡，他娶妻生子更是人之常情，祖父祖母不也都坦然接受了嗎？

邱氏靈光一閃，立即道：「洛姑姑怎麼可能取代七姑姑的地位呢，姑父娶她，祖父祖母認她做乾女兒，不就是因為洛姑姑像逝去的七姑姑嗎？歸根究柢，還不是因為七姑姑。」好幾次聽見陸釗嘀咕，洛婉兮有些地方真像已故的七姑姑。

邱氏就見陸靜怡微微一震，神色明顯緩和了些，她不禁啼笑皆非。塵歸塵，土歸土，計較這些有什麼意思，陸靜怡挺通透一個人，這麼就在這事上膠著了？

不過她對七姑姑那份心意倒是難得，比陸釗有良心多了，邱氏在心裡嫌棄了陸釗一通。再看陸靜怡時，她神色已經恢復如常，邱氏便親熱地挽了她的手道：「娘娘對洛姑姑好一些，也是全了姑父的顏面，也省得旁人生出些有的沒的心思。」

這旁人指的自然是錢舜華了，錢家把錢舜華送進宮陪伴錢太后，用意昭然若揭。邱氏冷眼瞧著錢太后有些意動，那錢舜華又是個心有城府的，若是她進了宮，必是陸靜怡的勁敵。

陸靜怡神色一凜，眼底閃過一絲厲光。

見她還知道當務之急是什麼，邱氏就放心了。

又與陸靜怡說了些話，邱氏便扶著她往回走，正好見到承恩公夫人在和洛婉兮說話，氣氛和諧。

邱氏看陸靜怡一眼，意思是「瞧吧，錢家都已經開始拉攏人了」，當即就扶著陸靜怡過去寒暄。

「咱們這兒可有兩位孕婦呢，要不我們去涼亭那兒坐坐？」邱氏笑咪咪地提議。

承恩公夫人笑道：「我們正要去那兒喝盞茶呢！」

說笑著，四人便前往不遠處的涼亭。

路上會經過幾層漢白玉臺階，剛下了一層，便聽見圓珠落地的清脆聲。陸靜怡猝不及防間踩在圓珠上，身子一歪就向臺階下栽去。

落在她後頭的洛婉兮下意識伸手去抓她的肩膀，便覺手上傳來一股力，連帶著她不由自主往前栽。

斷了手中佛珠的承恩公夫人連忙要上前幫忙，卻是一腳踩到佛珠上，重重摔向兩人。

這一切都發生在電光石火間，旁邊的宮人嚇得心臟幾乎要破膛而出，雙腳卻像是生了根似的黏在地上，一動都動不了。

直到洛婉兮被桃露一把拉回來，而栽下臺階的陸靜怡也被一個宮人接住，在場眾人才覺逃出生天，幾個膽小的當場嚇得癱軟在地。

可邱氏和承恩公夫人就沒這個好運了，兩人沒遇上眼疾手快的下人，結結實實摔在了地上。還好邱氏年輕，又是臀部著地，不甚要緊，齜牙咧嘴了一瞬就被人扶著站了起來，倒是承恩公夫人年近五十的人，又是倒栽下來，腦袋都摔出了血。

卻是無人有餘力去關心她，便是承恩公夫人的丫鬟也顧不上自己的主子，心驚膽戰地看著陸靜怡和洛婉兮。

兩個人額上都冒著冷汗，手摀腹部，臉色一個比一個差。

「娘娘！」

「凌夫人！」

「御醫，快傳御醫！」

在地上摔得七葷八素的承恩公夫人吃力地抬起頭來，見狀，嚇得一口氣上不來，眼一翻暈了過去。

洛婉兮和陸靜怡被緊急送到最近的玲瓏閣安置。

洛婉兮只覺得小腹一墜一墜的疼，疼得她心都涼了，整個人如墜冰窖，寒意鑽進了骨頭縫裡。

桃露見她臉色慘白如紙，額上豆大的冷汗滾下來，亦是嚇得不輕，咬了咬舌尖讓自己冷靜下來。

「夫人莫怕，御醫馬上就來了。」突然間她想起了凌淵，扭頭朝一名宮女問：「有沒有通知我家大人？」

「已經派人去尋凌閣老！」宮人趕緊回話。

雖然凌淵已經受封國公之爵，說起凌府，外人也漸漸以衛國公府相稱，洛婉兮也從凌夫人變成衛國公夫人。可提及凌淵，不約而同依循舊稱。

國公聽似高貴，卻不過是一個爵位，並無實權，哪及得上閣老位高權重？進入內閣，是每一個文臣畢生所求，閣老二字更是對文臣最大的肯定。

疼得只能靠抓緊被褥來分散注意力的洛婉兮聽到熟悉的字眼，不知怎的眼角一酸，在眼眶打轉的淚珠就這麼猝不及防落了下來。

「凌淵……」她從來沒有像此刻這般想見他，鋪天蓋地的恐懼和無助讓她淚水滾滾而下，如同決堤的江水，一發不可收拾。

他們的孩子……

桃露握緊她的手，急聲安撫道：「大人馬上就來了，夫人莫怕！」又揚了聲音喝道：「御醫呢?!」

御醫正一路小跑著過來。四個人受了傷，身分一個賽一個的尊貴，其中還有兩個孕婦，太醫院正差點沒背過氣去，帶著人馬不停蹄衝過來，只恨不能踩兩個風火輪。

氣喘吁吁地來到玲瓏閣，院正將婦科聖手孫御醫派去洛婉兮那頭。雖然皇后娘娘腹中龍子最要緊，可另一個是凌閣老之妻，他若是敷衍了事，娘兒倆有個三長兩短，凌閣老定會扒了他的皮。

院正又給承恩公夫人安排了一位御醫療傷，然後帶著餘下的人一頭扎進皇后處。

邱氏只受了皮外傷，正心急如焚地守著陸靜怡。

孫御醫也不知道被分過來的自己是幸還是不幸，他由衷希望洛婉兮母子均安。

在孫御醫的用針下，洛婉兮臉色逐漸好轉，凌五夫人不禁揪緊了手裡的帕子。當時乍一聽洛婉兮動了胎氣，她愣了下，接著就忍不住竊喜——

她出了這麼大的洋相是拜誰所賜，她可記得真真兒！無奈洛婉兮有凌淵護著，她也只能悄悄罵兩句解解恨。哪想老天有眼，報應來得這麼快！

凌老夫人護著她，凌淵重視她，泰半是衝著她那肚子，要是孩子沒了，她再留個什麼後遺症，且看她怎麼猖狂！只這麼一想，凌五夫人便覺如同三伏天裡喝了一盞冰酸梅汁，從頭舒坦到腳，險些繃不住上揚的嘴角。

正高興著呢，御醫來了，幾針下去，洛婉兮竟不疼了，氣血都恢復了一些。凌五夫人的失望之情幾乎溢於言表，幸好所有人的注意力都在洛婉兮身上，遂沒有留意到她的神情。

「御醫，我家夫人如何？」桃露忙不迭追問。

孫御醫沈吟了下，收回把脈的手，正要開口，就聽見外面傳來宮人的請安聲。

洛婉兮登時心下一安，抬頭就見凌淵大步走來，因為走得太快，緋色官袍的袍角略微翻起。

他臉上的神情冷肅異常，見她臉色蒼白，淚眼盈盈，鬢角的碎髮都濕了，整個人就像剛被人從水裡打撈上來似的，不禁心頭一刺，眸色沈鬱，氣勢變得更懾人。

方才消息傳來時，凌淵和一干重臣正在上書房與新上任不到一個月的皇帝議事。

由於八方使團前來恭賀新帝，有的早些抵達的已在驛館住下了。他們正在商量如何震懾這些蠢蠢欲動的「鄰居」，畢竟新舊交替之時永遠是最容易生亂的當口。

正說著話，宮人就急赤白臉地跑進來稟報，說陸靜怡和洛婉兮動了胎氣。

當下皇帝和凌淵就變了臉，皇帝抖著聲問：「現在怎麼樣了？」

「奴婢不知，剛傳了御醫……」宮人戰戰兢兢地回答。

皇帝立時坐不住了，站起來便往後宮走，凌淵則緊隨其後，這當口也沒人說規矩不規矩的了。

被拋下的一干大臣也沒什麼怨念，還挺同情兩人。這麼多年下來，皇家這一脈子嗣似乎不大旺盛，新帝身邊也就皇后有孕，這一胎若是有個好歹，不知還要再等多久，先帝可是年近三十才盼來了兒子。

凌淵就更不用說了，三十好幾才得了這麼個骨血，要是沒了，凌淵估計想殺人了。回想他那模樣，便讓人心頭發涼。

皇帝也想殺人，尤其在知道陸靜怡之所以動了胎氣是因為承恩公夫人手上的佛珠斷了線。

說這是個意外，誰信？母族想把錢舜華送進宮又不是秘密。捫心自問，皇帝自個兒都不信啊！那可是他的嫡長子，她怎麼敢！這下皇帝連生吞了承恩公夫人的心都有。

冷不防瞥到半步後的凌淵，皇帝猛然想到出事的還有一個洛婉兮，當下更恨，這群人簡直喪心病狂，不擇手段！皇帝張了張嘴想說什麼，可對上凌淵面無表情的臉後，嗓子眼裡就像是被塞了顆石頭。

皇帝別開眼，不敢直視凌淵的眼睛。太傅好不容易有了後，萬一這孩子沒了，他怎麼跟太傅交代？

到了玲瓏閣後，兩廂分開，去了右邊的皇帝竟然有那麼些微妙的如釋重負。

見到凌淵，洛婉兮剛剛止住的眼淚又撲簌簌往下落。

凌淵心頭似被針扎，大步上前握住她伸出來的手。她手掌冰涼，帶著顫抖，連帶扯得他的心也發顫。

「我夫人身體如何？」凌淵擁著洛婉兮，目光直勾勾地盯著孫御醫。

被他這麼盯著，孫御醫背上一寒，小心翼翼道：「夫人並無大礙。」

這位凌夫人並沒有摔跤，之所以動胎氣，一半是嚇的，另一半是緊張造成。真是幸好沒摔著，她胎象有些不穩，而且……

洛婉兮正如聞天籟，抑制不住地歡喜，可見孫御醫面露難色之後，笑意頓時凝結，她睜大了眼，驚慌失措的看著他，倏爾抓緊了凌淵——

她雖然無礙，但孩子是不是不好？

這個念頭一冒出來，她臉上血色褪去，一張俏臉白得近乎透明。

凌淵安撫地親了親她的鬢髮，此時此刻他是慶幸的，只要她無礙就好，其他都不要緊。

「別難過，孩子以後還會有的。」

洛婉兮心裡最後那根弦「啪」地一聲斷了，她一下子就癱在他懷裡，抖著聲哭起來。

「不會的，不會的了……」便是再有也不是這一個了。

一旁的孫御醫悚然一驚，反應過來他們誤會了，趕緊道：「凌夫人勿要難過，小心傷了孩子！」

洛婉兮哭聲一頓，從凌淵懷裡霍然抬起頭，不敢置信地看著孫御醫。

對上她亮得嚇人的雙眼，孫御醫趕忙道：「夫人的孩子好好的。」也不知道她怎麼就誤會孩子出事了呢！

洛婉兮瞪大了眼，微張著嘴，像是歡喜傻了。

孫御醫忍不住走了走神，這模樣都賞心悅目，怪不得都說這位凌夫人國色天香。

凌淵淡淡掃他一眼。「你為何欲言又止？」

孫御醫心下一凜，斂了斂心神後斟酌著用詞回道：「據凌夫人脈象看，夫人懷的似乎是雙胎，不過下官並不敢確定，故而猶豫。」

他用詞十分謹慎，語氣也是疑問的。實在是月分尚淺，要是再給他兩個月他就能斷定是不是了。以他多年經驗，眼下只能說在五五之間，所以他才會為難，以至於鬧出洛婉兮以為孩子沒了的烏龍，平白嚇了自己一場。

第七十九章

從以為孩子掉了的傷心欲絕到自己可能懷了雙胞胎，這麼短的時間內經歷這一連串變化，洛婉兮腦子一片空白。

饒是鎮定如凌淵，也被這峰迴路轉的變化驚了一驚，然而到底是能做到內閣首輔的男人，什麼大風大浪沒見過，不過這事兒還真是大姑娘上轎頭一回。

凌淵神色逐漸恢復如常，立刻就想到了洛婉兮的身子。

懷雙胎比懷一胎還更艱難，之前竇府醫就說過她懷相不穩，是不是這個緣故？若真是雙胎，能不能保住？眨眼間凌淵腦海裡就轉過七、八種可能性，面上卻不動聲色，想著私下再問御醫，免得她擔心。

可洛婉兮卻沒俗話說的「一孕傻三年」，消化完自己可能懷了兩個小寶貝的驚喜後，她立即想到了孩子的平安，摀著腹部問孫御醫。

「我剛剛疼得那麼厲害，真的沒關係嗎？」她都要以為孩子沒了，至今想來都覺脊背發涼。

凌淵也看著孫御醫。

孫御醫自然知道該說什麼。「凌閣老和夫人放心，眼下夫人脈象已經平穩下來，待會兒下官再給夫人開一副安胎藥，夫人按時吃上七日，七日後下官再上門為夫人診脈。」

與凌淵結善緣自然是百利無一害的事，遂都不用凌淵開口，孫御醫自己就定了下次上門的時間。

「那就有勞孫御醫了。」凌淵聲音溫和。

孫御醫忙道不敢當，行了禮後告退。

洛婉兮心頭巨石落地，取而代之的是幾乎要將人淹沒的狂喜。她看著凌淵，眼底光芒璀璨，彷彿滿天繁星都落在她的眼裡，美得驚心動魄。

凌淵慢慢笑起來，嘴角弧度明顯。

洛婉兮也跟著彎起嘴角，覺得胸口說不出的滿足，似乎要滿溢出來。

她忽然抓著他的手放到腹部，輕輕道：「我希望是一子一女，你說我是不是太貪心了？」

凌淵傾身摟住她，親了親她的臉頰，柔聲哄道：「不貪心，我也是這麼希望的。」

若是兩個男孩，在家業爵位上恐有隱患，兩個女孩她會有壓力，因此一兒一女最好。

洛婉兮靠在他胸口，聽著他沈穩有力的心跳，不知怎麼的瞬間信心十足。「肯定是龍鳳胎！」

凌淵輕輕嗯了一聲，低頭望著她笑盈盈的臉蛋，知道孩子無恙，還可能是雙胞胎之後，她氣色登時好了許多，他的心終於安定下來。

「皇后如何了？」洛婉兮突然想起情況還不明的陸靜怡。

陸靜怡情況不大好，屋裡端出來的水盆裡泛著淡淡的血色，一眾御醫和醫女皆是神色凝重，如臨大敵。

方才錢太后還在來回踱步，這會兒卻癱坐在圈椅上，直愣著雙眼，一點聲音都發不出來。一旁的嬪妃屏氣凝神，大氣都不敢出，心思卻活泛開來。

既然做了皇帝的女人，若是沒點想頭那是騙人的。

陸靜怡貴為皇后，有孕有寵還家世顯赫，把她們壓得死死的。錢舜華年輕貌美，又是太后嫡親姪女兒，倘若進了宮，又是一個勁敵。如若皇后這一胎有個三長兩短，她們自然樂觀其成。

畢竟出了這種事，錢家哪有臉再把女兒送進宮，便是進來了，皇后能饒了她才怪，屆時她們便能坐山觀虎鬥。怎麼想這對她們而言都是天上掉餡餅的事。

原地打轉的皇帝都快把地給磨平了，可沒一個敢上前勸他坐一坐，那臉色著實嚇人啊。

皇帝雙手緊握，手背上青筋直跳。就在昨天他還貼在陸靜怡肚子上聽孩子的動靜，才一夜的工夫孩子便危在旦夕。

如坐針氈的錢太后瞥見兒子緊握的拳頭，一顆心不住往下沈，這當口既要擔心房裡的陸靜怡，又要擔心承恩公夫人。

若是皇后母子都能轉危為安，什麼都好說。可若有個萬一……錢太后呼吸一滯，只覺得心臟被一根無形的細線扯住，扯得她生疼。

錢太后更傾向於這是一場意外，承恩公夫人沒這膽子也沒這必要去害陸靜怡，起碼現在還沒必要。錢舜華都還沒進宮，她都沒生子呢，這會兒害陸靜怡豈不是便宜了別人？再退一步，便是要害陸靜怡也不會用這種殺敵一千、自損八百的招數啊！眾目睽睽之下害人，她有這麼蠢嗎？

承恩公夫人自然是沒這麼蠢的，她即便真要對付陸靜怡，也得悄悄來，這麼明火執仗的，生怕陸家不報復她不成？承恩公夫人還沒狂妄到覺得有個太后娘娘撐腰就能橫行無阻。

好不容易悠悠醒轉的承恩公夫人一聽皇后的孩子沒保住，還是個男胎，血液直衝頭頂，身子晃了晃就要往後栽。

「娘！」錢舜華大驚失色，飛身撲過去扶住她。

女兒帶著哭腔的呼喚好比神丹妙藥，讓承恩公夫人驚醒過來，她狠狠掐了大腿一把。她還不能暈，事情並不會因為她暈倒就解決。這事若是處理不好，錢家就危險了。

如是一想，承恩公夫人驚坐而起，一邊下床一邊問：「凌夫人如何？」

「凌夫人無礙！」

承恩公夫人心下稍定，若是兩個都出問題，那真是天要亡他們錢家。同時又生出一股不可對人說的遺憾，若注定要失去一個，為什麼不是洛婉兮的呢！這樣自己的麻煩也能少一些。

承恩公夫人定了定神，甩開這不著邊際的念頭，一下地就直奔隔壁，連鞋都沒穿。

隔壁烏雲罩頂，御醫、醫女和宮人戰戰兢兢跪了一地。

皇帝初嘗喪子之痛，哪怕這孩子還沒出生，可也是他翹首以待盼來，滿懷期待的等著他降生，連名字都取好了。可一個晴天霹靂，孩子沒了。

錢太后亦是老淚縱橫，那可是個男孫！

這對天下最尊貴的母子倆正悲不自勝，默默流淚，承恩公夫人就來了，赤足披髮，狼狽不堪。

她一進門就跪在地上，聲淚俱下。「臣妾對不起皇上，對不起太后，對不起皇后，臣妾罪該萬死！」說著以頭觸地，砰砰作響，沒幾下剛剛包紮好的傷口又開始流血，大理石地面染上血跡。

錢舜華亦是淚流滿面，跟著母親一塊兒磕頭賠罪，泣不成聲。「……陛下、太后恕罪，母親她非故意！」

前一瞬還恨不能掐死她給自己孫兒償命的錢太后心就這麼軟了一下，承恩公夫人不只是她的弟妹，還是她的表妹，打小一塊兒長大的，還為錢家生了三子二女。

嗚嗚咽咽的聲音一點一點傳進內室，可屋內躺在床上的陸靜怡似無所覺。

她面無表情地望著頭頂幔帳上的鳳凰展翅繡紋，眼裡乾澀，一點淚意都沒有，可她的手卻死死揪著身下被褥，手背上青筋畢現。

邱氏五內俱焚，握住了她的手，還用帕子遮了遮，悲聲道：「娘娘！娘娘妳哭出來吧！」這樣憋下去會憋壞身子的。

陸靜怡置若罔聞，就這麼呆呆地看著那活靈活現的鳳凰，縈繞在周邊的祥雲在她眼裡漸漸變成跳動的火苗，那鳳凰也活了過來。牠想飛走，可牠飛不起來，只能在火中掙扎。

甚。陸靜怡忽覺渾身發燙，似被火燒，燒得那顆已經疼到麻木的心又開始痛，比椎心刺骨更

「太后！」屋裡的宮女見錢太后進來，嚇了一跳。產房污穢，錢太后這樣的千金之軀豈可進來！

可錢太后還是來了，她希望陸靜怡能放過承恩公夫人這一回，若是她自己都不計較，想來陸家人也就不追究了。

這終究是場意外！錢家是太后娘家，陸家是皇后娘家，合該同心協力。

不過這孩子到底是因為承恩公夫人沒的，錢太后想她以後會好好補償陸靜怡的，起碼不會再同意娘家女孩兒進宮。

錢太后一來，陸靜怡便開始輕輕啜泣起來，正要起床行禮，卻被錢太后按下。

「妳且躺著，咱們娘兒倆哪裡還要講這些虛禮。」

望著她面無血色的臉龐，錢太后心裡也不好受，她和陸靜怡一直相處融洽，從來都沒紅過臉。當下忍不住陪著她又哭了一回，哭罷擦著眼角道：「妳還年輕，只要養好身子，孩子還會再有的。」

陸靜怡含著淚點了點頭，虛弱道：「兒媳不孝，沒有保住這孩子……」

「這都是個意外，怎麼能怪妳？」錢太后握住陸靜怡的手，略有些忐忑地望著她的眼睛。

陸靜怡的眼微微睜大了一些。

她這反應在錢太后意料之中。錢舜華留在宮裡背後的用意，以陸靜怡的聰慧不可能猜不到。思及此，錢太后便開始後悔，她怎麼就跟著娘家人犯了糊塗？要是沒錢舜華這檔子事，這事肯定沒人會多想，可就因為有錢舜華，眼下沒一個人不會多想。

可它真的就是場意外啊！錢太后嘴裡發苦，硬著頭皮道：「要怪就怪妳舅母，一大把年紀了還毛手毛腳，佛珠繩子磨壞了都不知道，還戴著出門，以至於釀下大禍，最終害人又害己。」

又道：「哀家已經罰她去妙音庵為那孩兒誦經祈福三年，眼下她就跪在外頭，想進來向妳賠罪，妳看要不要見見她？」

她的孩子也就只值承恩公夫人誦經祈福三年嗎？可真卑賤！

陸靜怡滾著淚珠，啞聲道：「母后，兒臣不想見她，兒臣知道舅母不是故意的，可……」她抓緊了被子又鬆開，閉了閉眼。「可兒臣心裡難受！」

錢太后鼻子發酸。她也難受，只要一想到自己那無緣降生的孫兒，她這心就疼得慌。

「好好好，」錢太后拿著錦帕為她拭了拭淚。「哀家這就打發她回去，妳想開一些，不要再哭了，小心哭傷了眼。」

陸靜怡眼淚漸漸止住。

承恩公夫人在屋外重重磕了幾個頭，又轉頭向頹然坐在圈椅上的皇帝叩首，淚如雨下。「老身對不住陛下，對不住娘娘！」

年近半百的老婦人跪在那兒，眼淚和著她頭上的血一起滴下來，觸目驚心，看得皇帝都有些於心不忍，遂別過眼。「舅母包紮一下傷口再走吧！」

承恩公夫人心頭一喜，陛下能原諒她們就好！她又感恩戴德了一回，才被錢舜華扶著離開。

片刻後，長平大長公主到了，饒是皇帝見到一臉冷然的大長公主進來，心裡也慌了下，一把扶住要行禮的老人家，訥訥道：「姑祖母！」

長平大長公主沈聲道：「陛下，容老身先去看看怡兒，有什麼事出來再說可好？」

皇帝忙不迭點頭，送大長公主和岳母段氏到房門口。

錢太后見到長平大長公主，不免有些心虛，畢竟這是她娘家人鬧出來的么蛾子，有些話她對著陸靜怡敢說，可對著這個姑母，話還沒出口，她這心就怯了。

略說了兩句，錢太后便把地方騰給陸家女眷，臨走前還看了陸靜怡一眼。

陸靜怡也望著她。「母后慢走。」

錢太后便放了心。

見到親人，陸靜怡立刻撲進大長公主懷裡痛哭，像是要把先前積在心裡的傷痛悲苦都發洩出來。

但見女兒如此，一旁的段氏拉著她的手哭得肝腸寸斷，恨不能以身相替。

大長公主一下下地撫著她的後背安慰，放柔了聲音道：「哭吧，哭完這一場就給我振作起來，妳是皇后，容不得軟弱。」

陸靜怡哭聲一頓，緩緩抬頭附在祖母耳邊，聲音又輕又緩，挾著令人心驚的寒意。

「祖母，我要她償命！」

承恩公夫人到底是不是故意的？

洛婉兮也在想這個問題，若是故意為之，這招數也太過直接且愚蠢。她與承恩公夫人在各種場合見過幾面，雖無深交，可瞧她言行妥帖，不像是這麼莽撞之人。

承恩公夫人也不至於不知道這樣做的後果就是與陸家結仇，錢家姑娘進宮的路從此也就斷了。

可若是無意，這也太巧了。洛婉兮忍不住想，會不會有第三者想鷸蚌相爭，漁翁得利？皇后流產，錢家女無法進宮，這麼看來最大的既得利益者是後宮嬪妃抑或者想送女兒進宮博前程的人家。

洛婉兮皺了皺眉，假設那串佛珠真是人為弄斷的，卻不是承恩公夫人弄斷的，那麼是什麼人有機會動手？

當時在臺階上的除了她們四個便是下人，邱氏扶著陸靜怡走在前頭，她和承恩公夫人落後半步，因為要下臺階，桃露也扶住了她，而扶著承恩公夫人的是她自己帶進宮的丫鬟，旁的宮人離得還有些距離。

那丫鬟倒是有機會神不知鬼不覺弄斷承恩公夫人的佛珠。

想到這裡，洛婉兮連忙對凌淵道：「……承恩公夫人的丫鬟！」

凌淵撫了撫她的頭髮，眉眼溫和。「大長公主來了，這事她老人家一定會查個水落石出，妳就別操心了。」說著摸了摸她的小腹。「妳忘了孫御醫怎麼說的？他要妳放寬心靜養。」

說的也是，她都能想到的事，他們怎麼可能想不到？這麼一想她也就放心了。

她有些想去看看陸靜怡，可想著剛沒了孩子，陸靜怡看見她說不定會觸景傷情，遂壓下了這個念頭。

凌淵摸了摸她的臉。「妳好好休息，過一會兒咱們就回家。」

洛婉兮眨了眨眼，也覺得有些累了，可還是強撐著精神道：「我已經沒事了，你要不要去那邊看看？」

天家無私事。論公，他是內閣首輔，還是太傅；論私，他是皇后的姑父。

凌淵笑了笑，他的確打算過去一趟。

承恩公夫人一哭一求，皇帝就糊裡糊塗地將這事當成意外處理，丁點不往深處想，連查都不徹查。於此凌淵是有些失望的，好歹教了他這麼多年。

承恩公夫人正打算帶著女兒前來探望洛婉兮，剛走到院子裡就見凌淵推門而出。望著他冷然的面容，承恩公夫人心跳不禁漏了一拍，勉強笑道：「因著老身失誤，害得尊夫人動了胎氣，實在是老身的罪過，還請凌閣老見諒。」

凌淵看著她，神情依舊淡淡的。

承恩公夫人頭皮發麻，慢慢低下頭迴避他的目光。

「是否失誤，還言之過早。」凌淵淡聲道。

了。

這話就像是黃連，讓承恩公夫人一直苦到了心裡，也知道這事自己是跳進黃河也洗不清

她恨不能時光倒流，好扔了那串佛珠，她今天怎麼就帶著那串珠子了呢！

「我母親真不是故意的。」錢舜華有些發急，小皇子沒了是事實，陸家哪會善罷甘休。若是再得罪凌家，無疑是雪上加霜。

承恩公夫人也忙道：「凌閣老明鑑，老身真是無心之失！」

凌淵眼風掃過去，掠過了承恩公夫人身後的丫鬟，突然問：「當時在夫人身邊的除了這個丫鬟，還有其他人嗎？」

承恩公夫人愣住。

她身後的丫鬟眼底閃過一絲慌亂，轉瞬即逝。

錢舜華比母親早一步明白過來，凌淵的言下之意是可能有別人動了手腳？

錢舜華不敢置信地看著丫鬟秀娥，能被承恩公夫人帶進宮的自然是心腹中的心腹，可這怎麼可能？

不過若是能證明秀娥的確被外人收買，他們家縱有失察之罪，但皇后流產這事就怪不得他們了。錢舜華頓時難以抑制心裡的狂喜和激動。

兵荒馬亂之下，她們一門心思想著如何讓帝后相信這真的是一場意外，竟然忘了還有這麼一個可能……

——未完，待續，請看文創風589《天定良緣》4（完結篇）

2017年11月出版

明珠福女

文創風 580～582

破除刑剋六親的詛咒，她終能勇敢去愛。
帶著家人過上好日子，就是最大的福氣！

情投意合　心心相繫／昭華

孤獨病逝卻因此穿越到古代，姜玉珠太感謝神的安排，
她終於不再是遇誰剋誰的天煞孤星，變成人見人愛的小福女～～
還有高僧的福籤加持，連皇帝都對她另眼看待，賞下縣君封號。
這等好運豈能浪費啊，她決定替疼她的爹娘賺飽荷包，振興落魄伯府，
拿出前生縱橫商場的實力，開鋪子只是小菜一碟，大家準備數銀兩吧！
本以為就此好吃好喝悠哉度日，孰料難關已在後頭等著她——
大瑞皇家果然水深，有人打算重挫太子，竟利用姜府當砲灰；
而她的福命與美貌更引來其他皇子覬覦，揚言納她為側妃，對奪嫡志在必得，
幸虧定國公府的世子沈羨處處迴護相挺，她才有勇氣陪家人度過難關。
雖然傳言說沈羨喜怒無常、冷情冷面，同他往來簡直嫌命長了，
但她瞧著，這世子爺不過臉臭了點、話少了點，其實是個好兄長呢，
如今得家人嬌寵，又多個可靠大哥哥護著，路再艱險，她也能昂首向前走！

為流浪貓狗加油 和貓寶貝 狗寶貝 廝守終生(一定要終生喔！)的幸福機會

對人來說，貓寶貝狗寶貝只是生活的一部分，但妳（你）對牠們來說，卻是生活的全部，領養前請一定要考慮清楚——

▲ 醜腆但溫柔的好奇寶寶　漂漂虎

性　　別：女生
品　　種：米克斯
年　　紀：5個月大
個　　性：溫柔害羞
健康狀況：已結紮，今年已施打疫苗。
目前住所：台中市霧峰區

『漂漂虎』的故事：

在2017年3月的某天，中途經過台中霧峰桐林地區時，發現一群疑似被人棄養的幼犬，一共六隻，為虎斑犬，且約莫一個月大而已。這六隻虎斑犬每隻雖都鼓脹著肚子，四肢卻瘦巴巴的，看上去相當病弱，毫無生氣。中途於心不忍，便將六隻虎斑犬送醫。

將這群幼犬送至醫院後，即便牠們眼中看似對周遭還有些畏懼，但仍然很親人，也很乖巧，最後，中途決定把這群毛孩子帶回狗園中照顧，並將牠們命名為小虎隊，正式成為狗園大家庭中的一份子。

漂漂虎是小虎隊中唯二的女生，牠的身型非常嬌小，個性也有點點小害羞，但是牠對於一切新事物都感到很新鮮，雙眼總是散發出好奇的光芒，很難不教人喜歡牠，中途相信，只要給漂漂虎一些時間，牠一定會成長為一個溫柔又開朗的女孩！

如果您願意給漂漂虎一個家，讓牠成為陪伴您一輩子的家人，歡迎來信leader1998@gmail.com（陳小姐），或傳Line：leader1998，或是搜尋臉書專頁：狗狗山-Gougoushan。

認養資格：

1. 認養者須年滿20歲，有穩定經濟能力，並獲得全家人的同意。
2. 須同意簽認養寵物切結書，並讓中途瞭解漂漂虎以後的生活環境。
3. 同意送養人日後之追蹤探訪，對待漂漂虎不離不棄。
4. 同意讓漂漂虎絕育，且不可長期關、綁著漂漂虎，亦不可隨意放養。
5. 為讓中途對您有更深入的瞭解，中途會先有份線上問卷請您填寫。

來信請說明：

a. 個人基本資料：姓名、性別、年齡、家庭狀況、職業與經濟來源等。
b. 想認養漂漂虎的理由。
c. 過去養寵物的經驗，及簡介一下您的飼養環境。
d. 若未來有結婚、懷孕、出國或搬家等計劃，將如何安置漂漂虎？

文創風
588

天定良緣 3

國家圖書館出版品預行編目資料

天定良緣 / 水暖著. --
初版. -- 臺北市 : 狗屋, 2017.12
冊 ; 公分. --（文創風）
ISBN 978-986-328-805-3（第3冊：平裝）. --

857.7　　106018457

著作者　水暖
編輯　王冠之
校對　黃亭蓁　周貝桂
發行所　狗屋出版社有限公司
地址　台北市104中山區龍江路71巷15號1樓
電話　02-2776-5889～0
發行字號　局版台業字845號
法律顧問　蕭雄淋律師
總經銷　知遠文化事業有限公司
電話　02-2664-8800
初版　2017年12月
國際書碼　ISBN-13　978-986-328-805-3

本著作物由北京晉江原創網絡科技有限公司授權出版

定價250元
狗屋劃撥帳號：19001626
網址：love.doghouse.com.tw　E-mail：love@doghouse.com.tw